La disgrâce

NICOLE AVRIL

Les gens de Misar	
Les remparts d'Adrien	
Le jardin des absents	
Monsieur de Lyon	*J'ai lu* 1049/**E**
L'été de la Saint-Valentin	*J'ai lu* 2038/**A**
La disgrâce	*J'ai lu* 1344/**G**
Jeanne	*J'ai lu* 1879/**G**
La première alliance	*J'ai lu* 2168/**G**
Taisez-vous, Elkabbach	
Sur la peau du diable	*J'ai lu* 2707/**I**
Dans les jardins de mon père	*J'ai lu* 3000/**E**
Il y a longtemps que je t'aime	*J'ai lu* 3506/**G**
L'impératrice	
Une personne déplacée	
Le roman d'un inconnu	

Nicole Avril

La disgrâce

Éditions J'ai lu

« Yourcenar, ça n'existe pas. Pouah, elle est trop laide, trop affreuse ! Comment se peut-il qu'une femme soit si grosse ! C'est une insulte à la vie... »

Albert COHEN.

« Je n'aimais pas Sartre, d'abord à cause de son physique. Je ne croyais pas, et je ne crois toujours pas, qu'un homme affligé d'un strabisme tel que le sien, puisse avoir une claire vision du monde. Même en fermant les yeux. »

René BARJAVEL.

« Si la laideur existe réellement, ce n'est qu'une écaille sur tes yeux et de la cire te bouchant les oreilles.

« Mon ami n'appelle rien laid, sinon la crainte d'une âme face à ses propres souvenirs. »

Khalil GIBRAN.

1

— Je suis mariée avec personne! s'exclama Louise quand Mme Martineau-Gouly lui demanda si elle voulait vivre à la Prée et prendre en charge le travail domestique.

— C'est fatigant d'aller chez les uns, chez les autres, par tous les temps. Arrêtez-vous chez nous, vous serez en famille. Mes filles vous aiment, Louise, et moi aussi.

— Madame est gentille, mais je ne veux pas m'attacher.

— Si vous y tenez, vous pourrez continuer à habiter le village et vous viendrez chaque jour à la Prée. N'êtes-vous pas bien ici?

— Pas mal, répondit laconiquement Louise en rejetant d'un geste vif la mèche rousse qui lui barrait le front. Voyez-vous, madame Martineau-Gouly, à dire vrai, je préfère aller de maison en maison.

— On vous a prévenue contre nous? insista la

belle Mme Martineau-Gouly. On ne nous aime pas beaucoup au village.

— Non, parole. Je suis mariée avec personne, c'est tout.

Isabelle, la fille de Mme Martineau-Gouly, s'était longuement demandé qui était ce M. Personne, avec qui Louise affichait de secrètes épousailles. Il n'était pas si facile de refuser quelque chose à celle que tous appelaient la belle Mme Martineau et Isabelle admirait Louise d'avoir osé tenir tête à sa mère.

A cette époque-là, c'était toujours fête pour Isabelle. Les jours étaient longs et la lumière s'étalait à la surface des champs de maïs comme une énorme tache d'huile tout irisée qui engluait bêtes et gens dans une espèce de bonheur moite. L'océan, tapi au bas de la Prée, respirait à peine, et, dans les marais, les méduses à la blancheur mauve figeaient les canaux. Il faisait bon s'endormir en plein jour, les bras en croix, dans une chambre dont les fenêtres grandes ouvertes abolissaient les frontières entre le dedans et le dehors, meilleur encore de s'étirer et de se sentir neuve. Quand Isabelle enfourchait son vélo de garçon, elle avait le sentiment d'être la seule personne vivante et elle était heureuse. En été, rien de mal ne pouvait arriver. La maladie de son père marquait le pas, sa mère n'avait jamais été plus belle, et, quoique nomade, Louise n'en était pas moins la meilleure cuisinière du pays.

Isabelle laissa sur sa droite l'océan et la falaise. Jusqu'au calvaire, elle pédala, le torse ployé, le menton sur le guidon. L'effort crispait son petit visage laid et, avant le sommet de la côte, elle n'eut pas un seul regard pour les grands champs qui l'entouraient. Là, enfin, elle releva la tête, et, après avoir adressé un clin d'œil au pauvre crucifié qui se morfondait sur son tas de pierraille, elle prit possession de son domaine. Du nord au sud, des collines à peine renflées abritaient dans le creux de leurs vagues des clochers saxons et de petites maisons blanches. Un ciel pâle. Une odeur de foin sec. Et le grésillement pointu des insectes de l'été. Dans ce pays qui ignore le triomphe des escarpements et l'angoisse des précipices, l'aventure apparaît à la moindre dénivellation. Isabelle tenait à honneur de ne pas se servir de ses freins tout au long de la descente qui conduisait à Nimeuil. Au bas de la pente, il y avait un mur de parpaing et, pour ne pas y briser et la tête et la monture, il fallait au dernier moment risquer un virage à quatre-vingt-dix degrés.

Après avoir traversé de tels dangers, il était somme toute assez normal qu'Isabelle entrât dans Nimeuil la tête haute. Soudain envahie d'idées bizarres, elle se sentait pousser des ailes et des armes. Elle ne pédalait plus, elle ne roulait plus. Les lèvres jointes et les joues piquetées de moucherons, elle s'envolait la lance en avant pour forcer un village qui, sans elle, se serait endormi dans la tiédeur d'une sieste sans fin.

On eût dit les volets dessinés en trompe-l'œil sur les murs blancs, tant les maisons tournaient le dos à la rue et à la mer. Bientôt les grands vents d'équinoxe emporteraient les toits comme cartes à jouer; pour l'heure, tout était calme et silencieux. Replié sur son quant-à-soi, le village n'offrait au passant que des murettes chaulées et des airs hypocrites. Derrière l'indifférence des façades, il y avait de grandes salles encaustiquées, ouvertes sur les secrets d'une végétation tropicale.

Mais l'étranger ne savait pas, mais le promeneur ignorait les palmiers et les yuccas, et l'insensible balancement des fauteuils de rotin.

— Bonjour, mademoiselle Antoinette.

Lâchant son guidon, Isabelle avait hurlé les deux mains en porte-voix, et, si Mademoiselle Antoinette dont l'oreille droite s'ornait d'un cornet acoustique n'avait pas répondu, sa surdité n'y était pour rien. C'était de propos délibéré que la demoiselle sans âge opposait son silence au bonjour d'Isabelle. On n'aimait guère la famille Martineau-Gouly à Nimeuil, parce que la Prée-aux-bœufs était la plus belle maison de la commune et qu'elle avait l'audace de se dresser seule au bord de l'océan.

Tous les habitants de Nimeuil s'étaient sentis spoliés quand l'oncle Edouard avait fait du père d'Isabelle son légataire universel. Chacun pouvait produire des parchemins et prétendre à l'héritage. La parentèle du vieil Edouard n'était-elle pas sans bornes comme le paysage de Lauzière à Marsilly? La Prée-aux-bœufs avait échappé à ceux de Nimeuil. Alors qu'il était mort depuis deux ans déjà, on ne pardonnait toujours pas au vieil Edouard d'avoir choisi pour héritier celui de ses neveux qui avait trahi ses origines paysannes pour faire carrière à Paris dans les cabinets ministériels. Martineau-Gouly? A Nimeuil, on était Martineau tout court et un bon tiers du village arborait ce patronyme avec fierté. Neveux ou cousins, gens de haut lignage, ou parvenus de la cuisse gauche, tous avaient rêvé à mi-voix qu'ils seraient un jour les maîtres de la Prée-aux-bœufs. Ce fou d'Edouard s'était moqué d'eux et ils n'étaient pas prêts à l'oublier. Soyez maudits les Martineau-Gouly, les Martineau qui ne sont pas d'ici.

Isabelle avait toujours un moment d'hésitation avant de s'engouffrer dans la venelle qui conduisait à l'église. Elle devinait des regards derrière chaque fente de volet et elle aimait à s'exagérer la malveillance des habitants, sa traversée du village prenait alors les couleurs flatteuses de l'aventure. En fait de couleurs, Nimeuil ne connaissait que le blanc, blanc parfait de l'os de seiche, blanc aveuglant de la lumière qui danse. Derrière les murs, il devait y avoir des vérandas, des jets d'eau et des enfants qui jouent dans l'ombre violette des figuiers. Dans la ruelle, pas la moindre trace de vie.

Cependant, quand Isabelle abandonna son vélo contre le tronc d'un platane, elle entendit, surgi elle ne savait d'où, le refrain entrecoupé d'éclats de rire que les gosses chantaient souvent sur son passage.

Martineau, Martinelle,
Gouly-Gouly, Edouard te fit.
Martineau, Martinelle,
Pour dire merci, quand il te prit,
Martineau, Martinelle,
La Prée t'offrit, à ce seul prix.

La langue leur brûlera, plus noire que goudron fondant, se dit Isabelle. Derrière un portail à claire-voie, quatre gamins reprenaient en chœur le chant stupide que leurs parents leur avaient appris, mais bientôt, comme effrayés de leur propre audace, les gamins détalèrent. Les graviers crissaient sous leurs espadrilles. Isabelle marchait raide comme un cierge vers la pharmacie. On eût dit qu'elle se cachait au fond d'elle-même. Pourtant, ce n'était pas la première fois qu'une telle aventure lui arrivait. Elle connaissait chaque mot de la chanson : Martineau, Martinelle. On osait railler, injurier, couvrir d'ordures la belle Mme Martineau-Gouly, sa mère. Pourquoi pensez-vous donc que le pauvre oncle Edouard leur avait légué la Prée? Tout simplement parce que Mme Martineau avait usé de ses charmes auprès du vieux libertin. La Prée était le salaire du péché. Chacun à Nimeuil s'employait à accréditer cette version des faits et les plus sceptiques auraient affirmé, craché par terre et juré sans hésitation sur leur âme pleine d'envie et de haine, que la mauvaise conduite de Mme Martineau-Gouly expliquait seule l'aberration testamentaire d'Edouard.

La pharmacie était verte et blanche. Dans une lumière d'aquarium, des plantes aux formes bizarres tiraient des langues épaisses et charnues.

— Bonjour, madame.

— Bonjour, Isabelle.

La pharmacienne prononçait le prénom d'Isabelle avec délectation comme on suce un berlingot. Ronde et rose, elle arborait un sourire rutilant et une capiteuse trentaine. De la décoration de l'officine aux vêtements de l'officiante, tout signifiait : je ne suis pas d'ici, sachez-le bien.

— Comme d'habitude, Isabelle? Je te donne une boîte de chaque, Isabelle?

Elle minaudait avec des Isabelle plein sa bouche peinte. Si jamais quelque catastrophe s'abattait sur le village — Isabelle savait qu'aucun lieu sur terre n'est à l'abri de ce genre de choses pour peu que les volontés du ciel et celles d'une fillette de treize ans viennent à coïncider, pour peu qu'une lame de fond, une secousse sismique sur l'échelle de Richter, une tornade au nom de vamp... — si quelque catastrophe donc venait à anéantir le village, Isabelle ne souhaiterait pas que la pharmacienne fût épargnée. Dans sa robe de couleur vive, elle ferait une belle morte déjà toute parée pour le voyage.

— Oui, une boîte de chaque, répondit Isabelle les paupières baissées.

D'un coup de hanche, la pharmacienne vira de bord et se mit en quête des médicaments. Bien sûr, elle pourrait être sauvée, réfléchissait Isabelle, elle n'est pas d'ici, et, de la Prée, de toutes ces histoires d'héritage, elle se soucie comme d'une guigne. Pourtant, elle ferait une si jolie morte. Et puis, quand Isabelle était venue la dernière fois, elle avait pris la pharmacienne en flagrant délit. Comme la gamine lui avait dit au revoir et que la porte était restée ouverte à cause de la chaleur, la pharmacienne l'avait crue partie et elle s'était mise à parler avec son mari sans se douter que la fillette entendait leur conversation.

— C'était qui? avait-il demandé.

— Isabelle Martineau-Gouly, avait répondu son épouse.

— Qui?

— Une des filles Martineau-Gouly de la Préeaux-bœufs. La vilaine.

— Ah! oui! La vilaine de la Prée!

Non, Isabelle n'avait pas envie que la pharmacienne fût épargnée. Elle revenait avec ses boîtes de médicaments.

— Tout le monde va bien chez toi?

— Très bien, merci.

— Et ton père?

— Très bien.

— Le traitement lui convient?

— On dirait.

Isabelle soupçonnait la pharmacienne de vouloir renseigner le village sur ce qui se passait à la Prée, aussi répondait-elle à peine aux questions qu'on lui posait. De plus, une autre cliente venait d'entrer dans la boutique. Isabelle reconnut avec terreur la grosse Mme Martineau, une lointaine cousine qui, sous prétexte d'avoir une moitié de nom en commun avec elle, lui infligeait un triple baiser moite.

— Beau temps pour la Prée, dit-elle sans plus regarder Isabelle. Là-bas, il y a toujours un peu d'air, c'est pas comme ici.

Elle s'était saisie d'un dépliant publicitaire qu'elle agitait devant son visage en poussant des « ah! » d'agonisante.

— Il y a toujours de l'air là-bas, poursuivait-elle, tournée vers la pharmacienne qui prodiguait ses cachets sur les ordonnances d'Isabelle. En été, c'est bien, la Prée, on n'étouffe pas. Mais l'hiver, quelle catastrophe! La maison suinte d'humidité, le salpêtre grimpe le long des murs, on dirait de la morve, les tempêtes emportent les tuiles, cassent les arbres, le sel ronge tout, et les nuits, les nuits de grande marée, c'est comme si l'océan entrait dans les chambres. Oui, les vagues au pied du lit! Ce n'est pas de tout repos, l'hiver à la Prée.

La grosse reprit son souffle en agitant de manière fébrile son éventail. Ses bras grassouillets clapotaient à chaque mouvement. Puis, toujours sans regarder Isabelle, elle ajouta soudain :

— Je me suis laissé dire que vous déménagiez.

Isabelle se jura de ne pas lui répondre aussi longtemps qu'elle ne daignerait pas tourner la tête vers elle. La pharmacienne lui tendait ses papiers et Isabelle aurait bien voulu que la grosse se poussât pour qu'elle pût les atteindre sans avoir à la bousculer.

— Alors, tes parents déménagent, petite? dit la grosse d'une voix peu amène, et elle se saisit des papiers d'Isabelle en faisant mine de ne les lui rendre qu'en échange d'une réponse.

— Non, pourquoi?

— On raconte qu'ils déménagent. Qu'est-ce que viendraient faire à la Prée des gens de la ville? Vraiment, je vous le demande?

— Non, je vous assure...

— Oui, c'est entendu, je te crois. Dommage pour eux. Déménager aurait été une bonne solution. Enfin, qui dira de quoi naissent les racontars?

— A bientôt, Isabelle. N'oublie pas tes papiers.

La pharmacienne était intervenue pour sortir Isabelle de ce mauvais pas et la grosse se vit dans l'obligation de restituer à Isabelle ce qui lui appartenait.

— A bientôt, insista la pharmacienne comme pour l'encourager à ne pas attacher trop d'importance aux propos de l'autre femme.

— Au revoir, mesdames, répondit Isabelle.

Sur le seuil de la porte, elle songea que, dans le cataclysme qui ne manquerait pas de s'abattre sur Nimeuil, elle sauverait peut-être la pharmacienne.

— Qui dira de quoi naissent les racontars? répétait encore la grosse Mme Martineau.

Jusqu'à la place, Isabelle ne croisa personne. D'ailleurs, elle était bien décidée à ne pas se laisser impressionner, et même les gamins et leur sale chanson, Martineau, Martinelle, ne lui auraient pas fait rebrousser chemin. L'épicerie était encore fermée; en attendant son ouverture, Isabelle entra dans le café qui faisait également office de dépôt de journaux.

C'était le seul endroit du village où elle se sentait vraiment en sécurité. Certes, il y avait toujours le risque d'entendre quelque buveur débiter des monstruosités sur sa famille. En fait, cela ne s'était jamais produit. Isabelle avait même remarqué que les hommes du village étaient plus silencieux que leurs épouses. Leurs regards n'étaient pas aimables, mais une sorte de pudeur les condamnait au mutisme. Au reste, s'ils avaient osé s'en prendre à elle, de derrière son comptoir, la patronne les aurait tancés sans ménagement. Mme Lamarre avait décidé une fois pour toutes que son établissement serait un havre de paix et elle n'y tolérait aucune querelle, aucun propos vengeur. Comme il n'y avait plus au village de curé installé à demeure, Mme Lamarre avait repris avec une belle et sereine autorité le flambeau apostolique. Son rêve était de réconcilier les clans rivaux. Mme Lamarre aimait les causes perdues.

Chaque fois qu'Isabelle se rendait à Nimeuil, elle écartait des deux mains le pare-mouches en perles qui rayait d'ombre et de lumière la porte du café et entrait acheter le *Sud-Ouest* du jour. Quand Mme Lamarre était occupée à servir ses clients, elle en profitait pour s'attarder près de ces magazines où les femmes sont nues sur des fourrures rousses, avec des chevelures lumineuses et savamment décoiffées, des lèvres à peine entrouvertes, et une peau, une peau tantôt blanche, tantôt bronzée, mais toujours fine, douce, comme phosphorescente. Elle regardait. Elle savait qu'elle n'oserait jamais acheter ces belles images, aussi faisait-elle un effort désespéré pour en retenir chaque détail. Faute de pouvoir à nouveau feuilleter les revues, il lui faudrait se souvenir de ces êtres qui appartenaient à une race étrange, fascinante et terrible. La race de sa mère, la race de sa sœur Alice, la race des femmes que l'on dit belles.

Un jour, une petite vieille avait désigné du doigt Isabelle, perdue dans sa contemplation :

— Elle est vicieuse, cette petite! avait-elle dit à Mme Lamarre.

— Allez, allez, ma bonne, avait répondu Mme Lamarre, ce n'est pas si grave. Des images, rien que des images!

Isabelle aimait que tous ces journaux qui parlaient d'autres mondes, d'autres gens, fussent étalés dans ce café vieillot et campagnard sur une simple table de cuisine. On eût dit que tous les chasseurs d'événements, chasseurs de beauté, chasseurs d'histoires, chasseurs d'étrange, que tous les chasseurs de la planète s'étaient donné rendez-vous au retour de leurs expéditions dans la vieille salle de la mère Lamarre afin de déverser leurs carnassières sur la toile cirée de l'office. Il y avait pêle-mêle les crimes bien faisandés, les amours des grands fauves, les guerres en pays giboyeux et surtout, surtout, les Diane ruisselantes de bonheur, surgies au beau milieu du carnage dans la superbe armure de leur carnation unique. Le monde était écorché, retourné comme une peau de lapin sur le tranchoir de Mme Lamarre et ses viscères fumants offerts à l'admiration de ceux qui ne sortiraient pas du périmètre de Nimeuil. Le sang, la sueur et toutes les déjections du monde dégoulinaient de la table où les belles dames souriaient à tout jamais.

— Tu as chaud, Isabelle. Veux-tu boire quelque chose? demanda Mme Lamarre gentiment.

— Oh! oui, un Coca-Cola. J'ai de l'argent.

— Je sais, je sais. Prends ton temps. Il n'y aura

pas grand monde avant ce soir. Ils ont tous perdu connaissance.

Sous d'autres cieux, on dit faire la méridienne ou plus banalement la sieste; à Nimeuil, on perd connaissance dès qu'on s'enfonce avec délices dans la torpeur de l'après-midi. Assis autour de la table du fond, quatre hommes sommeillaient bien raides sur leurs chaises devant des verres de bière à demi vides. Un ventilateur à hélices bourdonnait tout à côté d'un poster géant où Marilyn, les yeux presque clos, offrait son immense sourire à l'éternité.

Isabelle se précipita sur son Coca glacé et, comme toujours dans ces cas-là, à la troisième gorgée, elle fut secouée de hoquets.

— Tu vois, tu avales trop vite. Prends ton temps, répétait Mme Lamarre. Dis-moi, comment va ta sœur? Il y a si longtemps qu'on ne l'a vue.

— Alice? interrogea Isabelle entre deux hoquets et elle s'en voulut immédiatement d'être stupide. De qui d'autre Mme Lamarre aurait-elle bien pu parler? Isabelle n'avait qu'une sœur.

— Oui, Alice, évidemment.

— Elle est en vacances avec des amis.

— Loin?

— Oui, très loin.

— Elle t'envoie des cartes postales?

— Comment le savez-vous?

— C'est normal qu'elle donne de ses nouvelles, non?

— Oui, sûr. Regardez ce qu'elle m'écrit.

Isabelle avait extirpé de la poche arrière de son pantalon une carte postale qu'elle tendait à Mme Lamarre.

— Quelle belle plage! C'est où?

— Je sais pas. Mais lisez, lisez ce qu'elle écrit.

Mme Lamarre déchiffrait à haute voix : « Je t'aime, mon Isabelle. A bientôt, Alice. »

— C'est très, très gentil, approuva-t-elle en rendant la carte à Isabelle.

— Elle me racontera tout à son retour.

— Ça fait plaisir de voir des gens qui s'entendent bien. Une vraie famille, on a beau dire, c'est rare de nos jours.

Un fracas métallique fit sursauter les buveurs de bière. L'épicière relevait son volet et donnait le signal du réveil. La sieste était finie. Isabelle paya son Coca et Mme Lamarre contourna son comptoir pour venir l'embrasser trois fois à la mode du pays. Tout émoustillée par les bulles de sa boisson favorite et les bonnes paroles de Mme Lamarre, Isabelle franchit le seuil de l'épicerie sans trop de crainte. Elle était la première cliente, il faisait beau, Alice avait écrit. C'était un bon jour et tout se passerait bien. Pourtant, chaque fois qu'Isabelle venait au village, elle s'arrangeait pour n'entrer à l'épicerie qu'après avoir fait toutes les autres courses comme si elle redoutait particulièrement cette dernière étape. Il n'y avait aucune raison précise à cette appréhension. Mme Garaud, l'épicière, ne s'était jamais permis la moindre réflexion sur elle ou sur sa famille, mais son silence lui semblait la plus redoutable des agressions.

— Bonjour, madame, dit Isabelle d'une voix qu'elle s'efforçait d'affermir.

L'épicière ne répondit que d'un vague signe de tête, et, « Ttss! Ttss! », elle traversa sa boutique en traînant ses éternelles charentaises effrangées dont émergeaient de gros mollets incrustés de poils bruns. Isabelle sortit la liste que sa mère lui avait préparée; elle n'était pas longue, Mme Martineau-Gouly préférait faire ses gros achats au supermarché de La Rochelle et l'épicière semblait peu apprécier les infidélités de sa cliente. Du sel fin, du concentré de tomates, quelques yaourts au lait entier, l'affaire ne valait pas la ristourne d'un sourire, et, sous l'ourlet sombre de sa moustache, les lèvres de Mme Garaud restaient closes. « Ttss! Ttss! », ses pantoufles glissaient sur les carreaux, et, avant qu'Isabelle n'ouvrît la bouche, l'autre lui avait déjà arraché sa liste des mains.

— En tube ou en boîte, le concentré? demandait-elle sans la regarder.

— En boîte, le rouge est plus vif.

Un haussement d'épaules pour toute réponse. Mme Garaud ne se laissait jamais aller à des considérations esthétiques. Cependant, son regard en disait plus long qu'un discours. Elle jugeait sa cliente comme un spectateur du parterre braque ses jumelles sur les comédiens. Un froncement de sourcils, un soubresaut de la paupière, il n'en fallait pas davantage. Dans la prunelle de Mme Garaud, Isabelle se voyait nue avec ses parents et sa sœur, avec leurs maladies présentes et à venir, avec leurs tares et leurs mensonges supposés.

L'épicière lui tendait l'addition, Isabelle ne put résister au plaisir de la vérifier. Mme Garaud s'impatientait. Peu à peu, la colère rougissait ses pommettes et plissait ses petits yeux noirs jusqu'à les faire disparaître sous le fouillis des sourcils. Jamais elle n'avait fait d'erreur et Isabelle le savait bien. Mais la gamine savourait les délices de la revanche. Quel bonheur de scruter les chiffres sans dire un mot, tout comme l'autre avait passé au crible la liste des achats! Isabelle tendit enfin l'argent et prit congé, non sans avoir multiplié les formules de politesse qui, dans sa bouche, se teintaient d'insolence et de défi.

Le village s'éveillait à peine quand Isabelle le traversa à nouveau. Dans les cours, les enfants criaient et quelques chats longeaient les murs. Pourtant les volets ne s'ouvraient toujours pas. Ils resteraient clos une bonne partie de l'été. Comme des fleurs timides, les maisons se refermaient au soleil.

A la sortie de Nimeuil, il y avait, le long de la route de la mer, une murette entièrement tapissée de morceaux d'assiettes. Isabelle avait pris l'habitude de s'arrêter devant la mosaïque de faïence pour tenter de déchiffrer la signification de ce bizarre enchevêtrement de dragons et de phénix, de rinceaux et d'acanthes. Tout juste au centre de la fresque, un coq dressé sur un seul ergot poussait son chant furieux. Du temps où ses parents n'habitaient pas encore la Prée, Isabelle faisait à Nimeuil de courts séjours pour les vacances, et, quand elle devait dire au revoir au village, elle allait se recueillir devant la mosaïque. Elle croyait que, malgré l'éloignement, un lien invisible la rattacherait à Nimeuil si elle parvenait à recomposer dans sa tête le dessin original et à se souvenir de chaque éclat de faïence. Jamais elle ne serait tout à fait ailleurs. Dans ses rêves, dans ses jeux, et peut-être même dans une réalité qui n'avait que de lointains rapports avec celle de ses parents, elle continuerait à parcourir le village. Pour cela, il suffisait de ne rien oublier, ni la crête verte du coq, ni la langue de feu du dragon. A cette époque-là, elle ne pouvait monter dans un train sans imaginer que par une étrange intervention du destin, sa voiture allait être détournée de la destination prévue. Elle s'éveillerait avec Alice et ses parents en gare de La Rochelle et un taxi les emmènerait aussitôt à Nimeuil.

Elle n'aurait su dire pourquoi elle aimait tant ce village. Elle l'aimait follement. Même aujourd'hui qu'il était devenu son quotidien et qu'elle devait affronter les tracasseries de ses habitants, elle l'aimait. Si un cataclysme venait interrompre la sieste immémoriale de Nimeuil, Isabelle savait qu'il ne porterait pas atteinte à la belle ordonnance de la fresque et que le clocher saxon resterait inébranlable. L'épicière serait peut-être emportée, mais sa boutique, pas plus que les autres maisons, n'aurait à souffrir de la grande perturbation.

Elle l'aimait sans raisons. Il n'était pas beau comme ceux des cartes postales que lui envoyait Alice. Il ne se jetait pas à la figure des visiteurs. Mais elle l'aimait ainsi et trouvait très rassurant que l'on pût être aimé sans que rien justifiât cet amour.

Tournant le dos au village, elle arriva toute haletante en haut du calvaire et se sentit aussitôt envahie par une impression à la fois de paix et d'exaltation qui n'était pas due seulement à la satisfaction d'avoir encore une fois vaincu la raideur de la côte. Si elle éprouvait de l'amour pour Nimeuil, quel nom alors donner à ce sentiment qui lui faisait presque monter des larmes aux yeux dès qu'elle découvrait la grande plaine s'inclinant doucement jusqu'à l'océan et, là-bas, sur le dernier ressaut avant la falaise, la Prée? Elle ne cherchait pas à s'expliquer cette ivresse, elle s'y abandonnait tout entière et se jetait à corps perdu dans la descente. Mon père, ma mère, et toi Alice, belle fée lointaine, je vous adore, aurait-elle voulu crier, mais cela ne se faisait pas et ses parents souhaitaient de sa part une certaine modération. Aussi se contenta-t-elle d'ouvrir la bouche au vent salé.

Dès le portail de la Prée, elle abandonna son vélo, rassembla ses provisions dans le filet qu'elle laissait toujours au fond de sa sacoche et se dirigea vers la maison. Elle s'appliquait à ne pas faire plus de bruit que Jennifer, la chatte, quand elle se faufilait entre les planches de salades. Présente partout, Jennifer ne bouleversait jamais rien. Dieu avait créé les chats et les potagers pour qu'ils vivent ensemble et Isabelle enviait à Jennifer ce talent qu'elle avait de se mouvoir en silence. Elle la soupçonnait même de posséder un savoir autrement plus intime, plus profond et plus ancien que celui des êtres humains.

Le vélo de Louise n'était plus accoté à la soupente : Isabelle en conclut que la grande rousse s'en était allée rejoindre son monsieur Personne. La Prée ne comptait plus que quatre habitants : Jennifer, Isabelle et ses parents. La chaleur commençait à s'adoucir et une légère brise venue de l'océan, là-bas à cent mètres à peine, annonçait la fin de l'après-midi et l'heure de la marée haute. La terre qui avait subi simultanément le retrait de ses eaux et le sommeil de ses habitants s'éveillait lentement de sa torpeur.

Isabelle écoutait les voix mêlées de son père et de sa mère, ce ton de confidence qui n'avait pas changé depuis Paris. Etait-ce la longue habitude des secrets qui faisait chuchoter son père? Autrefois, quand il rentrait de son bureau, il s'enfonçait aussitôt dans le canapé du salon, et parlait, parlait interminablement. Des chapelets de mots égrenés d'une voix calme, mais avec parfois un geste brusque, un tic qui crispait sa joue gauche. « Va te coucher, Isabelle, ton père est fatigué et nous devons parler! » Sa mère était assise face à lui dans un petit fauteuil crapaud qu'elle plaçait si près du canapé que ses genoux touchaient ceux de son mari. « Tu viendras me border, maman? — Bien sûr, appelle-moi dès que tu seras couchée. »

Sa mère avait de longs cheveux noirs bien lissés et deux minuscules émeraudes sur le lobe rond de ses oreilles. Parfaitement maquillée, à telle enseigne qu'on aurait juré qu'elle n'avait jamais recours aux artifices, elle écoutait avec une attention qui plissait à peine ses sourcils et parfois même elle posait une question comme pour accompagner de quelques notes discrètes le discours en majeur de son époux.

Isabelle avait beau être exclue du conciliabule, elle savait que les affaires du monde transitaient par le salon de ses parents et elle s'émerveillait qu'elles le fissent avec tant de courtoisie. A pas feutrés, elles allaient et venaient selon le bon vouloir de son père. Si elle déplorait parfois d'avoir à disputer à la politique la présence de ses parents, le couple formé par son père et sa mère lui donnait une idée de la perfection. Lui, un peu âgé et las, tout alourdi du poids glorieux des responsabilités et du savoir. Elle, jeune, belle, attentive, parée comme une déesse, une star, une reine. Des êtres merveilleux que ses parents!

Si le sommeil pesant de la maladie avait remplacé les heures de bureau, malgré tout les choses n'avaient pas tellement changé depuis qu'ils habitaient la Prée. Ses parents parlaient toujours à voix basse bien qu'ils fussent seuls au monde sur leur falaise. A quoi bon chuchoter? Isabelle savait qu'elle comptait pour du beurre dans la conversation des adultes.

— Tu vois, Etienne, disait Mme Martineau-Gouly, je suis contente que nous soyons venus habiter ici.

— Tu ne t'ennuies pas?

— Tu sais bien que je ne m'ennuie jamais.

— J'ai peur que tu dises cela pour me faire plaisir. Tu es si jeune, Elise. Si tu t'ennuyais, tu l'avouerais, n'est-ce pas?

— Bien sûr. Mais je t'en prie, ne te fais aucun souci pour moi. Pense à guérir. C'est la seule chose qui importe.

— Tu es trop belle, Elise, pour vivre dans un désert. Plus personne ne te voit, quel crime!

Ils étaient dans la salle de bains. Isabelle les regardait à la dérobée, l'œil collé entre le chambranle et le volet de la fenêtre. Ce n'était pas une incursion grave. Mme Martineau-Gouly avait l'habitude de convier ses filles au cérémonial des ablutions et le spectacle n'avait rien de bien nouveau pour Isabelle, d'autant plus que le corps de sa mère était dissimulé sous un voile de mousse. Seules émergeaient une tête enturbannée d'une serviette blanche et deux mains fines et longues que sa mère agitait hors de l'eau pour faire sécher le vernis des ongles. Le dos calé par un oreiller, son père était assis dans un fauteuil de rotin et il tripotait nerveusement un collier d'ambre qu'il avait acheté au Liban. Leurs voix n'avaient pas changé, pourtant aujourd'hui, c'était son père qui posait les questions.

— Dès que j'irai mieux, nous voyagerons. Dis-moi, où voudrais-tu aller?

Isabelle remarqua que les dents de son père devenaient jaunes, et, comme il semblait regarder dans la direction de la fenêtre, elle rejeta le corps en arrière.

— A quoi bon faire des projets? A quoi bon fuir? Je suis bien ici, je te le répète. Ne cherche pas à me prendre en flagrant délit de mensonge.

Isabelle n'apercevait plus que le profil de sa mère et les deux mains qui tournoyaient au-dessus de la mousse comme des sémaphores doués d'une vie autonome. Ainsi font, font, font les petites marionnettes, ainsi font, font, font... Sa mère ne venait plus s'asseoir dans son fauteuil crapaud pour écouter les secrets du monde murmurés par son époux. A présent, elle recevait dans sa baignoire, et lui, tassé dans son fauteuil de malade, quêtait sur les lèvres de l'aimée un peu de cette vie dont elle était aujourd'hui dépositaire.

— Je vais te dire, Etienne, nous avons bien fait de venir à la Prée. Tu vas y trouver le repos, et, dans quelques mois, tu seras un autre homme. Pour Isabelle aussi, c'est mieux.

— Tu crois?

— Oui, les années à venir auraient été difficiles.

— Je te reconnais bien là. Le bonheur d'Alice et d'Isabelle passe toujours avant le tien.

— Oh! je ne me fais pas de souci pour Alice! Déjà, elle n'a plus guère besoin de nous, et, belle comme elle est, sa vie sera passionnante. Mais, Isabelle, la pauvre petite, j'ai bien peur qu'elle ne souffre.

De nouveau, Isabelle s'était approchée de la fenêtre. Un rayon de soleil jouait entre les doigts de sa mère. Rouges, les ongles, fraîchement ensanglantés de vernis. Longues et fines, les mains de la mère. Ainsi font, font, font les petites marionnettes...

— Comprends-tu, Etienne, une femme sans beauté n'est rien. On a beau prétendre le contraire, c'est faux, faux, faux! Si encore c'était réparable, j'aurais trouvé pour elle les meilleurs chirurgiens. D'un coup de bistouri, on supprime un nez en bec d'aigle ou un menton en galoche. Mais la science n'arrangera ni ses yeux sans couleur, ni sa peau épaisse, ni ses lèvres rentrées. Elle n'est pas seulement laide, ma pauvre petite fille, elle est sans grâce, c'est pire. Au moins, à la Prée, elle est à l'abri des réflexions et du mépris. On accepte plus facilement les gens tels qu'ils sont à la campagne. Nous nous cacherons ici, Etienne, et nous réussirons bien à lui donner un peu de ce bonheur qu'elle n'aurait jamais pu connaître à Paris.

— Tu as raison, ma chérie. Comment as-tu pensé à tout cela?

— Enfin, Etienne, j'ai beau être sa mère, l'amour ne m'aveugle pas. Le cadeau que j'aurais voulu lui faire à la naissance, c'est la beauté. Crois-moi, elle est indispensable à une femme, c'est la seule chose qui s'impose sans démonstration. Hélas, j'ai échoué, Etienne, nous avons échoué. Elle n'est pas belle du tout, notre fille.

— Non, elle n'est pas belle, approuva le père. Jennifer dans son habit noir, à peine étoilé de blanc à l'épaule droite et sur le front, vint se frotter contre les jambes d'Isabelle. Un long mouvement tendre, silencieux et possessif. Loin de répondre à la caresse, Isabelle envoya un bon coup de talon dans le flanc de la chatte qui, sans se plaindre, déguerpit aussitôt.

Après avoir abandonné son filet à provisions sur le rebord d'une des fenêtres, la fillette enfourcha de nouveau sa bicyclette jusqu'à l'océan, puis, à pied, se faufila dans l'échancrure de la falaise et longea les vagues. « J'ai beau être sa mère, l'amour ne m'aveugle pas. » La marée haute ne laissait qu'un étroit passage entre les eaux et le remblai qui prolongeait la falaise. Toutes décolorées par le sel, les petites baraques en planches des mareyeurs étaient fermées, elles ne reprendraient vie qu'au prochain reflux.

Isabelle avait su autrefois que tout ce paysage désolé pouvait devenir richesse et qu'à le sentir respirer au rythme lunaire des marées, on y pouvait apprendre la patience. Bientôt, les baraques s'ouvriraient de nouveau et les hommes et les femmes aux cuissardes grises immergeraient leurs corps jusqu'à la ceinture pour fouiller les eaux et les vases et en retirer les divines huîtres. Autrefois, elle avait su qu'à l'horizon, où, entre mer et ciel, meurt la falaise, il y avait toujours l'espoir. « J'ai échoué, Etienne, nous avons échoué. Elle n'est pas belle du tout, notre fille. »

Même en été, même sous ce ciel, bleu de l'aube au crépuscule, les eaux étaient grises et baveuses. A la crête des vagues, les goémons entrelaçaient leurs mille doigts spongieux, comme des épouvantails à vau-l'eau. Rien à voir avec les mers de porphyre qu'exhibaient les cartes postales d'Alice. Autrefois, Isabelle s'était montrée si fière de ce morceau glauque d'océan. Il était sans grâce lui aussi, mais ne suffisait-il pas de l'aimer pour découvrir, au delà des relents putrides, le souffle vif de l'aventure?

Les vagues brassaient les boues de la grisaille. Aujourd'hui, Isabelle avait oublié l'obscure alchimie de l'amour qui fait surgir du tréfonds des vases la perle du plus bel orient. Il n'y avait plus que le bruit mou des vagues qui gommait le criaillement des mouettes et ces mots, ces mots d'autant plus cruels qu'ils ne voulaient pas l'être, ces mots mortels qu'avait prononcés la mère aimante, sa mère : « L'amour ne m'aveugle pas. » Alors, qui, si ce n'est ma mère, qui fermera les yeux pour mieux me voir? Qui écartera le voile sombre qui m'endeuille? Les mains ensanglantées de ma mère comme deux sémaphores maudits me rejettent vers le large. Ainsi font, font, font les petites marionnettes...

Isabelle s'arrêta devant une minuscule cabane enfoncée jusqu'aux fenêtres dans les galets. Chaque saison, l'océan gagnait un peu plus sur les terres. Bientôt, la bicoque serait avalée et seul le toit surnagerait un temps encore. En très peu d'années, Isabelle avait vu monter les galets le long des murs, et, à chaque grande marée, la ligne de flottaison s'élevait de quelques centimètres. C'était toujours à cet endroit précis qu'elle se déshabillait quand elle voulait se baigner. Là, elle avait vu pour la première fois la mer, là elle avait mangé ses premières huîtres — d'un coup de canif, la bête réduite à merci et qui, croquée vivante, explose contre le palais, fraîche, salée, gluante — là elle avait connu l'océan et appris à nager. Plus jamais personne ne pénétrerait dans la baraque, la porte était bloquée par les pierres. A peine se souvenait-on à qui elle avait appartenu.

Isabelle se déshabilla sans prendre soin de poser un galet sur ses vêtements. Le vent pouvait tout emporter, jamais il ne soufflerait assez fort à son gré. Elle n'avait plus que sa culotte de coton aux élastiques détendus et ses cuisses trop musclées et lourdes lui donnaient l'allure d'un petit lutteur. Le corps râblé, la taille à peine moins large que le bassin, la tête fixée sans manche entre les épaules, elle était laide, et, sans doute, le savait-elle depuis toujours.

Enfant, combien en avait-elle entendu des « Oh! la jolie petite fille! Comme elle est mignonne! » qui s'adressaient à d'autres! Dans les rangs de la maternelle ou autour de la table du goûter, il y avait immanquablement à côté d'elle une petite beauté qui attirait les regards et les effusions. Alice n'était-elle pas une fée dont chaque apparition faisait éclore des sourires sur tous les visages qui se tournaient aussitôt vers elle comme les tournesols vers le soleil? Isabelle n'avait jamais suscité cette sorte de miracle et les moqueries des autres enfants ne lui avaient pas laissé longtemps ignorer son infortune.

D'elle, on ne disait pas, elle est brune ou elle est blonde, elle a les yeux comme ceci, ou les cheveux comme cela; on disait, au mieux, elle n'est pas belle, au pire, elle est laide. On ne faisait jamais le détail. Elle était le seul être au monde à ne posséder ni regard, ni sourire, ni chevelure, mais une simple laideur qui englobait tout son être. La lumière qui caressait les autres avec tant de bonheur ne l'atteignait pas. Il arrivait parfois qu'Isabelle se sentît invisible et qu'elle se consolât ainsi de sa disgrâce. Voir sans être vue. Elle glissait en silence parmi les autres comme Jennifer dans le potager.

L'eau était fraîche, elle s'y plongea sans la moindre hésitation. Bientôt, elle fondrait comme un sucre. Dans la mer, on n'a plus de corps. Elle nageait régulièrement, droit vers le large. Un instant pourtant, elle sembla s'arrêter et fit danser au-dessus des flots ses deux mains. Ainsi font, font, font les petites marionnettes... Qu'importait après tout que le monde entier la regardât avec condescendance. Le monde entier n'était pas son pays. De nouveau, elle nageait et c'était toujours la même vague qui venait à sa rencontre du fond de l'horizon. Le fil qui tirait vers le large n'avait pas d'épaisseur, mais il était plus solide que le meilleur chanvre du Bengale. Il suffisait de l'agripper, une main après l'autre.

Dans quelques heures, le soleil se coucherait au bout de son regard et l'aveuglerait. Ma mère, toi qui ne veux pas perdre la vue par amour, pourquoi m'as-tu faite laide? Toi seule avais le pouvoir de me donner une seconde fois la vie en disant non au monde entier. Non, ma fille n'est pas laide, vous vous trompez. Vos regards ne voient pas. Vos cœurs n'aiment pas. Tu aurais fait un pied de nez au destin et je n'aurais plus senti se poser sur moi les yeux de mes juges. Ma pauvre maman, je ne te condamnerai pas à vivre en recluse avec l'enfant dont tu as honte. Jusqu'au bout, j'irai. Il doit bien y avoir un bout. Il suffit de se laisser guider par le fil qui tire. J'aimerais ne plus bouger, comme toi quand tu restes des heures dans ton bain. Une fois tes ongles secs et mon père endormi, il t'arrive de demeurer immobile, les yeux fermés, la nuque appuyée contre le rebord de la baignoire. On dirait alors que tu reposes au fond de ton tombeau.

Isabelle nageait toujours avec la même régularité et la fatigue semblait ne pas pouvoir l'atteindre. Pourtant, peu à peu, une certitude l'envahissait. Désormais, elle avait dépassé la limite au delà de laquelle ses forces ne seraient plus suffisantes pour lui permettre de regagner la rive. Rien de précis ne justifiait ce sentiment, et elle ne voulait pas se retourner afin d'estimer le chemin parcouru, mais elle savait qu'il était trop tard pour succomber à la tentation du retour, et, loin d'en éprouver de l'angoisse, elle se sentait presque soulagée.

Le fil tirait et elle ne pouvait plus choisir de lui échapper. La certitude était douce comme ce soudain courant d'eau presque tiède entre ses cuisses. Bientôt, elle s'endormirait. Bientôt, elle serait délivrée. « Elle n'est pas seulement laide, ma pauvre petite fille, elle est sans grâce, c'est pire. » Ces mots s'inscrivaient comme une épitaphe sur la tombe de ses treize ans. Mais il n'y aurait pas de tombe et pas de cadavre. Elle se diluerait lentement muscle après muscle et quelques lambeaux se perdraient dans la chevelure des goémons. Elle ne ferait pas à ses parents l'ultime cadeau d'une fille encore plus laide morte que vive. Et si, par un curieux acharnement du destin, son corps tuméfié était ramené vers la côte, il n'appartiendrait plus à personne. Le droit de varech fait de l'épave rejetée par la mer la propriété de tous.

« O Etienne, Etienne, je lui avais pourtant bien dit d'être prudente! Pourquoi ne m'a-t-elle pas écoutée? Nous avons échoué, Etienne », dirait sa mère et les larmes l'embelliraient encore. Alors son mari chercherait des mots pour la consoler. Il dirait n'importe quoi, comme tout à l'heure, quand il a répété, l'air béat : elle n'est pas belle du tout, notre fille, sans même avoir pris la peine de la regarder. Comment le ferait-il? Il ne voit que sa femme, il ne voit que la toute belle aux longues mains tournoyantes.

Isabelle aurait aimé qu'Alice eût le temps de revenir pour les funérailles. Mais, comment la prévenir? Alice pleurerait, la tête enfouie dans ses mains. « O ma petite sœur, ma petite sœur que j'aimais tant! Si j'avais été là, je t'aurais empêchée de faire des bêtises. Pourquoi suis-je donc partie? » Les cheveux d'Alice ruisselleraient le long de son visage et laisseraient à découvert sa belle nuque hâlée. Si seulement Alice était de retour pour la cérémonie, Isabelle mourrait plus tranquille.

Que les vagues deviennent hautes quand les forces faiblissent! La plus grosse, la plus baveuse déferlait sur sa tête et lui enfonçait jusqu'à la gorge son goût de vieille morue. Elle ne voyait plus rien. Elle respirait à peine. Pourtant, elle entendit dans un tumulte de naufrage ces mots hurlés à son oreille :

— Elle est folle, cette gamine, complètement folle.

Il était là. Un homme avec un drôle de regard et une bouche qui crachait la mer et ne souriait pas. Son front était crispé par l'effort et ses bras se tendaient vers elle. Elle sut qu'elle ne lui échapperait pas et elle n'eut pas envie de lui échapper. Elle coulait vers lui et elle était son fardeau. Le fil s'était cassé à l'instant où l'homme avait apparu.

Eclairé à giorno par le soleil couchant, le visage de l'homme était tourné vers elle, mais il était si proche qu'elle ne le voyait pas. Elle eut encore un dernier soubresaut, et, comme un saumon dans un torrent de montagne, elle voulut lutter contre le courant qui l'emportait, contre cet homme qui la bousculait, puis, aveuglée par le soleil et la violence des éléments, elle succomba.

Il l'avait assommée. Il l'avait traînée dans son sillage comme un pirate saisit à pleines mains son butin. Il l'avait arrachée aux vagues. Il l'avait étendue sur les galets.

— C'est malin, disait-il en la giflant. Vraiment, c'est malin. Mais à quoi penses-tu donc, petite sotte? On n'a pas idée d'aller si loin!

Elle ouvrait les yeux, elle n'avait pas froid. Elle ressentait une espèce de joie bizarre à se laisser malmener par cet homme. Elle pensait à ces fleurs qui s'ouvrent à la bourrasque chargée de pollen.

— Tu l'as échappé belle, disait-il. Heureusement que je t'ai vue. Tu te rends compte! Non, mais tu te rends compte?

Elle lui souriait sans chercher à comprendre. Un long temps passa avant qu'elle ne se décidât à lui répondre. A genoux et penché vers elle, il la regardait avec une inquiétude qu'il dissimulait sous les railleries. Oui, il la regardait, il ne regardait qu'elle et ce miracle était infiniment plus merveilleux que le fait qu'il lui eut sauvé la vie. Elle craignait que les premiers mots ne fussent fatals et que le bavardage ne vînt rompre le charme.

— Où habites-tu? demanda-t-il, et elle dut bien se résoudre à répondre.

— Là-bas, dit-elle, et, appuyée sur un coude, elle tendit la main dans la direction de la Prée.

— Je vais t'accompagner. Comment te sens-tu? interrogea-t-il en l'aidant à se relever.

— Vous êtes grand, dit-elle quand elle fut sur ses jambes.

— Tu pourras marcher jusque-là, ou veux-tu que je te porte? Dis-moi?

— Je ne sais pas, répondit-elle avec prudence. Le fait qu'il pût la porter jusqu'à la Prée lui semblait absolument contraire aux usages, et, en cela même, séduisant.

— Attends-moi ici une seconde, juste le temps de remettre mon pantalon et ma chemise. Ce sont tes affaires, là-bas?

— Oui.

— Ne bouge pas, je vais les chercher. Ne bouge surtout pas ou je te gifle de nouveau!

Elle l'entendit rire pour la première fois et son rire lui parut un peu trop sonore. Les personnes que fréquentaient ses parents à Paris ne riaient jamais de cette manière-là. Les personnes que fréquentaient ses parents ne l'avaient jamais regardée de la sorte et elle était prête à parier qu'aucune d'entre elles ne serait venue à son secours ainsi que cet inconnu l'avait fait. Il pouvait bien la bousculer ou la railler, il n'en restait pas moins l'être le plus extraordinaire qu'il lui eût encore été donné d'adorer. Car elle l'adorait déjà, non parce qu'il l'avait arrachée à la mort, mais parce qu'elle sentait que sa seule présence avait le pouvoir de la dédommager de toutes les tristesses de la vie.

Le plaisir qu'elle eut à le voir revenir vers elle en courant, à l'entendre répéter deux fois de suite : « Ça va, petite sotte? », à se sentir prise par la main, engendra aussitôt un agréable sentiment d'orgueil. A cet instant même, toute la vie de cet inconnu tournait autour d'elle dont la pauvre culotte pendouillait lamentablement sur les cuisses. Sous ses airs déconfits, elle cachait l'arrogance d'une reine. Cet homme lui appartenait et elle songeait d'emblée à en tirer gloire. Il la porterait jusqu'à la Prée, ainsi en avait-elle décidé. Personne ne pouvait ignorer qu'il était sa propriété et jamais rien de ce qui lui avait été offert de plus beau ne lui avait procuré une telle joie. Elle faillit pleurer quand il la souleva de terre.

C'en était trop. Par son excès, la joie devenait insupportable.

— Comment t'appelles-tu?

— Isabelle.

Elle n'osa pas lui dire : « Et vous? », mais, plus que la timidité, ce fut peut-être une prudence instinctive qui la fit se taire. Sa joie était si parfaite à cet instant, qu'elle ne souhaitait pas lui ajouter quoi que ce fût. Comptable de son plaisir, elle remit à plus tard la question qui ne manquerait pas de lui procurer une nouvelle félicité.

Il la portait. Auréolé de roses mystiques, le front d'Isabelle touchait le ciel. Du bout des orteils jusqu'à la pointe des cheveux, elle éprouvait une sorte de volupté inconnue à laquelle elle ne cherchait pas à donner de nom, tout occupée qu'elle était à la ressentir. Son corps se rassemblait dans les bras de cet homme qui avait su s'en saisir sur la terre ferme comme dans les flots. Le plus merveilleux encore n'était-il pas que le prodige pût se prolonger hors du milieu qui l'avait vu naître?

L'homme avançait précautionneusement et la lenteur de sa marche témoignait assez de la lourdeur du fardeau. Isabelle se sentait peser entre ses bras, pourtant elle aurait juré qu'elle était plus légère que la brise qui les caressait l'un l'autre de la tiédeur de son souffle. L'homme ne parlait pas et des musiques célestes accompagnaient son silence. Même dans l'église de Nimeuil où elle aimait s'asseoir quand il n'y avait personne, jamais Isabelle n'avait entendu pareille cantate. Elle savait que les anges des images pieuses guident de leurs chants le ravissement des bienheureux.

— Tu peux marcher, maintenant? demanda-t-il

à mi-chemin en la posant par terre afin de reprendre des forces.

— Je ne me sens pas bien, répondit-elle avec une audace dans le mensonge qu'elle ne se connaissait pas.

Il est à noter que ce péché ne compromit en rien la béatitude d'Isabelle. Dès qu'elle fut de nouveau dans les bras de l'homme, elle ne songea plus qu'à son plaisir. Elle faisait appel à Dieu pour nommer l'innommable, c'est-à-dire ce qu'elle ignorait quelques heures plus tôt et qu'elle découvrait avec la curiosité des sens et de l'esprit. Parmi toutes les images saintes dont le souvenir ajoutait encore à la volupté de l'instant, deux d'entre elles se disputaient son imagination. Tantôt, s'inspirant de la première, ils étaient Adam et Eve chassés du paradis et leur détresse les faisait s'étreindre avec fougue, tantôt, préférant la seconde, il était un pénitent de Séville, et, la tête dissimulée sous la cagoule, il avait en charge la statue de la Madone. Vierge ou pécheresse, les trompettes des anges n'en accompagnaient pas moins son ravissement. Quand Isabelle franchit le portail de la Prée dans cet apparat, il lui sembla que le sentier était devenu quelque chose comme une voie divine.

Sa mère se précipita à sa rencontre. Isabelle vit son visage crispé par l'inquiétude. Elle remarqua cependant que, malgré l'angoisse, elle n'avait pas oublié de rejeter en arrière ses cheveux de ce geste habituel qui lui permettait de dégager les lignes pures de son cou et de son profil.

— Mon Dieu! Qu'est-il arrivé? s'écria Mme Martineau-Gouly.

Isabelle resta silencieuse. L'inconnu la tenait toujours dans ses bras et soudain — était-ce l'apparition de sa mère qui avait rompu la céleste extase? — Isabelle oublia les saints et les anges. Fort banalement, elle n'était plus qu'une jeune épousée à qui son mari faisait franchir le seuil du bonheur.

2

Les jours suivants, Isabelle fut choyée comme une grande malade, d'autant plus que l'origine de son mal demeurait inconnue. Le Dr Fétard qu'on avait fait venir d'urgence de Nimeuil avait diagnostiqué une certaine fatigue. « La croissance, madame, et bientôt la puberté. Deux mystères! Evitez-lui les contrariétés et tout ira bien. » Ainsi fut-il fait. Si Isabelle avait eu le goût du pouvoir, elle aurait pu exercer sur la Prée une autorité absolue. Ses parents se montraient attentifs à ses moindres désirs. Faute d'avoir compris ce qui s'était réellement passé le soir où son enfant avait failli se noyer, Mme Martineau-Gouly avait classé la chose sous la rubrique « incident malheureux ». Il s'agissait d'un malaise, tout au plus d'une imprudence.

La malade se portait à ravir et le double mystère de la croissance et de la puberté qu'avait évoqué l'homme de l'art, s'il inquiétait fort l'entourage d'Isabelle, ne semblait pas en revanche la troubler. Quand elle entendait ses parents chuchoter, elle les soupçonnait parfois de s'entretenir de son cas, mais elle ne songeait plus à surprendre leur conciliabule. L'eût-elle souhaité que son entreprise eût été vouée à l'échec. Désormais, ses parents parlaient très bas et leurs voix n'étaient plus qu'un murmure aux accents graves et aigus alternés. Ils ignoraient que leurs mots avaient blessé Isabelle, mais la présence toujours possible de leur fille et sa soudaine fragilité les incitaient à la prudence.

D'un tacite accord, on cessa d'évoquer l'« incident malheureux ». Simplement, Mme Martineau-Gouly passa un peu moins de temps dans sa baignoire et resta un peu plus avec sa fille, tandis que Louise reçut l'ordre de mettre son talent culinaire au service de l'enfant. On demanda l'avis d'Isabelle avant d'établir les menus et celle-ci en profita pour se livrer à des orgies de mousse au chocolat et d'îles flottantes. Sa volonté de rassurer ses parents et de détourner leur esprit de ce qui lui importait vraiment décuplait son appétit. Mais sa vie était ailleurs et chaque jour devenait interminable.

— Une visite pour toi, Isabelle. Viens vite, ma chérie.

C'était trois jours après l'« incident malheureux ». Isabelle s'élança du fond du jardin vers la salle à manger dont sa mère avait entrebâillé les volets pour l'appeler. Isabelle n'avait vu personne remonter le sentier. Il était rare qu'un visiteur échappât à son regard, plus rare encore qu'un visiteur arrivât sans être attendu.

— Isabelle, M. Vincent Morin a la gentillesse de venir prendre de tes nouvelles.

Elle n'en croyait pas ses yeux, l'inconnu qui l'avait prise dans ses bras était là et sa mère lui donnait un nom qu'elle aurait préféré apprendre de celui qui le portait.

— Alors, comment va la grande nageuse? demandait-il en ébouriffant du bout des doigts les cheveux d'Isabelle.

Elle savait bien qu'elle devait répondre quelque chose si elle ne voulait pas passer pour idiote, mais quoi? Il fourrageait ses cheveux avec cette énergie dont Mme Martineau-Gouly se montrait coutumière quand elle lui faisait un shampooing. Isabelle sentait ses yeux lui piquer, cependant aujourd'hui la mousse n'y était pour rien. C'étaient des larmes de bonheur qui lui venaient. Il était là et Isabelle ne trouvait pas de mots pour traduire son transport.

— Tu entends, Isabelle? M. Morin te demande comment tu te portes?

Isabelle enviait à sa mère le pouvoir qu'elle avait de jongler avec les noms du visiteur. M. Morin. M. Vincent Morin. Pour Isabelle, il serait Vincent, mais elle n'osait pas encore prononcer son prénom.

— Jugez-en par vous-même, monsieur Morin. Elle va bien, très bien. Mon mari et moi nous ne pourrons jamais assez vous témoigner notre gratitude. C'est le ciel qui vous a envoyé.

— Oh! le ciel, madame, comme vous y allez!

Il avait interrompu d'un grand éclat de rire les protestations de reconnaissance et on eût dit que les verreries du grand lustre allaient se briser. Mme Martineau-Gouly avait rejeté en arrière ses longs cheveux bruns d'un geste brusque. Connaissant l'entêtement de sa mère, Isabelle comprit qu'elle ne se laisserait pas arrêter par le rire de Vincent et que sa gratitude serait véhémente.

— Mais si, monsieur Morin. C'est le ciel qui vous a envoyé à point nommé pour sauver cette enfant. Ne croyez-vous pas?

— Je ne comprends rien à ces choses-là. L'important, c'est que votre fille soit en forme, et, apparemment, elle l'est. N'est-ce pas, Isabelle?

— Grâce à vous, monsieur, nous ne l'oublierons pas.

— Isabelle doit oublier et se rebaigner très vite pour ne pas avoir peur. Chat échaudé craint l'eau froide, s'écria-t-il en jetant son rire à la figure de la fillette.

Il était grand et très maigre. Sa chemise écossaise à demi déboutonnée lui donnait ce que les parents d'Isabelle appelaient un genre ordinaire, et, dans la famille Martineau-Gouly, le genre ordinaire avait mauvaise réputation. Peut-être, était-ce précisément pour cette raison que Mme Martineau-Gouly tentait par de nouvelles effusions de soustraire sa fille à l'influence de cet homme et de l'attirer à elle. On aurait pu parier que Vincent Morin ne lui plaisait pas et que, tout sauveteur qu'il était, l'envie de l'envoyer au diable ne tarderait pas à la démanger.

— Ma petite fille, pourquoi nous as-tu fait si peur? s'exclama-t-elle d'une voix parfaitement modulée entre la tendresse et le reproche, et elle ouvrit à Isabelle ses longs bras nus aux attaches fines.

Subjuguée par cet appel filial dont Vincent était le témoin, assurée de donner d'elle-même une idée flatteuse — n'avait-elle pas le pouvoir de susciter des démonstrations jalouses et passionnées? —, Isabelle se précipita dans les bras offerts. Elle se trouva pressée contre le sein maternel dans un enchevêtrement de chaînes et de breloques avec l'impression d'avoir donné de la tête dans la vitrine d'un bijoutier.

— Tu seras prudente, n'est-ce pas, Isabelle? Jamais plus tu ne nous feras peur?

Elle disait oui, oui, oui à tout, le nez chatouillé par les effluves sucrés et tièdes du corps maternel, les oreilles pleines du cliquetis des joyaux. Alors elle sentit que l'étreinte se desserrait brusquement. Sa mère la repoussait, et, feignant d'avoir oublié un temps la présence de Vincent, elle redressait la tête, rejetait en arrière ses cheveux et reprenait ce vague sourire de bienvenue qui dissimulait tous autres sentiments.

— Pardonnez-nous, monsieur Morin. Nous nous donnons en spectacle.

— Le spectacle n'est pas désagréable, répondit-il avec une ironie qui montrait assez le mépris dans lequel il tenait les règles de la bienséance.

— Mes filles sont tout pour moi, comprenez-vous?

Il y avait quelque chose de gênant dans la manière dont cette femme jeune et belle s'abritait tantôt derrière les politesses, tantôt derrière ses enfants. Pour éviter de lui répondre, Vincent se tourna vers Isabelle, et Mme Martineau-Gouly, offensée par son silence, voulut montrer à quel point la conversation de son visiteur était dénuée d'intérêt en choisissant aussitôt de mettre un terme à leur entretien. Cette fois, loin d'arracher sa fille à Vincent, elle se servit d'Isabelle pour couvrir sa retraite.

— Va, va avec M. Morin. Tu lui montreras la maison, le jardin, pendant ce temps, je vais prévenir ton père. Il sera si heureux de remercier à son tour M. Morin.

Dès qu'elle se trouva seule avec Vincent, Isabelle oublia sa timidité. Les mots venaient sans qu'elle eût besoin de partir à leur recherche, et, s'ils ne venaient pas, c'était qu'il n'y avait rien à répliquer et elle ne s'en jugeait pas plus idiote pour autant.

Du jardin à la grange, elle voulut tout lui montrer et la curiosité de Vincent lui facilita la tâche. Il s'intéressait à chaque chose. Par sa manière de poser des questions ou de donner son avis, il s'appropriait tout ce que son regard touchait. Il émit pourtant une opinion, une seule, qu'Isabelle eût pu juger désagréable, mais, toute à sa joie de lui faire les honneurs du domaine, elle perçut à peine la discordance. Alors que Jennifer se proposait de les accompagner dans leur promenade, Isabelle voulut la présenter à son ami; pour lui, elle aurait aimé que les arbres, les fleurs, les lézards verts et les salades s'en vinssent défiler en rang serré devant eux et que, du végétal à l'animal, tous les règnes pussent reconnaître leur nouveau souverain.

— Regardez comme elle est belle, elle s'appelle Jennifer.

Elle avait pris la chatte dans ses bras et elle la tendait à Vincent pour qu'il s'en saisît à son tour.

— Je n'aime pas les chats, dit-il en refusant de prendre l'animal.

— Justement, c'est une chatte. Jennifer est une dame, une vraie dame, insista Isabelle en reprenant l'expression que sa mère avait coutume d'utiliser.

— Chat ou chatte, je n'aime pas ces petits museaux sournois.

A nul autre que Vincent, Isabelle n'aurait pardonné cette sorte d'incartade, mais elle savait déjà qu'envers cet homme sa faiblesse serait sans limites et qu'elle trouverait du charme à ses pires défauts. Elle embrassa Jennifer sur ce qu'il avait osé nommer son museau — ce terme montrait assez sa méconnaissance des chats — et, sans trop de remords, elle reposa l'animal à terre.

Dans le potager, elle montra à Vincent les œuvres de leur jardinier, le père Grimaud. C'était un militaire en retraite, reconverti dans le jardinage, et qui travaillait déjà à la Prée du temps de l'oncle Edouard. Isabelle s'était réservé un carré au fond du jardin pour ses productions personnelles, à savoir quelques laitues montées en graine.

— Le secret d'une bonne pousse, dit Vincent, n'est pas dans le légume, dans l'arbre ou dans la fleur, mais dans la terre qui est sa demeure. Il n'y a qu'une seule règle : trois sous pour la plante, trente sous pour la plantation.

— Vous m'apprendrez? demanda-t-elle, ravie de l'associer à ses projets.

— Pourquoi pas?

Il lui expliqua encore qu'il ne suffisait pas de tondre le gazon, mais que, selon l'exemple anglais, il fallait aussi le passer au rouleau. L'ampleur de ses connaissances éblouissait Isabelle et son admiration atteignit de vertigineux sommets quand ils pénétrèrent dans la grange. D'un air compétent, Vincent examinait les murs blanchis à la chaux et la charpente en parfait état.

— C'est superbe. Tu devrais en faire ta maison.

— Vous avez deviné! Maman m'a promis que je pourrais m'y installer avec Alice dès qu'elle sera de retour. Ma mère ne voulait pas au début; au village, on raconte de drôles d'histoires sur cette grange. Il y a longtemps, avant l'oncle Edouard, la Prée était une ferme. On dit qu'une année, le dernier jour du battage, le fils des fermiers est mort ici.

— Oui, son corps a glissé sur le foin et s'est écrasé au pied de la lucarne. On n'a jamais su si on l'avait assassiné ou si un malaise lui avait fait perdre l'équilibre. On prétend qu'il avait le haut mal.

— Comment sais-tu tout ça?

Dans son étonnement, elle l'avait tutoyé pour la première fois.

— Tu me fais rire! Je connaissais les histoires de Nimeuil que tu n'étais pas née.

— Tu habites le village?

— Non, mais j'y possède des théories de cousins.

— Des théories?

— Oui, une ribambelle, si tu préfères.

— Tu habites chez eux?

— Non, ma belle, je suis un homme libre. Je campe sur la plage.

— Oh! soupira-t-elle et elle ne trahit pas davantage son émerveillement.

Depuis ses plus jeunes années, le fait de camper lui avait toujours paru le symbole même de l'indépendance. Du temps où ils habitaient Paris, ses parents avaient acheté une maison à une centaine de kilomètres de la capitale pour qu'Isabelle et Alice pussent respirer le grand air. « Remplissez vos bronches, les enfants! » ordonnait M. Martineau-Gouly à ses filles dès que la famille débarquait sur le théâtre d'opérations. Il fallait marcher, courir, sauter et faire provision de santé afin de mieux lutter contre les attaques de l'hiver urbain. Le dimanche soir, ils reprenaient le train pour Paris, et, dans les couloirs des secondes, il y avait des scouts avec des jambes poilues et des brassées de genêts qui revenaient de camper. Isabelle aurait volontiers échangé son fauteuil de première contre la possibilité de se joindre à la bruyante équipe. Un jour, sa mère lui avait promis qu'à quinze ans elle aurait elle aussi la permission d'aller camper. Riche de cette assurance, Isabelle remettait à sa quinzième année sa véritable entrée dans le monde. La statue de la liberté avait un sac à dos et des mollets velus.

Quand Isabelle conduisit Vincent dans le bureau de son père, elle ne put que faire partager son enthousiasme à ce dernier.

— Papa, Vincent campe sur la plage!

— Très bien, très bien. Les nuits doivent être agréables en ce moment.

— Excellentes.

— Camping sauvage en somme, ajouta M. Martineau-Gouly qui ne s'était pas levé de son fauteuil.

D'un geste de la main, il invitait Vincent à occuper l'autre siège.

Le terme camping sauvage sonnait d'une manière bizarre. A dire vrai, il ne déplaisait pas à Isabelle, mais elle soupçonnait son père de l'avoir choisi pour marquer sa désapprobation. En effet, chaque fois qu'il employait le mot sauvage, il y avait comme un risque latent de désordre qu'il cherchait à stigmatiser. Autrefois, quand il s'entretenait le soir avec sa mère, elle avait noté la fréquence d'expressions telles que grève sauvage, crèche sauvage et d'autres encore dont elle ne se souvenait pas à présent avec exactitude.

— Comment vous approvisionnez-vous en eau?

— Je vais au village.

— C'est loin. Pourquoi ne pas venir ici?

— Je ne veux pas vous déranger.

— Allons, allons, ce n'est pas avec quelques jerricanes d'eau que nous paierons notre dette. N'oubliez pas, monsieur Morin, que nous vous sommes redevables d'infiniment plus. D'ailleurs, je vais vous faire un aveu : loin de nous déranger, vos visites seront les bienvenues. Nous sommes très seuls ici.

Malgré la touffeur du bureau, il croisait les bras d'un geste frileux et sa main droite égrenait sans cesse un collier d'ambre dont il ne se séparait plus depuis qu'une crise cardiaque avait interrompu sa carrière et l'avait contraint à ne plus fumer. Ses traits réguliers témoignaient d'une ancienne séduction, mais, sur son visage amaigri, la peau était détendue et n'adhérait plus à l'os. De même qu'il y avait surabondance de chair sur ce corps rétréci, il y avait dans cette tête une intelligence qui ne trouvait plus à s'employer.

Isabelle s'était tout d'abord demandé si elle devait laisser seuls Vincent et son père. Puis, comme ni l'un ni l'autre ne lui avaient fourni d'indications sur ce qu'il convenait de faire, elle jugea qu'elle pouvait fort bien opter pour une voie moyenne. Elle serait présente sans toutefois intervenir dans la conversation. Une mouche, je ne suis qu'une mouche, pensa-t-elle avec satisfaction, et elle se posa sur le tapis.

Tout près du fauteuil anglais de M. Martineau-Gouly et à portée de sa main, il y avait sur une console toute une armée de soldats de plomb.

— Il manque la pièce principale, constata Vincent, celle qui donne son sens aux autres.

— Laquelle, dites-moi? interrogea Etienne Martineau-Gouly dont le regard s'éclairait soudain.

— La mort, répondit Vincent. La mort sans qui les armées ne seraient pas ce qu'elles sont.

— On ne parle pas de corde dans la maison d'un pendu, monsieur Morin.

D'une main légèrement tremblante, il avait sorti de sa poche un mouchoir et il s'épongeait le front. Après avoir repris son souffle, il poursuivit d'une voix calme, presque apaisée.

— Vous me voyez fatigué et vieux. Ne protestez pas, je suis lucide. Il y a quelques mois, un an tout au plus, j'étais un autre homme, et, si je suis encore vivant, je sais que le coup est passé très près. Alors, ne me parlez pas de la mort et laissez-moi rêver à ces soldats dont les uniformes impeccables montrent assez qu'ils ne sont pas promis à un destin fatal. Sans doute faut-il se sentir très vieux pour se laisser prendre à un jeu d'enfant. Croyez-moi, ce n'est pas la mort qui me fascine, je la connais trop. La stratégie seule m'intéresse et je joue aux petits soldats comme d'autres jouent aux échecs.

— Des soldats impériaux. Pourquoi avoir choisi la Grande Armée?

— Vous vous êtes trahi, monsieur Morin. Même si vous les méprisez, vous les avez identifiés au premier regard. Prenez garde, ma passion — ma manie, dirait ma femme — peut vous gagner. Approchez-vous, nous allons les passer en revue. Ils ont de bonnes raisons de vous rendre les honneurs.

Fidèle à son rôle de mouche, Isabelle se contenta de voleter autour d'eux sans rien dire, puis, satisfaite de la tournure des événements, elle revint sagement se poser sur le tapis. On pouvait tout craindre des réactions de Vincent et Isabelle savait que son père ne tolérerait pas qu'on plaisantât ses compagnons d'armes. A la Prée comme à Paris, dès qu'il entrait dans son bureau, son premier regard était pour ses soldats. Il devinait immédiatement si l'un d'eux avait été bougé. La seule dispute qui avait éclaté entre lui et sa femme avait eu pour origine le déplacement d'un officier du premier régiment de chevau-légers lanciers qui portait haut et fier un immense plumet. Louise fut accusée du crime et elle nia avec d'autant plus de véhémence que la mère d'Isabelle prit sa défense. De ce jour M. Martineau-Gouly interdit même à sa femme d'épousseter les précieuses créatures.

A présent, Isabelle ne craignait plus que l'ironie de Vincent suscitât la colère paternelle. Sur le front des armées, les deux hommes étaient si proches que leurs épaules se touchaient. Quand son père se saisissait avec des délicatesses d'amoureux d'un lancier rouge de la Garde ou d'un hussard de la marine, sa main cessait de trembler et sa voix soudain sonnait clair. Oubliées la lassitude et l'inaction. Tout était redevenu comme avant sa maladie et on aurait même pu croire que le téléphone allait de nouveau retentir. M. Martineau-Gouly répondrait en dictant ses ordres à son interlocuteur du ton calme de ceux qui ne doutent pas de leur ascendant. Le vieil homme s'était effacé et le stratège jouissait de ses ruses. Il maniait les figurines en uniforme comme autrefois les hommes de son cabinet. Un coup, quel délice de monter un coup! Par une attaque latérale, il forçait l'adversaire à dégarnir son centre, et, colonne après colonne, l'infanterie et la cavalerie enfonçaient le front ennemi. Le stratège faisait glisser sur la console les grenadiers à cheval dans leur habit bleu à aiguillettes orange, les chasseurs en pelisse écarlate et culottes vertes, la Vieille Garde en longue capote et pantalons bleus.

Maréchaux ou grognards, ils obéissaient tous à leur maître.

Isabelle comprenait mal qu'après avoir affiché son mépris pour les chats, Vincent pût éprouver quelque intérêt pour ces petites créatures chamarrées. En revanche, elle n'ignorait pas que son père jugerait d'autant plus favorablement le visiteur qu'il aurait partagé sa passion et Vincent semblait avoir conquis les troupes et le maître des armées. Désormais, la Prée lui était ouverte et cette victoire-là valait bien un sacrifice. Loin de se sentir abandonnée par Vincent, Isabelle se félicitait déjà de l'estime que son père ne manquerait pas de témoigner à son compagnon d'armes.

— Il est très bien, ce jeune homme, dit en effet M. Martineau-Gouly, le soir au dîner. J'espère que nous le reverrons bientôt.

— Il a dit qu'il viendrait demain chercher de l'eau, ajouta précipitamment Isabelle.

— De l'eau? s'étonna sa mère. Et pourquoi ne nous demande-t-il pas aussi de se servir de la salle de bains?

— Tu oublies, Elise, ce que nous lui devons.

— Je te l'accorde, Etienne, mais il faut défendre à tout prix notre tranquillité.

— Bien sûr, bien sûr, ma chérie. Cependant, ce jeune homme est de grande qualité et il est bon que nous lui marquions notre gratitude.

Pendant tout le repas, la conversation tourna autour de Vincent. Il était évident que Mme Martineau-Gouly ne partageait pas l'enthousiasme de son mari.

— Je n'aime pas son regard, dit-elle. As-tu remarqué qu'il louche?

— Je dois avouer que je n'y ai pas fait attention. La chose ne doit pas être grave. Au reste, dans certaines civilisations, chez les Mayas je crois, les hommes qui louchaient étaient fort appréciés. On allait même jusqu'à enserrer d'une chaîne la tête des bébés pour faire pendre une breloque au bas de leur front. A force de suivre les mouvements de la breloque, certains de ces enfants se mettaient à loucher et leurs parents s'en montraient très fiers. Le strabisme constituait leur principal critère de beauté.

— Va pour les Mayas, répliqua Mme Martineau-Gouly que les arguments de son mari n'avaient pas convaincue. Mais en France, ça s'opère.

Isabelle nota que sa mère était prête à envoyer sur la table d'opération quiconque ne se conformait pas à son idéal de beauté. Vincent était-il beau ou laid? Isabelle n'y avait jamais songé, et, même ce soir, cette question lui semblait sans importance. Il se pouvait bien que son regard eût quelque chose d'étrange. L'étrangeté ne déplaisait pas à Isabelle. Le fait même que cet homme pût paraître laid à certains la réconfortait. Leur commune disgrâce les rapprochait.

Le lendemain fut interminable. Le soleil était à peine levé qu'Isabelle postée à la fenêtre de sa chambre surveillait déjà la route de Nimeuil. A la hauteur du calvaire, elle vit apparaître quelques camionnettes. Les ostréiculteurs s'en allaient rejoindre leurs parcs mis à nu par la marée basse. Ils marquaient un court temps d'arrêt au sommet de la colline avant de dévaler la pente vers la mer. Souvent, ils donnaient un coup de klaxon à l'approche de la Prée pour signaler leur présence aux voitures qui auraient pu surgir de la route traversière. Les parents d'Isabelle prétendaient que nombre de ceux qui klaxonnaient le faisaient davantage pour troubler le silence de la Prée que par souci de prudence. Il est vrai que plus l'heure était matinale, plus les avertisseurs se montraient insistants.

Après les camionnettes, ce fut le tour de Louise qu'elle reconnut tout de suite à sa robe bleue et à sa chevelure ponceau. Sur sa bicyclette, la belle Louise roulait tout cotillon au vent et Isabelle aurait juré qu'elle fredonnait une de ces chansons dont elle prenait soin de noter les paroles sur un carnet. D'habitude, Isabelle se précipitait dans la cuisine dès l'arrivée de Louise et la jeune femme lui faisait griller des tranches de gros pain. Ce jour-là, Isabelle fit taire son appétit, et, sur la pointe des pieds, elle prit le couloir, passa devant la chambre de sa mère et ouvrit à tâtons la porte de ce que ses parents appelaient pompeusement le donjon. Il s'agissait en fait d'une petite tour à peine plus haute que le corps principal du bâtiment. Un escalier à vis de quelques marches menait à une lucarne qui était la seule ouverture de la Prée du côté de l'océan. Alice et Isabelle s'y donnaient parfois rendez-vous les nuits de tempête. « N'oublie pas les allumettes », chuchotait Alice et elles grimpaient les pieds nus sur les dalles glacées jusqu'à la plate-forme de la tour. Alice craquait une allumette. « Regarde, Isabelle. » Leurs ombres dansaient sur les murs et sur l'ambre du vitrail. Elles se serraient l'une contre l'autre. L'allumette brûlait les doigts d'Alice qui en craquait une autre. Bientôt, elles s'habituaient à l'obscurité et Alice soufflait la dernière flamme. Joue contre joue, elles devinaient à travers la lucarne l'ampleur du tumulte. A chaque attaque, l'océan gagnait du terrain; avant l'aube, il viendrait déraciner la tour. Elles tremblaient de froid, de peur, et le frisson était délicieux. Elles se serraient plus fort. A cet instant-là, elles n'auraient su dire si elles redoutaient le grand saccage ou si elles l'appelaient de tous leurs vœux.

Aucun risque de tempête, aujourd'hui. L'océan ne viendrait pas battre les murailles de la Prée. Il s'en était allé très loin et seul un scintillement à l'horizon indiquait que son absence serait épisodique. Des murettes bien régulières délimitaient à perte de vue de grands champs de vase. Isabelle ne guettait ni le retour des flots, ni l'heure du bain. L'horloge des marées avait cessé de rythmer sa vie et même la joue d'Alice contre la sienne ne lui aurait apporté qu'un piètre réconfort. Sentinelle durcie par l'effort, elle n'entendait plus les bruits de la maison. Le battement de son sang obsédait l'attente. Les projets s'effaçaient un à un et l'avenir tout entier se résumait en un mot, en un nom, en un prénom : Vincent.

Il viendrait. Elle l'aurait juré. Il viendrait parce qu'il ne pouvait pas en être autrement. N'avait-il pas surgi de la mer à l'instant où elle allait se perdre? Ne l'avait-il pas soulevée de terre? Ne lui avait-il pas fait toucher du front le ciel? Autant de signes. Mer, terre et ciel. Ensemble, ils avaient déjà tout connu. Il ne pouvait pas ne pas venir. Bientôt, sa vieille Volkswagen apparaîtrait au loin, elle en était sûre. Un souhait si impérieux devait obligatoirement être exaucé. Ce n'était pas tant Vincent qui viendrait à la Prée qu'elle qui le contraindrait à venir par le seul pouvoir de son imagination et de son amour. Mon Dieu, faites que Vincent soit là! Comme la lune aspire goulûment les eaux terrestres, Isabelle attirerait à elle Vincent. Dieu ou bonne fée, elle prierait quiconque lui prêterait main-forte. Une seule chose l'inquiétait : elle ne parvenait pas à déterminer si la Volkswagen arriverait par la route de Nimeuil ou si au contraire elle viendrait de la mer. Le risque était grand de disperser son attention dans deux directions opposées. Isabelle le sentait bien. Néanmoins, elle ne parvint pas à privilégier l'un ou l'autre itinéraire, et, toute la journée, elle courut de la fenêtre de sa chambre à la lucarne de la tour.

A midi, elle avala à la hâte le déjeuner et rejoignit aussitôt son double poste d'observation. Les camionnettes reprirent la route de Nimeuil. Louise enfourcha de nouveau sa bicyclette et partit en chantant vers une destination inconnue. La marée était haute. Le père d'Isabelle faisait la sieste. Sa mère était allongée dans son bain. Jennifer dormait à l'ombre d'un pommier. Du calvaire jusqu'à l'océan, plus rien ne bougeait.

Les antennes tantôt tournées vers l'océan, tantôt vers le village, seule Isabelle était en éveil. D'un air attentif, elle se mordillait les mains. Car Isabelle n'était pas atteinte de cette manie somme toute assez commune qui consiste à se ronger les ongles — d'aucuns la nomment onychophagie, mais la chose n'en demeure pas moins banale — non, jamais elle n'aurait porté atteinte à l'intégrité de ses ongles dont du reste elle n'aimait ni la consistance ni le goût. En revanche, elle faisait ses délices de ces petits bouts de peau qu'elle écorchait d'abord à l'aide de ses ongles qu'il lui fallait par conséquent conserver en bon état pour satisfaire à cet usage et qu'elle grignotait ensuite avec gourmandise. Elle aimait la saveur de sa chair. Quand le bout de ses doigts avait été dépouillé des couches les plus superficielles, elle ne pouvait réprimer l'envie de mordre un peu plus fort, un peu plus profond, et le sang jaillissait au milieu du carnage. Elle connaissait parfaitement la topographie de ses mains. Elle pouvait déterminer avec une précision extrême quel doigt trop fraîchement cicatrisé saignerait à la première atteinte, quel autre au contraire presque intact résisterait à des assauts calculés. Il y avait des zones douces qui paraissaient n'avoir jamais été martyrisées et d'autres rugueuses et boursouflées qui devenaient douloureuses au moindre contact. La peau de tes doigts ressemble à celle des pommes de terre nouvelles, disait sa mère. Quand, en faisant la sauce de la salade, Isabelle devait presser un citron entre ses mains, le jus acide rongeait ses doigts jusqu'à l'os. Parfois, elle cherchait à évaluer combien de kilos de sa propre chair elle mangerait si elle vivait jusqu'à cent ans, car, de toute évidence, tant qu'il lui resterait un souffle de vie, elle trouverait en elle-même sa subsistance. Certes, le calcul n'était pas aisé, et, dans un accès d'orgueil bien légitime, il lui arrivait d'estimer à cinquante ou soixante kilos le poids de sa propre viande ingurgité tout au long de sa vie. Ainsi, avant même de mourir, pourrait-elle se targuer de s'être déjà fait disparaître.

Quand le soleil rejoignit la mer, Vincent n'était toujours pas venu et les doigts d'Isabelle étaient en sang.

Fort heureusement, Vincent fit son apparition dès le lendemain matin, ce qui permit à Isabelle de ne pas s'acharner sur ce qui lui restait de mains. Les Martineau-Gouly et leur fille prenaient le petit déjeuner dans la cuisine quand ils entendirent freiner la Volkswagen, ou plutôt quand

Isabelle comprit qu'il s'agissait de la Volkswagen, car elle fut la seule à identifier immédiatement la voiture.

— Qui vient de si bonne heure? interrogea sa mère qui détestait être surprise en robe de chambre.

— Je ne sais pas, répondit Isabelle hypocritement.

Il était peu probable en effet qu'elle n'eût pas reconnu le bruit du moteur. Depuis si longtemps, elle attendait ce signal. Vincent n'avait-il pas dit qu'il viendrait la veille? Vincent n'avait pas tenu parole et, en un jour, Isabelle avait débusqué toutes les noires puissances qui se tapissent derrière le mot attendre. Ce funeste savoir l'avait sortie de l'enfance. Avant-hier, elle croyait pouvoir commander silencieusement au monde par l'énergie d'un vœu désespéré. Aujourd'hui, elle savait que ce même monde avait cessé de lui obéir.

— Mets-toi à la fenêtre, Isabelle, et dis-nous qui vient nous déranger, demanda sa mère.

Du bout de ses deux index, elle remettait de l'ordre dans la courbe de ses sourcils.

— Je ne vois pas la voiture, répondit Isabelle penchée à la fenêtre. Elle a dû se garer plus bas, derrière le mur.

Le visage de Vincent, le corps de Vincent, la chemise de Vincent, les yeux bizarres de Vincent allaient apparaître derrière le portail. Ce serait lui. Isabelle le sentait à cette émotion soudaine qui la faisait tout à la fois tout craindre et tout espérer, à cette rougeur qui embrasait son cou, à cette palpitation à la hauteur de ses genoux et aux alentours de ses tempes, aux battements de son cœur qui s'affolait comme si elle grimpait sur son vélo vers un de ces prodigieux sommets où l'air se raréfie.

— C'est Vincent! s'écria-t-elle enfin, et ses deux bras se levèrent malgré elle en signe de victoire.

— Vincent? interrogea sa mère. (Puis, après un temps de réflexion, elle ajouta :) Ah, oui! tu veux sans doute dire M. Morin. Décidément, il est bien matinal, ton ami, Isabelle. Va ouvrir le portail et occupe-toi de lui. Je dois faire ma toilette.

Mme Martineau-Gouly se leva, et, rassemblant d'une main les pans de sa robe de chambre qui entravait sa marche, elle se dirigea vers la salle de bains. On entendit aussitôt le bruit du verrou qu'elle avait pris soin de tirer derrière elle.

— Monsieur Morin! Vraiment, monsieur Morin! répéta son mari qui semblait tout juste émerger de ses rêves. C'est une bonne surprise. Dis-lui, Isabelle, que je regagne de ce pas mon bureau. Je serais très heureux qu'il y vienne bavarder un moment.

Elle avait décroché la clef du portail, et, suivie de Jennifer qui ne semblait pas rancuneuse, elle courait vers Vincent. Bonjour, lui cria-t-elle haletante. Bonjour, c'est une bonne surprise, dit-elle encore à la manière de son père. Elle ne voulait pas trahir son angoisse de la veille. Peut-être l'avait-elle déjà oubliée. Il était là. Ses yeux, ses yeux bizarres se posaient sur elle et effaçaient l'attente qui avait changé le jour en nuit. Je vous aime, aurait-elle voulu dire. Au cinéma, les héroïnes ne s'expriment-elles pas ainsi? Et les héros leur répondent : moi aussi, petite sotte. Non, ils ne les appellent pas petite sotte. Seul Vincent appelait Isabelle petite sotte. Elle aurait voulu lui dire... Au lieu de quoi, elle ajouta simplement : vous êtes le premier, ce matin, oubliant dans sa précipitation que leur intimité allait jusqu'au tutoiement. Il l'embrassait sur les joues, et cette manie qu'il avait de lui ébouriffer les cheveux, de la bousculer comme on joue avec un animal. Jamais les héros de cinéma ne se conduisent de cette manière-là avec les héroïnes.

Venu chercher de l'eau, il était encore là à l'heure du déjeuner. Isabelle n'aurait su dire avec exactitude de quoi étaient faites les heures passées avec Vincent. Trop de choses. Une boîte magique avec des perles versicolores dont aucune n'a de valeur en elle-même, mais qui participent toutes à un ensemble précieux que la moindre secousse peut modifier afin d'en créer un autre non moins irremplaçable. Chaque instant allait de soi et cette évidence, loin de rendre banale la réalité, permettait au contraire à Isabelle d'en jouir avec plénitude. Etait-ce seulement parce qu'elle avait rencontré cet homme, son premier homme, non loin de ce que les paysans d'autrefois appelaient le rebord du monde, là où la mer et le ciel se rejoignent et où l'univers s'anéantit? Etait-ce parce qu'il l'avait arrachée au désespoir absolu pour mieux la livrer à d'autres petits désespoirs faits d'amour, d'attente, de dépit et de doigts rongés d'incertitude? En consacrant sa fille à la laideur, Mme Martineau-Gouly avait failli. La parole de Vincent s'était substituée à celle de la mère, de cette mère qu'Isabelle avait tant aimée. Et sans doute, l'aimait-elle encore. Isabelle se souvenait des soirs où après dîner, sa mère avait l'habitude de la prendre sur ses genoux et de la bercer comme un poupon. Isabelle qui se disait déjà grande oubliait toutes prérogatives entre les bras parfumés et nus de sa jolie maman. Combien d'heures restaient-elles enlacées? Ni la mère ni la fille n'auraient su le dire. Parfois M. Martineau-Gouly s'agaçait de la longueur de ces étreintes. « N'avez-vous pas bientôt fini toutes les deux? » demandait-il à la fois complice et jaloux. Sa mère lui caressait les cuisses. « Là, à l'intérieur, disait-elle, qu'elle est douce, la peau de ma petite fille! » Aveugle maman, pourquoi as-tu donc un jour ouvert les yeux? Sais-tu que ta clairvoyance m'a envahie et que jamais plus nous ne serons l'une pour l'autre comme avant? Du temps des caresses, des caresses hors du temps. J'ai beau être ta fille, maman, l'amour ne m'aveugle pas.

Quand Mme Martineau-Gouly sortit de la salle de bains, elle portait une robe-chemisier blanche dont la simplicité rehaussait encore le galbe parfait de ses bras nus et bronzés, de son corps que l'on devinait mince mais sans maigreur. Ses cheveux noirs parfaitement lissés de part et d'autre d'une raie médiane encadraient un visage de reine gothique dont les yeux n'étaient point de marbre, mais d'une matière ambrée à la fois indéfinissable et précieuse, d'une matière bel et bien vivante. Il était étonnant en effet que la perfection des traits et des formes n'étouffât pas la vie. Car ce regard était vivant, non pas d'un rayonnement superficiel, mais d'une intensité profonde et cruelle. Il semblait juger, saisir et attirer. Il semblait aussi connaître ses pouvoirs et les redouter. On aurait dit qu'Elise Martineau-Gouly craignait de laisser voir la femme, derrière l'image de la femme. O l'indécence de certains regards qui ne vont pas vers les autres, mais qui ouvrent sur eux-mêmes!

Dans la cuisine, Louise et Isabelle riaient tandis que Vincent pétrissait la pâte à tarte, les bras enfarinés jusqu'aux coudes.

— Mais, ma parole, c'est qu'il s'y prend bien, ce drôle! s'exclamait Louise admirative.

— Et alors, ça t'étonne? J'ai des mains faites pour pétrir. Apportez-moi de la terre, de la farine, de la glaise, et vous verrez comme je vous sculpterai ça. En douceur, toujours en douceur. C'est moelleux comme chair de femme.

Isabelle lavait les fraises destinées à la tarte, Louise beurrait le moule et Vincent enfonçait les mains dans la pâte. Il la pinçait du bout des doigts, la faisait rouler sous la paume, la retournait, la lissait de farine fraîche, l'éventrait de ses poings fermés et l'enroulait sur elle-même. Chaque geste s'accompagnait de commentaires que ses admiratrices approuvaient en riant.

Quand la mère d'Isabelle pénétra dans la cuisine, les mains de Vincent s'immobilisèrent, et, la regardant, il se mit soudain à bafouiller d'un air presque enfantin.

— Continuez, continuez, dit aussitôt Mme Martineau-Gouly qui semblait ressentir la gêne qu'elle faisait éprouver aux autres. Continuez, c'est si bon de vous entendre rire.

Pour la première fois, elle adressa à Vincent un sourire qui n'était pas seulement poli, comme si la timidité du jeune homme et son embarras l'avaient émue.

— Méfiez-vous, monsieur Morin, cette tarte que vous êtes en train de faire, vous vous condamnez à la manger. Nous vous garderons à déjeuner.

— Je ne voudrais pas, madame... risqua-t-il.

— Permettez-moi de vous appeler Vincent. Ici, on ne parle que de vous. Jusqu'à mon mari qui se plaint de ne pas vous avoir vu ce matin.

Vincent montra ses mains pleines de farine comme pour se faire pardonner ce nouveau manquement.

— Juste quelques petites minutes, maman, il a presque fini, s'écria Isabelle.

— Je sais, je sais, ma fille. Rien ne presse, dit-elle en embrassant Isabelle sur le front. (Puis, se tournant vers Vincent, elle ajouta :) Savez-vous, monsieur Morin, ou plutôt Vincent, savez-vous qu'Isabelle est votre meilleur avocat?

— En ai-je tant besoin?

— Moi, dit Louise, si la tarte n'est pas bonne, jamais je ne le lui pardonnerai.

Bientôt Elise Martineau-Gouly les quitta pour s'en aller lire à l'ombre d'un pin. Les rires retrouvèrent aussitôt leur éclat, mais elle laissa derrière elle le sillage d'un parfum qui se mêla un temps encore à celui de la cannelle.

— Vous nous avez fait faux bond, hier, monsieur Morin, s'écria le père d'Isabelle quand Vincent pénétra dans son bureau.

La fillette constata avec satisfaction qu'elle n'avait pas été seule à déplorer l'absence de Vincent.

— J'ai passé toute la journée dans l'île d'Aix.

— L'île d'Aix? La dernière fois que je m'y suis promené, dit Etienne Martineau-Gouly en calant bien sa tête entre les deux oreilles du fauteuil, Ben Bella était encore prisonnier. Vous voyez que ça remonte assez loin. Une bien pénible affaire, en vérité, que cette affaire Ben Bella.

Un rayon de soleil filtrait à travers les volets à demi fermés. Il caressait de biais la joue droite de M. Martineau-Gouly dont l'autre profil laissé dans l'ombre avait les reflets verdâtres du vieux cuir anglais, puis, balayant toute la chambre en diagonale, il allait se planter au beau milieu de la console et éclairait à la manière d'un projecteur de théâtre le champ des opérations militaires. Depuis la dernière visite de Vincent, la disposition des troupes avait été modifiée et les chasseurs à cheval coiffés du colback à flamme rouge et fourragère orange, avec sur le côté gauche un grand plumet rouge et vert, étaient désormais en première ligne.

— Je n'ai rien oublié de cette fameuse année 56 où tout s'est joué. Je puis vous assurer que je m'en souviens comme si c'était hier, dit Etienne Martineau-Gouly en sortant des rangs un petit Bernadotte aux couleurs éclatantes qu'Alice et Isabelle lui avaient offert pour Noël. J'ai toujours eu l'impression que le détournement de son avion avait été tout aussi fatal à ceux qui l'avaient décidé qu'à Ben Bella et à ses compagnons. J'avais trente-sept ans alors.

Ce n'était certes pas la première fois qu'Isabelle entendait cette histoire qui lui semblait toujours aussi obscure. C'était en 1956, disait son père et pour elle 1956 ne voulait rien dire, sinon qu'elle devait encore attendre dix ans avant de naître. En 1956, son père ne connaissait pas sa mère. Alice et Isabelle n'existaient pas. Elle ne parvenait pas à imaginer son père sans ces appendices naturels que constituaient sa femme et ses filles, sans son chapelet d'ambre roulant entre ses doigts nerveux, sans ses soldats toujours prêts pour un combat sans cesse différé.

M. Martineau-Gouly avait sorti d'un tiroir une photo jaunie où des hommes gris qui se ressemblaient prenaient la pose. On aurait dit une noce dont curieusement les femmes auraient été exclues.

— Le gouvernement Guy Mollet. J'étais déjà directeur de cabinet. Que ne nous a-t-on pas reproché? Et pourtant, relisez les articles de l'époque, toute la France était derrière nous pour l'expédition de Suez. Il nous aura fallu des années pour nous remettre de tout ça. Peut-être même qu'on ne nous l'a jamais pardonné.

Vincent avait l'habileté de se montrer attentif sans toutefois gêner par des questions trop précises le monologue d'Etienne Martineau-Gouly.

— Je vous ennuie, jeune homme, dit-il soudain comme un homme qui a parlé si fort en dormant que ses propres mots l'ont éveillé.

D'un léger haussement d'épaules, Vincent l'encouragea à poursuivre.

— On coula à pic jusqu'en 1958 et en 59 commença la longue relégation. Il fallait nous éloigner, nous punir. Que sais-je encore? Dieu soit loué, pour moi, l'exil fut chaud et presque heureux. Je venais tout juste de connaître ma femme et nous partîmes tous deux pour une sous-préfecture des Antilles.

Souvent Isabelle avait entendu sa mère confier à des amis : « J'aurais dû naître créole. » Elle ne comprenait pas ce que ce mot-là signifiait, mais elle avait remarqué qu'à chaque fois que sa mère le prononçait sa voix s'adoucissait, traînant encore un peu plus sur les finales, son corps s'infléchissait doucement et sa chair devenait lumineuse. Sa mère parlait de chaleur et d'orages et on avait le sentiment que d'énormes gouttes de pluie roulaient sur sa peau plus vernissée que les feuilles tropicales. L'évocation se terminait immanquablement par cette phrase qu'elle susurrait avec délices comme on suce un bonbon à la menthe : Alice est née là-bas, et il semblait évident alors que le bonheur de l'âge créole eût engendré la parfaite beauté d'Alice.

— Et vous, monsieur Morin, interrogeait son père qui avait glissé la photo jaunie dans le sous-main du bureau.

— Oh! moi...

En quelques jours, Vincent sut se rendre indispensable. Il y avait bien cette gêne qu'il éprouvait en présence de Mme Martineau-Gouly et la volonté bien affirmée de cette dernière de défendre la Prée et ses habitants contre toute incursion barbare, mais Isabelle s'était juré d'aider son ami à franchir tous les obstacles.

Dans son désir de se consacrer entièrement au bonheur des siens, Elise Martineau-Gouly montrait une opiniâtreté qui contrastait étrangement avec l'indolence de sa démarche et la grâce qui caractérisait le moindre de ses gestes. Car il s'agissait bien de grâce ou, si l'on préfère, de don. Elle n'avait pas à faire l'effort de paraître, elle était. Belle entre les belles, on ne lui demandait pas de fournir d'autres preuves de son existence. Pourtant, depuis son installation à la Prée-aux-bœufs, un pointilleux sens du devoir la rendait exigeante avec les autres comme avec elle-même. On eût dit que la belle créole s'appliquait avec d'autant plus de soins à poursuivre une vie d'anachorète que rien dans sa nature ne la prédisposait à de tels sacrifices. La Prée serait sa thébaïde, ainsi en avait-elle décidé. Sûre de son ascendant et de ses forces, sa beauté lui ayant toujours permis de régner sans partage, elle évaluait mal la distance qui sépare le caprice d'un instant de la vocation d'une vie. En revanche, sa volonté de se retirer dans un désert lui faisait attacher une importance excessive à tout ce qui risquait de la détourner de sa résolution, et, si elle feignait parfois de ne pas remarquer la place que Vincent avait prise dans la vie d'Isabelle et dans celle de son mari, elle s'exagérait en secret les pouvoirs de l'intrus. La gêne superficielle née de leurs premières rencontres s'approfondissait, et, afin de n'en rien laisser paraître, elle affichait à son égard une sympathie grandissante dont il savait profiter en toute innocence. Prise à son propre piège, elle l'encourageait à prolonger ses visites, alors qu'elle eût souhaité qu'il les espaçât le plus possible.

Il vint presque quotidiennement remplir son jerricane d'eau à la Prée. Au reste, Etienne Martineau-Gouly et sa fille ne lui ménageaient guère leurs reproches dès qu'il osait ne pas se manifester de tout un jour. Jusqu'à Louise qui prévoyait à chaque repas la part du pauvre et comptait sur son aide chaque fois qu'il y avait un clou à planter ou une pâte à tarte à pétrir. Vincent savait même faire le pain et ce mérite lui donnait bien des droits.

Après deux semaines d'un tel manège, Etienne Martineau-Gouly dit un soir à Vincent qu'il laissait partir comme à regret :

— Vous tenez vraiment à votre camping sauvage?

Au mot sauvage, Isabelle sentit qu'un événement d'importance allait se produire car jamais son père ne le prononçait à la légère. Elle nota également que Vincent s'était abstenu de répondre comme à l'accoutumée : je suis un homme libre, ce dont son père s'autorisa aussitôt pour mener plus avant la négociation. Il était clair qu'au-delà de la méfiance instinctive que suscitait en lui le mot sauvage, il voulait convaincre Vincent d'abandonner sa vie de nomade. A cela, Etienne Martineau-Gouly voyait deux avantages : supprimer une cause de désordre et s'attacher un confident qui lui permettrait peut-être de dissiper un ennui bien plus mortel que la maladie.

— Pourquoi ne plantez-vous pas tout simplement votre tente au fond du jardin?

— Oh! oui, Vincent, pourquoi? renchérit Isabelle qui s'était pourtant fait une règle de ne pas intervenir dans la conversation des adultes.

— Si ma fille se joint à moi, je suppose que vous n'aurez pas, Vincent, le cœur de refuser.

Il l'avait appelé Vincent. A cela, Isabelle comprit que la partie était bien engagée. Sa mère se montra moins facile à convaincre, d'autant plus que ce nouvel arrangement avait été décidé sans qu'on jugeât bon de la consulter.

— Et notre tranquillité, Etienne?

— Il ne restera que le temps des vacances, ma chérie. Il n'est pas homme à se fixer. Après ce qu'il a fait pour nous, nous ne pouvons pas lui refuser l'hospitalité.

— Tu oublies qu'il n'a rien demandé. C'est toi qui ouvres la Prée au premier venu.

— Elise, M. Morin n'est pas le premier venu!

Deux jours plus tard, la mère d'Isabelle appuya l'invitation de son mari. Loin d'éprouver l'amertume de la défaite, elle eut au contraire le sentiment d'avoir emporté une grande victoire sur elle-même. Négligeant son confort personnel, elle avait une fois de plus choisi ce qui répondait aux désirs de son mari et de sa fille. Ses chers malades étaient décidément toute sa vie.

Le vieux père Grimaud fut le seul à manifester son désaccord. Il trouvait inacceptable que quelques mètres de jardin fussent gaspillés au profit d'une tente qui gâchait la perspective de son potager. De plus, les théories horticoles de Vincent lui semblaient tout à fait pernicieuses. Comme personne à la Prée n'attachait d'importance à ses mises en garde, il se contenta bientôt de maugréer contre l'envahisseur, mais, à Nimeuil, il se répandit en imprécations. Louise confia à Isabelle que les langues allaient bon train et que le soir, dans le café de Mme Lamarre, certains buveurs assuraient que le diable en personne était entré au château. Ils se félicitaient que le diable fût presque un enfant du pays. Isabelle lui demanda de n'en point parler à sa mère, ce qu'elle accepta sans difficulté. La grande rousse avait toujours refusé de choisir son camp entre les habitants du village et ceux de la Prée. Sa double appartenance l'encourageait à observer une stricte neutralité.

A peine Vincent était-il installé au fond du jardin que le temps se mit soudain à la pluie. Un déluge qui avait plus d'un mois d'avance sur l'équinoxe. Les premières gouttes furent une délivrance. Il n'avait pas plu depuis si longtemps que la terre se fendillait et que l'air devenait craquant comme la coquille de ces minuscules escargots, les cagouilles, qu'on écrase à chaque pas dans les champs. La première averse fut immédiatement bue par le sol. On eut juste le temps de sentir l'odeur de terre mouillée et de voir les tamaris se tordre dans la bourrasque, que déjà tout rentrait dans l'ordre.

Les jours suivants, on comprit que cette première averse n'était que l'ébauche de ce qui allait suivre. Devenu fou, le vent fit de l'été un automne et les météorologues, qui s'étaient d'abord laissé surprendre par la soudaineté du changement, voulurent bientôt faire oublier leur défaillance initiale en renchérissant sur les consignes de prudence. Estivants et marins rentrèrent au port et Isabelle, derrière la lucarne de la tour, vit en un soir le clapotis de l'océan se métamorphoser en une grosse houle. Puis les rafales de vent s'estompèrent et un rideau de pluie enferma la Prée dans sa solitude et dessala les marais. Le calvaire s'estompa, la côte perdit son tracé, les ocres se firent grises et les blancs boueux. Il n'y eut plus d'angle. Plus de mer et de ciel distincts. Plus de ciel et de terre bien définis. Le paysage devint mou comme le sol dans lequel on s'enfonçait jusqu'à la cheville.

Installée en contrebas du jardin, la tente de Vincent récoltait toutes les eaux de ruissellement.

— Attention, bonnes gens, je sens le chien mouillé, criait-il à la manière des lépreux du Moyen Age avant d'entrer dans la souillarde où il se débarrassait de ses bottes et du ciré dont il n'enfilait jamais les manches et qu'il posait directement sur la tête. Sous son pantalon de velours et sa chemise écossaise, il avait le corps efflanqué et nerveux d'un coureur de marathon.

— Voulez-vous du café? proposait Mme Martineau-Gouly en le regardant s'ébrouer. Louise a téléphoné qu'elle ne viendrait pas aujourd'hui.

— Que personne ne bouge, répondait-il aussitôt. Le café sera préparé par votre serviteur et livré à domicile.

Joignant aussitôt le geste à la parole, il s'emparait du tablier rose et bleu que Louise avait accroché à une patère, et, le nouant autour de ses hanches étroites, il investissait la cuisine où, en dépit de ses allures à la fois bouffonnes et bravaches, son efficacité était sans pareille. En un tournemain, la bonne odeur du café chassait le remugle du terreau et de l'humidité. Vincent embrochait les volailles avec l'enthousiasme d'un chrétien confondant l'hérétique et bientôt la chair rôtie dans laquelle il plantait ses banderilles grésillait derrière la porte du four.

— Je suis une perle, répondait-il aux compliments et la surabondance de ses dons ne semblait pas lui peser.

— Vous allez nous faire mourir, avait coutume de dire Elise Martineau-Gouly après ces déjeuners que Vincent savait transformer en festins.

— On ne meurt pas de plaisir, madame. On ne meurt que d'ennui.

Le plus étonnant encore, n'était-il pas qu'Etienne Martineau-Gouly approuvât le plus souvent les propos du jeune homme turbulent? S'éveillant peu à peu du long sommeil de la maladie, il commençait à attacher plus de prix à ce qu'il lui avait été permis de préserver qu'à ce qui lui avait été ôté, et, quand Vincent proposait en fin d'après-midi : « Je vous emmène tous dans ma berline faire une promenade au bord de la falaise », Etienne n'invoquait même plus la fatigue, la pluie et le vent. Vincent embarquait tout son monde dans la Volkswagen et, roulant au pas dans un fleuve de boue, il était tout à la fois le chauffeur et le guide.

— Oyez, oyez, braves gens, disait-il en se cramponnant à deux mains à son volant afin d'éviter les ornières, oyez le tumulte de la nature. Après avoir accouché six jours durant de la création et des créatures, Dieu s'aperçut que son ventre et son esprit étaient encore féconds et qu'il ajouterait bien à l'univers quelques êtres excentriques. Aussi décida-t-il de profiter des soirs de tempête et des grands soubresauts de l'océan pour engendrer à la sauvette des déviants : sirènes, gorgones, méduses et autres chimères.

— Taisez-vous, Vincent, disait Elise Martineau-Gouly. Vous allez nous donner des cauchemars.

— Encore, suppliait Isabelle. J'aime les monstres.

— Tu aimes même les chats, c'est tout dire, répliquait Vincent.

— Les chats ne sont pas des monstres.

— Pire que des monstres! Je connaissais une dame, très jolie, très gentille, et même très douce, qui adorait son siamois aux superbes yeux bleus. Le dimanche matin, elle allait avec ladite bête au marché aux oiseaux. Combien vaut ce beau serin? demandait-elle au marchand. Quel que soit le prix, elle répondait : je l'achète. Après avoir payé l'oiseau et remercié poliment l'oiselier, elle écrasait le serin dans ses jolies mains, crac, crac, les ailes brisées et le cou tordu, et elle jetait le petit paquet de plumes à son chat. Mange, mon chéri, disait-elle et l'affreuse bête avalait le tout. Je n'aime pas les chats.

— Ce n'est pas le chat qui est affreux, disait Isabelle en bonne logique, mais la dame.

La mer commençait à se retirer en abandonnant sur le rivage des boues grasses. Calfeutrés dans la voiture, ils s'en retournaient à la Prée où les eaux détrempaient le sol et mettaient en péril la tente de Vincent.

— Il y a la grange, s'écria un soir Isabelle au retour d'une de ces promenades.

Oublié le fermier, mort d'une crise de haut mal ou peut-être assassiné le soir des moissons. Isabelle eût bien piétiné dix mille disparus pour atteindre le seul corps qui l'éblouissait de toute sa féerie secrète, le corps de Vincent.

— Bien sûr, approuva son père.

A la faveur d'une pluie océane, Vincent passa du jardin à la grange. Quand le soleil revint, il avait emménagé. Il n'était donc plus question de faire marche arrière.

3

Ce n'était rien encore d'avoir attiré Vincent à la Prée, de lui avoir permis de s'y installer. Maintenant, il fallait le retenir. Isabelle sentait qu'elle allait vivre sous une menace perpétuelle et que cette chaleur près de ses tempes, ce rouge sur ses joues, ce tremblement de ses mains qu'elle dévorait sans même plus apprécier le goût de sa chair, tout ce désordre intérieur allait donner à la vie une sorte de coloration sacrée. Le bonheur ne serait plus ce grand vide qui absorbe toute sensation, toute pensée, et conduit au noir paisible et sans reflets du sommeil. Les couleurs vives, aiguës, douces ou crues joueraient sur ses nerfs et plus jamais il n'y aurait de jour étale. Chaque mot, chaque regard de Vincent suscitait en elle à la fois l'espoir et la crainte. Quand elle riait avec lui, elle n'était pas loin des pleurs et il lui arrivait même de le quitter quelques heures pour s'enfermer dans sa chambre tant elle avait besoin de démêler les émotions dont elle était victime.

Sous son lit, elle avait entassé des photos découpées dans les magazines et, en se déshabillant devant le miroir de sa garde-robe, elle comparait son visage et son corps à ceux des modèles.

Elle avait beau faire varier l'éclairage, choisir des poses et les garder assez longtemps pour que, chassant le dégoût de la première surprise, son regard s'habituât progressivement à son image, ou imiter le déhanchement et le regard dédaigneux des modèles, le résultat était décevant. Son corps se transformait jour après jour, il n'en devenait pas plus beau pour autant. Parfois, elle essayait de se persuader que le talent du photographe et une sorte d'alchimie compliquée dont elle ignorait les arcanes rendaient lumineux les corps de ces femmes. Si elle parvenait à surprendre leur secret, elle pourrait non pas rivaliser avec elles, sa présomption avait des limites, mais du moins participer de très loin à leur triomphe. Fascinées par leur propre beauté, elles avaient des regards calmes et brillants, et, quand elles posaient leurs mains sur leurs épaules ou leurs cuisses, leur peau était si douce que le moindre contact se transformait tout naturellement en caresse. A tant aimer leur corps, les belles étaient encore plus belles, tandis qu'Isabelle n'avait aucune indulgence pour elle-même.

Comment plairait-elle à Vincent si elle ne s'aimait pas? Car Isabelle n'éprouvait que répulsion pour son image. Bien plus, elle avait le sentiment qu'au contact de sa peau, les vêtements et les étoffes perdaient aussitôt leur éclat et leur propreté. Un pyjama porté deux nuits était irrémédiablement souillé par son odeur. Faute de pouvoir s'arracher la peau et de tailler dans la chair vive, elle jetait avec dégoût le vêtement dans le coffre à linge sale. Sous la douche, elle s'étrillait avec rage, malmenant ce corps dont les sécrétions la rebutaient.

Elle s'émerveillait de voir sa mère s'attarder des

heures dans sa baignoire, câliner sa peau à l'aide de savons parfumés et faire couler un filet d'eau brûlante pour ajouter encore aux délices du moment. Rien n'est meilleur qu'un bain trop chaud, disait Mme Martineau-Gouly, tandis qu'Isabelle la regardait presser avec délicatesse la grosse éponge végétale sur son ventre, entre ses seins, sous ses aisselles, au creux de ses hanches, la manier comme une houppette et tapoter sa chair avec cette espèce de délectation qu'éprouvait Jennifer quand elle se lissait le poil en poussant de voluptueux miaulements de contralto. A Paris, le soir avant de sortir, sa mère se poudrait une dernière fois devant son miroir. Ses yeux brillaient un peu plus de se découvrir si beaux, sa bouche s'entrouvrait, ce n'était pas un sourire mais un soupir de bonheur. Tu es belle, maman, disait Isabelle. Oui, approuvait sans hypocrisie Mme Martineau-Gouly, encore un soir de gagné! Combien y en aura-t-il d'autres? Elle avait coutume d'ajouter comme pour elle-même : jamais je ne me suis regardée sans penser que ce soir-là était peut-être le dernier et je l'en aime davantage.

Sa mère choisissait toujours le moment où elle était face à son image pour se confier. Elle avait besoin de vérifier qu'elle ne laissait passer d'elle que ce qui lui plaisait.

— C'est vrai, maman, que tu n'aimes pas Vincent? demanda Isabelle, alors que Mme Martineau-Gouly se brossait les cheveux.

— Pourquoi cette question? répondit-elle comme pour gagner du temps.

Elle ne s'était pas retournée vers sa fille. Sa main cependant avait interrompu son mouvement.

— Je ne sais pas.

Isabelle fit couler doucement les cheveux de sa mère comme de l'encre entre ses doigts, puis, les rassemblant dans le creux de ses mains, elle plongea la tête dans la longue chevelure noire qui sentait le caramel chaud. C'est bon, c'est bon, répétait-elle. Elle se souvenait. Elle avait six ans et sa mère enduisait de caramel les parois et le fond d'un moule à manqué. Isabelle n'avait pu résister à la tentation d'y goûter et elle avait plongé l'index dans la lave ardente. Le sucre avait aussitôt collé à son doigt et durci en le brûlant jusqu'à l'os. Jamais elle n'avait senti à ce point la proximité du désir et de la souffrance.

— Je n'ai rien contre Vincent, dit Mme Martineau-Gouly. Absolument rien.

— Mais tu ne l'aimes pas?

— Comme tu y vas, Isabelle. Tu ne connais pas encore bien la signification des mots. Crois-tu vraiment qu'il me demande de l'aimer?

— Moi, si j'étais grande, je l'aimerais. Mais je sais qu'il ne s'intéresse pas à moi.

— Quel emportement, Isabelle! Crois-moi, le temps de l'amour vient toujours trop tôt.

— Je voudrais qu'il soit déjà là.

— Tu es une petite fille. Attends encore un peu. Ton tour viendra.

— Quand tu ne dis pas la vérité, maman, ton œil droit se ferme toujours un peu.

— Isabelle!

— Et si mon tour ne venait jamais?

Elle avait presque crié ces derniers mots. La brosse lui avait glissé des doigts et s'était brisée contre le marbre de la salle de bains. Mais ce bruit-là n'était rien encore; dans sa tête, il y avait un vacarme bien plus déchirant. On eût dit que, devant le nez d'Isabelle, le rideau de fer de l'épicerie s'était abattu, coupant en deux le silence de midi et son fracas métallique résonnait à n'en plus finir. Et si mon tour ne venait jamais? Mme Martineau-Gouly s'était enfin retournée vers sa fille et l'avait attirée gracieusement à elle. Un froncement de sourcils avait bousculé un instant l'ordonnance de ses traits, puis elle avait posé sa main droite sur l'épaule d'Isabelle, et, de la gauche, elle avait appuyé la tête de sa fille sur sa poitrine. Ses traits s'étaient détendus, comme si la réelle tendresse qu'elle éprouvait jointe au conformisme ineffable de la situation — la mère aimante consolant son enfant inquiète — la dispensait de toute autre réponse.

— Et si mon tour ne venait jamais, maman? répéta Isabelle d'une voix plaintive en frottant son visage contre l'éponge du peignoir maternel.

— Il viendra, il viendra, ma chérie. Sais-tu que pour les mères, les filles grandissent toujours trop vite?

— A quoi ça me servira de grandir si je suis laide?

— Tais-toi, ma chérie. Tu es belle.

Isabelle eut presque pitié de sa mère et, pour ne pas lire le mensonge dans les yeux qu'elle aimait, elle s'abstint de relever la tête. Ces dernières semaines lui avaient appris plus de choses que les treize années qui les avaient précédées. Avait-elle changé? Etait-ce les autres? A son retour, il se pourrait bien qu'Alice ne reconnût pas sa petite sœur.

Autrefois, il n'y avait pour Isabelle que des surfaces planes et des couleurs tranchées. Le rouge était rouge et le jaune, jaune. Il y avait les bons et les méchants, le mensonge et la vérité, ceux de la Prée et ceux d'ailleurs. Quand Mme Martineau-

Gouly disait : j'aime ma petite fille, nul doute, elle aimait sa petite fille. La chose était simple, claire et définitive. Entre la main de sa mère et la joue d'Isabelle, il n'y avait pas de distance. Entre la main de ma mère et ma cuisse, il n'y avait que le velours de la caresse et cette chaude palpitation de la chair qui faisaient se confondre le sien et le mien. Entre les lèvres de ma mère et mes oreilles, il n'y avait que des mots de confiance et de sincérité.

Maintenant, les certitudes étaient reléguées dans le passé. Il fallait apprendre de nouvelles lois, nombreuses, confuses, qui semblaient se contredire, s'annuler et modifier à l'infini la perspective. Derrière un mot pouvait se tapir son contraire et souvent ce qui était tu devenait plus important que ce qui était dit. Il y avait des demi-mensonges, des clairs-obscurs, des pénombres et des demi-jours. Il y avait une profondeur de champ rendue par le jeu délicat des nuances, des esquisses successives, des surimpressions, des ratures et par tout le formidable appareil du trompe-l'œil.

Le mot, le sourire, la caresse n'étaient que des avant-postes. Celui ou celle qui prononçait le mot, qui ébauchait le sourire, qui prodiguait la caresse, campait bien loin en arrière dans le désordre de sa propre tête. Chaque être parlait une langue à lui seul intelligible et la traduire pour se l'approprier était déjà la trahir. Même sa mère était une étrangère dont les ruses lui semblaient pitoyables. Pauvre chère maman, qui lui mentait pour ne pas lui faire de mal et qui lui en avait fait bien plus quelques semaines plus tôt, et qui lui en faisait bien plus à l'instant même par sa lâcheté. Isabelle savait à quoi s'en tenir quand sa mère la consolait d'un « tu es belle, ma chérie », mais elle la soupçonnait parfois d'avoir recours à des stratagèmes infiniment plus subtils auxquels elle ne manquait pas de se laisser prendre en toute innocence. Il lui faudrait bien des années encore pour devenir experte.

Comme un mot peut être masculin au singulier et féminin au pluriel, il peut changer de sens en changeant de bouche. Isabelle avait même appris qu'il n'est pas nécessaire d'avoir un interlocuteur pour parler. Sa mère n'aimait-elle pas se confier quand elle était face à son miroir? En fait, elle ne parlait qu'à elle-même. Isabelle, imitant l'exemple maternel, feignait de s'adresser à sa mère alors qu'elle n'attendait de personne une réponse.

Elle disait que dans les romans, dans les films, dans la vie, partout, l'amour n'arrive qu'aux filles belles. Avait-on déjà vu un laideron follement aimé? Mais c'est faux, c'est faux, répondait Mme Martineau-Gouly qui s'effrayait de découvrir l'angoisse dans la voix de sa fille. C'est faux, c'est faux, répétait-elle sans savoir s'il était faux que l'amour n'arrivât qu'aux filles belles ou s'il était faux qu'Isabelle fût laide. A cet instant-là, Isabelle avait tort de croire à l'éloignement de sa mère. Mme Martineau-Gouly, dont toute la vie était magnifiée par cet état de grâce que l'on nomme beauté, savait mieux que quiconque les joies qu'il dispense et ce qu'il en coûte d'en être privé. Jamais Isabelle ne verrait les visages se tourner vers elle, jamais elle ne connaîtrait sur sa peau, comme une eau brûlante ruisselant de ses épaules jusqu'à ses reins, l'insistance des regards, jamais elle ne se sentirait façonnée, pétrie, sculptée par l'admiration comme la pâte tourbillonnante par les mains du potier, jamais elle ne bougerait avec aisance au grand dam de ceux qui sont raides comme des gobelets, jamais elle ne goûterait la souplesse de ses muscles et de sa démarche.

— Chaque femme est belle pour celui qui l'aime. Elle devient incomparable.

— L'amour rend donc aveugle, maman?

— Bien sûr, il rend aveugle.

— Et Vincent, tu le vois?

— Enfin, Isabelle! Evidemment que je le vois, très nettement même.

La question lui avait échappé et elle n'aurait pas su dire pourquoi elle l'avait posée. Peut-être se souvenait-elle que Vincent craignait d'être tout juste toléré par Mme Martineau-Gouly et que cette crainte pouvait l'inciter à partir. Peut-être aussi ne comprenait-elle pas que l'amour qu'elle éprouvait pour lui ne fût pas tout naturellement partagé par sa mère. Au reste, elle aussi avait été aveuglée par l'amour, car elle ne s'était pas souciée de savoir si Vincent était beau ou laid, blond ou brun, pour éprouver dans ses bras une émotion à laquelle elle était bien incapable de donner un nom. Il avait fallu que ses parents parlassent de Vincent comme les entomologistes répertorient une espèce nouvelle pour que le dessin de son visage et de son corps se précisât dans son esprit.

— Ma petite fille, dit Mme Martineau-Gouly, tu devrais voir des amies de ton âge. Tu vis trop seule ici.

4

Depuis deux semaines déjà, la pluie et la tempête avaient cessé et de nouveau le soleil décolorait les plaines d'Esnandes jusqu'à La Rochelle. Après le déjeuner, chacun s'abandonnait à la sieste et regagnait sa chambre. Vincent était seul à préférer s'endormir sous un arbre au fond du jardin. Profitant de son absence, ce jour-là, Isabelle poussa doucement la porte de la grange et la referma sans bruit derrière elle. Bien souvent elle y était entrée avec Vincent et ils avaient même fait d'interminables parties de whist, accroupis tous deux sur le vieux tapis râpé; cependant, se trouver seule dans ce lieu où il vivait, où il dormait, où il rêvait, où chaque meuble était devenu sien, où chaque objet avait été placé là par lui, où chaque vêtement portait son empreinte invisible, dessinait sa forme et sentait sa peau, voilà qui donnait un caractère étrange aux choses les plus communes et qui transformait la grange en une sorte de sanctuaire interdit.

Il y faisait une chaleur insupportable. Les volets de la lucarne étaient fermés et il fallut un temps à Isabelle pour s'accoutumer à la pénombre. Peu à peu se dessinaient le lit défait dont la couverture avait été arrachée et jetée par terre, et les draps froissés qui laissaient à découvert une partie du matelas. Sur le tapis, ses chaussettes étaient roulées en boule à côté d'un vase contenant de longues roses trémières mauves et des lis flétris. La porte entrouverte de l'armoire laissait apparaître quelques pantalons et quelques chemises pendouillant à des cintres dépareillés.

Isabelle bougeait à peine. Comme un piège, la grange se resserrait autour d'elle et les contours des meubles, les ombres, la chaleur et le silence absolu dans lequel elle entendait battre son sang devenaient menaçants. Pourtant elle n'eut pas envie un seul instant de se résigner à la retraite. D'abord elle se contenta de scruter les lieux comme si elle ne les avait jamais vus et de respirer plus profondément pour calmer son émoi. Elle sentait le parfum lourd des fleurs répandu dans cette fournaise auquel se mêlait une haleine qui n'était pas la sienne, une exhalaison du corps qu'elle aimait et qui avait laissé derrière lui les mille indices secrets de sa présence. Il était là, il était partout, au creux de cet oreiller et de ces draps qui gardaient comme un saint suaire la forme de sa forme, dans ces chaussettes encore moites de transpiration, dans cet air chaud de l'avoir pénétré jusqu'aux poumons. En quelques secondes, des filets de sueur lui chatouillèrent les aisselles et ruisselèrent le long de ses bras nus.

Ensuite, elle osa enfin risquer un pas en avant. Elle tâtait le sol devant elle comme font les vaches quand elles avancent sur la terre meuble du marais. Ce n'était pas l'obscurité qui l'incitait à la prudence, ses yeux étaient accoutumés à elle, mais elle avait le sentiment de mettre ses pas dans ceux de Vincent, de se glisser subrepticement en lui et un tel prodige méritait bien quelque recueillement. Elle s'approcha ainsi de l'armoire, où, avec une infinie lenteur, elle fit glisser les cintres sur la tringle avant de choisir la chemise à carreaux qu'il arborait sur la plage quand elle l'avait vu pour la première fois. Elle vérifia à l'odeur qu'elle avait bien été portée depuis le dernier lavage, et, assurée d'y trouver le parfum de Vincent, elle la décrocha, puis, la posant au creux de ses deux mains réunies en coupe, elle enfouit avec ravissement sa tête dans l'étoffe.

Sans doute aurait-elle longtemps encore donné libre cours à ses transports amoureux si des bruits de pas, à peine perceptibles d'abord, plus nets ensuite, n'étaient venus y mettre un terme. Son exaltation fit aussitôt place à la panique. Elle aurait pu tout simplement remettre en place la chemise et sortir de la grange en feignant de ne pas y avoir trouvé son ami qu'elle était venue chercher. Il lui aurait fallu plus de ruse et moins de passion. Les pas se rapprochaient et, malgré sa frayeur, à cause d'elle aussi, Isabelle restait prostrée la tête dans la chemise, les yeux fermés. A peine eut-elle le temps de courir se cacher dans l'angle de la pièce dissimulé par l'armoire que Vincent ouvrait déjà la porte. Tapie dans l'encoignure, elle retenait son souffle et serrait toujours contre sa poitrine la chemise à carreaux.

— Quelle chaleur! s'exclama-t-il. C'est insupportable.

Isabelle crut qu'il parlait tout seul et sa remarque lui fit espérer qu'il repartirait aussitôt respirer un air moins brûlant. Elle fut vite détrompée, mais ce qu'il advint par la suite fut si imprévu et si brutal qu'elle n'eut guère le loisir de l'analyser. En effet, du trou noir où elle s'était cachée, elle entendit comme un claquement régulier qui se rapprochait.

— Nous allons être mal. J'aurais dû laisser la lucarne ouverte et prévoir un petit courant d'air pour vous accueillir, dit Vincent.

Une voix impatiente répondit :

— Je me moque bien de la chaleur. C'est toi que je veux.

La voix de sa mère, proche et pourtant si lointaine, si bizarrement étrangère. La voix de sa mère étouffée, comme un murmure, et pourtant si forte, si exigeante. La voix de sa mère comme mise à nu par le tutoiement. La voix de sa mère niant la chaleur et pourtant haletante. La voix de sa mère d'habitude si calme, si sereine, et cette fois précipitée. Et le claquement régulier qu'Isabelle reconnut : le bruit des mules à talons hauts de sa mère battant contre ses pieds nus.

Sa mère était là, à deux ou trois mètres à peine, et Isabelle n'osait pas respirer tant elle craignait d'être surprise dans sa cachette. A cet instant précis, elle n'était sensible qu'au caractère extraordinaire, ridicule et répréhensible de sa propre situation, et elle était incapable de mesurer le caractère bien plus insolite encore de la présence de sa mère auprès de Vincent et de ce surprenant tutoiement.

— Mon Dieu, que ce fut long! J'ai bien cru que ce déjeuner n'en finirait jamais! s'exclamait sa mère avec une impatience et une allégresse telles que sa voix s'en trouvait toute rajeunie et qu'Isabelle, dans le désordre de son esprit et de ses sentiments, nota pourtant à quel point elle ressemblait à celle d'Alice.

— Personne ne risque de venir, Elise, en êtes-vous bien sûre?

Elise, il l'appelait Elise.

— Vincent, mon Vincent, que tu es poltron! Elle riait, elle riait sans plus se soucier de faire du bruit.

— J'aime ton rire, disait Vincent.

— Mon rire, mon rire! répétait-elle en riant de plus belle. Savez-vous que ça ne me suffit pas que vous aimiez mon rire? C'est tout entière que tu vas m'aimer. Tout entière, pendant qu'ils dorment. Car ils dorment, crois-moi.

Ils se turent, cependant le silence ne se redéposa pas épais et fade comme lorsque Isabelle avait poussé la porte de la grange. Il y avait des froissements de tissu, des soupirs, des exclamations, toutes sortes de sons étouffés ou clairs, subits ou retenus, qu'elle ne parvenait pas à identifier. Chaque bruit semblait amplifié pour Isabelle qui n'aurait pas dû entendre, qui ne voulait pas entendre mais dont la détermination n'allait pas jusqu'à la faire se boucher les oreilles. Tout au contraire, elle guettait le moindre indice de ce qui se déroulait à quelques mètres d'elle et qu'elle ne pouvait ni voir, ni juger, ni ressentir, ni même vraiment imaginer. Des bruits, rien que des bruits. Ainsi à marée basse, quand les hommes et les femmes aux cuissardes grises travaillent dans les parcs à huîtres, de la plage on ne peut distinguer leurs corps tant ils se confondent avec le gris des vases et des murettes, et on n'entend que les voix étrangement proches et sonores qui se répondent d'un bout à l'autre de l'horizon.

— Est-ce possible, est-ce possible que cela existe encore? interrogeait sa mère. Je croyais que jamais plus, non jamais plus... C'est possible, oui, je me croyais morte, je...

Des exclamations, des demi-mots, des syllabes

sans suite, des plaintes et enfin un bruit mou qu'Isabelle reconnut avec certitude, le bruit de vêtements tombant à terre. Maintenant ils devaient être nus, ils étaient nus, nus comme dans les films, et la chaleur n'y était pour rien, ni la proximité de la mer. Non, ils ne courraient pas se baigner, elle n'était pas assez sotte pour le croire et elle aimait trop Vincent pour ne pas deviner que ce qu'elle-même désirait, c'était sa mère qui allait l'obtenir. Sa mère toute nue, si belle, plus belle que les dames des magazines, toute dorée et fine et lisse, toute longue et chaude et tendre, toute brune et digne et obscène, soufflant comme un cheval qui se cabre, collant sa bouche à celle de Vincent, sa mère qui n'avait même pas su se noyer et qui réclamait cependant que l'haleine de Vincent la pénétrât jusqu'aux poumons, geignant comme une malade, elle, la toute saine, la toute robuste qui faisait boire à sa fille de pleines cuillerées d'épais sirops — bois, ma chérie, mon ange, tu iras mieux demain — et à son mari des tisanes brûlantes — c'est rien, Etienne, dans quelques mois à peine, tout cela ne sera plus qu'un mauvais souvenir — et se plaignant de l'excès de ses plaisirs, elle la toute sainte, la reine gothique veillant sur la Prée.

Comme tu es bonne, disait Vincent, et Isabelle écoutait. Pourquoi disait-il : tu es bonne? N'était-il pas d'usage de parler de la belle Mme Martineau-Gouly? De la belle, non de la bonne Mme Martineau-Gouly. Jusqu'à ton cœur, j'irais bien jusqu'à ton cœur, ajoutait-il. Ces mots, tandis qu'ils faisaient mal à Isabelle, lui donnaient aussi le sentiment d'assister, captive dans son trou d'ombre et presque ensorcelée, à un mystère inouï où la jouissance et la douleur se mêlaient au point

qu'elle n'aurait su dire si elle souhaitait qu'on mît tout aussitôt un terme à son supplice ou qu'au contraire il se prolongeât.

Ils étaient nus l'un contre l'autre. Ce n'était plus Isabelle qu'il prenait dans ses bras, ce n'était plus elle qui touchait du front le ciel, ce n'était plus à elle qu'il faisait passer le seuil de la porte ainsi qu'à une jeune épousée. Murmures, ressac des mots, éclats et brisures. Et ce refrain idiot que chantent les enfants de Nimeuil et qui sans raison lui revenait en mémoire :

Martineau, Martinelle,
Gouly-Gouly, Edouard te fit.
Martineau, Martinelle,
Pour dire merci, quand il te prit,
Martineau, Martinelle,
La Prée t'offrit, à ce seul prix.

Sans doute parce qu'elle ne pouvait pas se servir de ses yeux, Isabelle avait l'impression que ses autres sens s'étaient affinés. Elle percevait le moindre soupir de Vincent ou de sa mère, et jusqu'au parfum de leurs corps qui chassait peu à peu les exhalaisons funéraires des lis et des passeroses à demi fanés.

Ils étaient nus l'un contre l'autre. Belle, sa mère, et bonne aussi. N'avait-il pas dit qu'elle était bonne? Et il le répétait encore. Si bonne, tu es si bonne, bafouillait-il tandis que leurs deux corps enlacés tombaient sur le lit. Si bonne, Elise, Lise, Lison. Comment est-ce possible, mon Elise?

Et lui, et le corps de Vincent, quel goût avait-il? Elle essuyait son front avec la chemise à carreaux pour mieux mêler son odeur à la sienne. Deux ans plus tôt, Isabelle était partie en colonie de vacances et, à l'heure de la sieste, les gamines avaient pris l'habitude de se raconter à voix basse ce qu'elles croyaient savoir des gestes de l'amour. Certaines jouaient les expertes ou les pédagogues, d'autres préféraient cacher leur ignorance sous des airs mystérieux. Après les bavardages échangés d'un lit à l'autre, venait l'heure des choses sérieuses. Au signal, chaque fillette rabattait son drap sur sa tête et le rêve commençait. La règle voulait que chacune s'imaginât dans les bras d'un homme et qu'elle construisît le scénario idéal de leurs étreintes. Le baiser, la caresse devaient avoir la durée souhaitable. Comme en vrai avec un partenaire invisible. Quand elles croyaient avoir fait le tour du possible, elles sortaient une à une la tête des draps en disant : c'est fini, et elles attendaient sagement que les voisines en fussent au même point.

— Bouffe-moi, dit soudain Mme Martineau-Gouly, la belle Mme Martineau-Gouly.

Un cri. C'était presque un cri. Rauque. Rauque et pourtant éclatant. Etait-ce vraiment sa mère qui avait prononcé ces mots? Isabelle avait à peine reconnu sa voix. Comme dans les films d'épouvante, on eût dit qu'un esprit malin s'était glissé dans le corps de sa mère et parlait par sa bouche. Comment l'amour pouvait-il métamorphoser une femme douce en un monstre? A l'horreur qu'éprouvait Isabelle s'ajouta alors une sorte d'exaltation qui lui fit soudain espérer le pire, c'est-à-dire que sa mère ne ressemblât plus à sa mère, et que, par d'autres cris encore plus terrifiants et par des actes encore plus insensés, elle trahît de manière certaine la transformation qui s'était opérée en elle. Elle n'en demeurerait pas moins épouvantable, mais Isabelle ne recon-

naissant plus en elle la mère qu'elle avait aimée souffrirait moins de ses excès.

Le désir d'Isabelle fut satisfait au delà de toute espérance, car la belle Mme Martineau-Gouly, de cette voix qui n'appartenait plus à la reine de la Prée, mais plutôt à une créature sortie des cauchemars de sa fille, prononça bien des mots qu'elle n'avait point coutume d'utiliser en société et même en famille. Le plus étrange encore était que Vincent habituellement plus libre qu'elle dans son langage, plus exubérant et fantasque dans ses gestes ne la suivît que de très loin sur ce terrain-là. Quelque chose dans sa voix à lui, Isabelle n'aurait su dire quoi, montrait que la transformation de sa partenaire lui faisait éprouver un trouble dont il était tout à la fois heureux et effrayé. A un certain moment, Isabelle eut même l'impression que Vincent et sa mère se combattaient et qu'il avait mis sa main sur sa bouche pour l'empêcher de crier ou de proférer d'autres mots immondes. Isabelle lâcha alors la chemise à carreaux, et, glissant sans bruit derrière l'armoire tandis que les deux lutteurs poursuivaient leur effort, elle risqua un œil hors de sa cachette. Si ce qu'elle vit put la convaincre que le danger n'était point trop alarmant, en revanche elle ne réussit pas à déterminer qui de Vincent ou de sa mère était l'agresseur, qui l'agressé. Elle ne vit que deux corps nus, farouchement emmêlés, que deux êtres si parfaitement occupés d'eux-mêmes qu'elle aurait pu, à cet instant-là, si elle en avait eu le courage, sortir de son trou et traverser calmement la pièce sans que le couple desserrât son étreinte, sans même qu'il s'aperçût de sa présence. Pour eux, elle n'existait pas et, si elle se rencogna de nouveau dans l'ombre et ne voulut point en voir davantage, ce fut plus par dépit que par peur d'être surprise.

Ils s'aimaient. Jusque-là, l'étonnement, la panique, l'épouvante, la curiosité aussi, et le flot furieux de ces pensées qui s'étaient disputé son esprit depuis que sa mère et Vincent avaient poussé la porte de la grange, l'avaient empêchée de se rendre à cette évidence : ils s'aimaient. Et cela était bien pire que les cris de sa mère et que le clapotis de leurs chairs battant l'une contre l'autre. Ils s'aimaient et Isabelle n'existait pas. Son père n'existait pas. D'un côté, les dormeurs. De l'autre, les vivants.

Elle s'était laissée glisser contre le mur dont le crépi lui écorchait le dos, et, accroupie, les fesses sur les talons, la tête rentrée dans le cou, elle donnait libre cours à sa détresse. Ses larmes se mêlaient à la sueur mais elle n'avait pas conscience de pleurer, elle n'avait plus conscience de rien. A peine entendait-elle encore les bruits et les paroles des vivants qui s'aimaient sans plus se soucier de la chaleur, ni de ceux qui pouvaient les surprendre. Ils étaient seuls. Elle était seule. Leurs cris, leurs soupirs, leurs appels ne parvenaient plus jusqu'à elle. Ses genoux tremblaient et dans la chambre d'écho de son crâne, c'étaient les paroles d'autrefois qui l'assourdissaient et devenaient mensonges. La main de sa mère dans ses cheveux et sur sa cuisse, mensonge. Les bras de Vincent la portant de la plage à la Prée, mensonge. Le baiser de sa mère et ses lèvres douces murmurant : mais, ma chérie, tu es belle, mensonge. Et Vincent, Vincent hypocrite, osant lui dire : j'ai l'impression qu'elle ne m'aime pas beaucoup ta maman, mensonge, affreux mensonge. Prostrée dans le noir, il lui semblait qu'elle ne vivait plus; pire, qu'elle n'avait jamais vécu puisque tout ce en quoi elle avait cru était faux.

Les deux êtres qu'elle aimait le plus au monde, sa mère et Vincent, l'avaient trompée, oubliée, abandonnée. Les deux êtres qu'elle aimait le plus au monde ne se souciaient que d'eux-mêmes et n'avaient nul besoin d'une petite fille laide entre eux. Depuis quand s'aimaient-ils? Depuis toujours sans doute. Depuis le premier regard échangé. Elle se souvenait du moment où, dans les bras de Vincent, elle avait franchi la porte de la Prée. Sa mère affolée avait couru à leur rencontre, cependant, dans son émoi, elle n'avait pas oublié de rejeter ses cheveux en arrière pour mettre en valeur son long cou et ses superbes épaules hâlées. Il l'avait sans doute aimée dès cet instant-là. Il tenait la fille dans ses bras mais il ne voyait que la mère, les yeux de la mère, la bouche de la mère et, sous l'étoffe légère, le corps délicieux de la mère. S'il était revenu demander des nouvelles d'Isabelle, n'était-ce pas en réalité pour revoir la mère? Elle n'avait servi que de prétexte, elle qui avait travaillé opiniâtrement à son malheur en cherchant à rapprocher les deux êtres qu'elle aimait le plus au monde et qui n'aimaient qu'eux-mêmes. Elle pensa alors à son père dont la maladie lui semblait aussi rebutante que sa propre laideur et soudain elle espéra le retour d'Alice dont la présence serait peut-être un réconfort.

— Vincent, il faut que je parte.

Elle avait repris sa voix normale, sa voix de reine, sa voix de mère.

— Je sais, répondit simplement Vincent, mais son soupir montrait assez qu'il n'envisageait qu'à regret la séparation. (Puis il ajouta après un silence :) Nous jouons un jeu dangereux, sais-tu?

— Dangereux pour qui?
— Dangereux pour toi, pour moi, pour Etienne aussi. Que se passera-t-il s'il l'apprend?
— Nous verrons bien. Vincent, aurais-tu le sens moral?
— Qui sait?
— Ecoute, Vincent, j'ai trop attendu pour n'avoir aujourd'hui que la morale de mes sens.
— En somme, je suis arrivé au bon moment.
— Vos paroles manquent un peu de courtoisie, monsieur Morin. Cependant, vous dites vrai. Vous êtes arrivé au bon moment.
— Moi ou un autre, quelle importance!
— En effet, quelle importance! Un homme n'est-il pas un homme?
Elle entendit rire sa mère et le rire de Vincent ne se mêla pas au sien. Puis il y eut de nouveau des froissements de tissu et elle comprit que sa mère se rhabillait.
— Vincent, après la sieste, nous irons en voiture, Etienne et moi, nous promener au bord de la falaise, vous nous conduirez, n'est-ce pas?
— Mais bien sûr. Ne suis-je pas le jardinier, la dame de compagnie, l'amant et le chauffeur de Madame?
— Vous l'êtes, Vincent. Vous l'êtes.
— Pour combien de temps encore?
— Aussi longtemps que nous ne serons pas fatigués l'un de l'autre.
— Sentez-vous monter la lassitude?
— Elle ne viendra qu'avec la vieillesse, autant dire jamais.
Le claquement de ses mules contre ses pieds nus. Elle était partie et Vincent se rhabillait à son tour. Quand il fut sorti, Isabelle demeura encore quelques instants dans sa cachette comme si elle

redoutait de découvrir dans la grange les traces de leur passage. Puis, elle se décida enfin à jeter au fond de l'armoire la chemise à carreaux toute froissée et elle traversa la pièce en regardant le bout de ses chaussures. Dehors, l'air lui sembla presque frais. Elle se glissa jusqu'à la fenêtre de son père dont les volets étaient entrebâillés. Il dormait dans son fauteuil anglais et Jennifer était roulée sur ses genoux.

5

A la Prée, rien en apparence n'avait changé. Pour Isabelle cependant, tout était modifié. Elle éprouvait des sentiments contradictoires et douloureux. Démunie face à ce qui se déroulait près d'elle et qui mettait en œuvre des forces dont elle n'avait jamais auparavant soupçonné l'existence, elle sentait naître et monter en elle une étrange impression de pouvoir qui l'empêchait de se laisser aller à sa détresse et lui donnait, alors même qu'elle souffrait le plus, une lucidité impitoyable.

Elle savait, et ce savoir modifiait toutes ses perceptions. On pouvait bien continuer à lui mentir, une sagacité toute neuve dont la cruauté se retournait contre elle, lui permettait de tout supposer, de tout deviner et de n'en rien laisser paraître.

Bien que Mme Martineau-Gouly portât toujours le même soin à son apparence, Isabelle avait noté qu'elle n'arborait plus qu'une fine chaîne d'or au cou et qu'elle avait abandonné ses autres bijoux, comme si les bracelets et les colliers n'avaient été que les attributs d'un ancien pouvoir tombé en désuétude. De même que les gestes de sa mère ne s'accompagnaient plus du cliquetis des joyaux, son corps semblait avoir brisé toutes ses entraves pour ne jouir que de la liberté retrouvée. Elle ne choisissait plus que des robes simples et c'est à peine si elle se maquillait.

Isabelle devinait le nouveau bonheur de sa mère et il lui arrivait de s'en réjouir. Le sang qui rosissait les pommettes d'Elise, elle le sentait couler dans ses propres veines. Par elle ne savait quel miracle, elle était conviée à partager les délices qui avaient réveillé la gourmandise de sa mère. A ces moments-là, elle oubliait sa jalousie. Sa mère n'était plus sa mère, mais un être fragile qu'il convenait de protéger. Elle avait pour elle des gestes imprévus de tendresse. Sans l'avoir vraiment voulu, sa main se tendait vers le visage d'Elise pour en chasser une miette de gâteau oubliée à la commissure des lèvres ou pour remettre en place une mèche de cheveux que le vent avait dérangée. Elise devenait son enfant et elle aurait voulu la parer, lui verser sur le corps les parfums les plus rares pour qu'elle fût plus séduisante encore. A force de l'observer, de traquer sa moindre émotion, elle s'immisçait dans son plaisir et il lui arrivait de croire qu'elle y participait. N'allait-elle pas jusqu'à confectionner de superbes bouquets qu'elle déposait dans la grange comme sur un autel afin de rendre le lieu plus digne d'Elise et de leur commun amour pour Vincent? A présent, elle ne craignait plus de voir le jeune homme s'éloigner, elle savait qu'Elise le retiendrait longtemps encore à la Prée.

Sa mère l'appelait Vincent, mais il ne la nommait jamais Elise devant les autres. Isabelle avait surpris quelques-uns de ces regards de complicité qu'ils ne pouvaient s'empêcher d'échanger en sa présence. Vincent semblait moins doué qu'Elise pour dissimuler ce qu'il ressentait. Quand Mme Martineau-Gouly entrait dans la cuisine où Vincent s'agitait en compagnie d'Isabelle et de Louise, on pouvait remarquer avec un peu de perspicacité que tantôt il baissait le ton tandis que ses gestes devenaient empruntés, tantôt au contraire il riait plus fort et ses gestes prenaient de l'ampleur comme ceux de ces comédiens qui ont besoin de l'approbation de la salle pour donner leur pleine mesure. Pour Isabelle, il était donc évident que la seule apparition de sa mère modifiait le comportement de Vincent et qu'il y avait entre eux une sorte de lien secret le long duquel se transmettait un langage qui pouvait agir en dehors des mots, des contacts, et même des regards. Isabelle qui se reprochait de n'avoir pas su découvrir leur amour dès sa naissance mobilisait maintenant toute son attention pour que rien de ce qui se passait ne pût désormais lui échapper. Parfois son imagination outrepassait les faits. Dans chaque inflexion de voix, elle lisait un aveu, dans chaque regard une caresse, dans chaque geste un serment d'amour.

Après le déjeuner, Vincent annonça qu'il irait faire des courses à La Rochelle. Escamotant derrière sa main un profond bâillement Mme Martineau-Gouly dit que, pour sa part, une bonne sieste lui ferait le plus grand bien et elle disparut au premier étage. Depuis leur arrivée à la Prée, les époux occupaient des chambres séparées, celle d'Elise était située à l'étage, tout près de celles de ses filles; quant à Etienne, on avait installé son lit dans une pièce contiguë à son bureau afin qu'il n'eût pas à monter et à descendre sans cesse le grand escalier aux marches de pierre.

Isabelle se réjouit d'abord à la pensée que sa mère et Vincent ne s'étaient pas donné rendez-vous ce jour-là dans la grange. Depuis qu'elle les avait surpris, elle savait que, chaque jour, ils profitaient pour se rejoindre de ces heures où chacun était supposé « perdre connaissance ». Mais ensuite, quand elle entendit démarrer la Volkswagen, la tristesse l'envahit. Elle eut peur de s'ennuyer. Bientôt elle comprit que l'ennui était tout à fait étranger à ce qu'elle ressentait. Même seule, elle trouvait toujours à se distraire, et, de toute manière, quand Vincent ne s'absentait pas à l'heure de la sieste, il ne cherchait point pour autant à l'amuser. Préoccupé uniquement de rejoindre Elise, il n'était jamais à court d'arguments pour encourager Isabelle à regagner sa chambre. Tandis qu'Elise et Vincent se jetaient dans les bras l'un de l'autre avec des cris d'affamés, Isabelle tournait en rond au premier étage; cependant même si elle était exclue, elle ne se sentait pas abandonnée. Elle savait. Elle avait choisi de n'en rien laisser paraître. Malgré eux, elle était leur complice et le bouquet qu'elle renouvelait chaque jour dans le vase de la grange était le garant de son silence. Alors qu'une étrange folie s'emparait de sa mère et faisait qu'elle n'était plus sa mère, Isabelle veillait à ce que rien d'irrémédiable ne se produisît et qu'une fois la tempête passée, Elise pût redevenir Mme Martineau-Gouly. Vincent enlaçait une femme et Isabelle parvenait à s'accoutumer à cette idée parce que cette femme était un autre elle-même. Aujourd'hui, Vincent et sa mère ne se rejoindraient pas et Isabelle souffrait davantage de le savoir parti que de les deviner nus l'un contre l'autre.

Elle redescendit sans bruit l'escalier de pierre et se glissa jusqu'au bureau de son père.

— Tu dors, papa? demanda-t-elle à voix basse.

— Non, Isabelle, tu peux entrer.

Il était assis près de la fenêtre dans son fauteuil anglais dont le cuir avait les reflets verdâtres de sa peau, et la lumière qui filtrait par les volets à demi fermés n'éclairait que son profil gauche et laissait l'autre dans la pénombre. Habituellement quand Isabelle entrait dans son bureau, il déposait sur la tablette près de lui le livre qu'il était en train de lire, ou il remettait en place le soldat qu'il venait de bouger, avant de lever les yeux sur elle. Cette fois, il ne lui sembla pas qu'elle l'eût interrompu dans sa lecture. Il était comme une sentinelle : en même temps parfaitement éveillé et tout aussi parfaitement désœuvré.

— Viens près de moi, ma petite. Tu t'ennuies?

— Non, et toi, papa?

— Il y a longtemps, vois-tu, que je ne me pose plus ce genre de question. Je suis une vieille bête, Isabelle, et savoir si je m'ennuie n'a plus guère d'importance.

Elle s'était assise par terre, le dos appuyé au bureau, et elle faisait glisser entre ses doigts le gros chapelet d'ambre que son père avait abandonné.

— Nous ne voyons pas beaucoup de monde ici, et je ne veux pas que ma petite fille se sente seule. Tu es une enfant, Isabelle, et ta mère est si jeune aussi, vous devez vous distraire sans vous préoccuper de votre vieux malade.

Sa voix paraissait très naturelle, comme s'il s'était attendu à la visite d'Isabelle, comme s'il avait prévu cette angoisse qu'elle ne parvenait pas à exprimer par des mots, comme s'il avait deviné qu'elle aurait besoin d'égrener les boules d'ambre pour maîtriser ses nerfs.

— A ton âge, Isabelle, on est pressé. Une heure perdue est un crime. Au mien, c'est une bénédiction. J'arrive à un moment où tout semble en trop. Trop de temps, trop de peau — il tira sur sa joue amaigrie — et soi-même, on est peut-être de trop.

Elle le regardait sans rien dire, et la lumière qui frappait de biais le visage de son père approfondissait encore les rides et les cernes. Là où l'on attendait le dessin net des os, il n'y avait que la chair molle des méplats. Isabelle avait connu un autre père avec un autre visage mais le souvenir en était perdu. Pas plus qu'à l'heure de la canicule on ne parvient à se rappeler ce que fut le froid, elle avait oublié le père autoritaire et vif dont le regard brillait et dont les mots résumaient le monde.

Une vieille bête, je ne suis qu'une vieille bête, Isabelle, répétait-il et elle baissait les yeux pour ne plus voir son visage qui lui faisait horreur parce qu'en le regardant elle éprouvait le même sentiment qu'en découvrant sa propre image dans un miroir. Non que la ressemblance entre elle et lui fût évidente, Isabelle n'avait jamais réussi à déterminer ce qui dans le chaos de ses traits était dû à l'hérédité — n'était-elle pas ce qu'on appelle un accident de la nature? Sa mère était belle, son père avait eu de la séduction, quant à elle... — mais ils ressentaient tous les deux le même dégoût de leur personne et ils croyaient naïvement pouvoir l'exorciser à force de paroles.

— Tu ne m'écoutes pas, Isabelle?

— Mais si, papa.

— Alice nous a quittés depuis trop longtemps. Elle te manque, n'est-ce pas?

— Oui, je crois.

— La prochaine fois qu'elle nous appellera, je lui dirai de rentrer.

— Elle va trouver du changement ici.

— Que veux-tu dire?

— Du premier coup d'œil, elle verra tout, je la connais, Alice.

— Quoi par exemple?

— Tout. Elle verra que tu vas mieux, que j'ai grandi, que maman est toute bronzée et que la grange est habitée. Elle verra qu'au village on a repeint la devanture du café, que la pharmacienne a de nouvelles plantes et que l'orme de la place est presque mort. Je la connais, Alice, elle verra tout du premier coup d'œil.

Isabelle releva la tête et croisa le regard de son père. Soudain, ils étaient attentifs l'un à l'autre. On eût dit qu'ils cherchaient à confronter leurs connaissances. Cependant, elle se retint d'en dire davantage, son seul pouvoir résidait dans le fait qu'elle savait et ce savoir n'aurait de valeur qu'aussi longtemps qu'il demeurerait secret.

— Quels autres changements découvrira-t-elle encore? insista son père.

— Oh! beaucoup d'autres! Ce serait long à énumérer. M. Grimaud dit qu'à la campagne tout change chaque jour, alors en trois mois... Les quenouilles de maïs sont déjà entassées pour l'hiver, Jennifer a grossi et j'ai appris à faire la différence entre le laurier-sauce et le laurier-cerise.

Non, elle ne lui dirait pas ce qu'elle avait découvert dans la grange. Vincent et sa mère avaient beau être égoïstes, menteurs, ils avaient beau agir comme des déments et mépriser tous les usages,

Isabelle sentait obscurément qu'ils étaient du côté de la vie et qu'elle devait sauvegarder ce qui la rattachait à eux. Ils étaient les vivants et cela seul suffisait pour qu'elle choisît d'être leur complice.

Elle n'en dirait pas plus à son père, non pour lui épargner de souffrir, mais pour s'assurer par son silence qu'elle avait barre sur lui et qu'elle détenait le moyen de les faire tous trembler. Sans compter que, dans l'esprit d'Isabelle, son père, même malade, vieilli et trompé, n'en demeurait pas moins le maître de la Prée et le chef de famille et qu'il pouvait, croyait-elle, en un rien de temps passer de l'impuissance à la colère. Ne commandait-il pas à ses armées? Certes, il devait se contenter d'exercer son autorité sur des soldats de plomb ou sur les membres de sa famille, mais ne s'en accrocherait-il pas d'autant plus désespérément aux vestiges de son ancien pouvoir? Si par malheur son père était mis au courant de la situation, Isabelle pensait qu'il chasserait immédiatement Vincent et que sa mère n'aurait pas assez de toute une vie pour se faire pardonner sa trahison. Cette vision de son père en Jupiter tonnant lui plaisait assez. Elle la confortait dans sa volonté de se taire, elle lui donnait le sentiment de jouer un rôle important dans le bonheur de Vincent et de sa mère, elle lui permettait enfin de penser que Vincent l'emportait sur un homme redoutable et que le combat se déroulait à la loyale.

— Oui, tout change très vite, reprit son père. Surtout à ton âge, surtout au mien. Toi, tu souhaites que le temps se précipite encore un peu plus, demain tous les choix s'offriront à toi. Déjà ta sœur nous quitte des mois et ne parle toujours pas de revenir. Bientôt ce sera ton tour.

Pour moi, chaque changement indique que mon tour est passé et j'ai encore bien des difficultés à accepter l'évidence. Alors je ruse. Tu te souviens quand tu avais trois ans et que tu jouais à cache-cache avec Alice, au lieu de te blottir sous une table ou derrière un fauteuil, tu restais au beau milieu de la pièce et tu te contentais de fermer les yeux. Tu pensais que si toi tu ne voyais pas, tu ne pouvais pas être vue. Depuis ma maladie, je me surprends à fermer les yeux et à croire que ce que je ne vois pas n'existe pas. Crois-moi, Isabelle, ton père est une vieille bête qui n'a pas plus de trois ans d'âge.

Isabelle entendit un bruit de moteur dans le lointain, elle attendit en vain l'habituel coup de klaxon au carrefour des deux routes. La voiture donnait l'impression de se rapprocher de la Prée alors que le bruit de son moteur semblait décroître. Isabelle aurait juré qu'il s'agissait de la Volkswagen, pourtant cela n'avait aucun sens puisque Vincent était parti il y avait à peine une demi-heure en annonçant qu'il serait absent tout l'après-midi. Le bruit s'était estompé jusqu'à disparaître comme si la voiture était venue très lentement s'arrêter dans le bas de la Prée.

— Un promeneur sans doute, dit M. Martineau-Gouly.

— Oui, approuva Isabelle qui feignait ne pas avoir reconnu la voiture de Vincent. Il va probablement faire demi-tour.

Dans le silence qui suivit, ils entendirent tous deux, et cette fois sans pouvoir se le dissimuler, un bruit de pas dans l'escalier et le grincement de la porte d'entrée. Son père repoussa d'un mouvement de hanches son fauteuil vers la fenêtre, et, tout en restant assis, il se pencha derrière les volets entrouverts. Puis, sans que son visage exprimât la moindre émotion, il reprit sa position initiale, la tête appuyée contre le cuir aux reflets verdâtres.

— Ta mère sort prendre l'air, il doit faire chaud là-haut, dit-il simplement.

Isabelle se leva brusquement. C'en était trop. Vincent était revenu après avoir fait semblant de partir. Sa mère s'en allait le rejoindre. Son père avait surpris le manège. Le pire devenait inévitable.

— Tu ne t'en vas pas déjà, Isabelle?

Pourquoi la retenait-il? Elle devait les prévenir qu'il avait tout vu.

— Reste encore. Ta maman, vois-tu, a besoin d'être seule. Tu vas me tenir compagnie et, dès que tu en auras assez, tu monteras sagement te reposer dans ta chambre. Pourquoi me regardes-tu ainsi? Je crois, Isabelle, que tu as tort de tout prendre à cœur. Il y a des choses que tu comprends encore mal, ne t'impatiente pas, les explications viendront plus tard. Ta maman est très belle, très jeune, et je ne suis qu'un vieux monsieur fort peu amusant, elle a parfois besoin de se promener sans son malade. Mais elle nous aime beaucoup, Isabelle, n'est-ce pas en définitive ce qui compte?

De nouveau, Isabelle ne comprenait rien à ce qui se passait. Dans les films, dans les livres, à la télévision, quand de telles choses se produisaient, on basculait immédiatement dans le drame. Il y avait des cris, des pleurs, on en venait aux mains, aux armes, voire au crime. La violence s'élevait comme un geyser brûlant et retombait de tout son poids sur les épaules de ceux qui l'avaient fait jaillir. A la Prée au contraire, les événements les plus extraordinaires surgissaient sans que le paysage en fût bouleversé.

Son père savait et, quand il s'était penché à la fenêtre, il n'avait rien appris de nouveau, simplement il avait cherché à vérifier ce dont il était déjà certain. Il savait et il laissait faire. Le Jupiter tonnant n'existait que dans ses rêves de petite fille. Son père ne se lèverait pas pour chasser l'étranger et châtier la trahison, il était un vieil homme prêt à tout accepter pourvu qu'on ne l'abandonnât pas tout à fait. Mets une veste, ma chérie, tu vas prendre froid, dirait-il bientôt à sa femme quand dans l'hiver elle courrait rejoindre son amant.

Vincent était l'amant de sa mère. Pour la première fois, ce mot lui venait à l'esprit, comme s'il avait fallu que son père fût au courant de leur amour pour que le mot eût un sens. Il était son amant et son père le savait. Le combat qui devait opposer Vincent Morin et Etienne Martineau-Gouly était ajourné et peut-être n'aurait-il jamais lieu puisque les deux boxeurs étaient de catégories différentes. N'était-ce pas désobligeant pour sa mère? Les cerfs, les lions, les truands et les chevaliers, tous les animaux se battent pour la possession de la femelle.

— Tu ne m'écoutes pas, Isabelle?

— Mais si, papa.

Comment avait-il deviné? Il était peu vraisemblable qu'il les eût surpris dans la grange. Son père sortait rarement de son bureau et il n'avait aucune raison de s'attarder dans la chambre de Vincent. De plus, Isabelle ne parvenait pas à imaginer son père caché derrière l'armoire ou l'oreille collée à la porte.

— En fin d'après-midi, Vincent nous conduira

nous promener au bord de la falaise. Dis-moi, Isabelle, à quelle heure la mer est haute ce soir?

— 6 heures juste.

— C'est bien, nous avons le temps. Tu vois, mon enfant, il m'a fallu attendre de vivre au bord de l'océan pour comprendre ce que vaut une heure. Elle n'est rien si l'on songe que l'heure suivante l'annulera. Elle peut être tout si l'on pense qu'aucune force humaine ne l'empêchera d'être ce qu'elle est. Mais je radote et j'oublie que tu es déjà une grande fille qui me juge.

Isabelle ne parvenait pas à comprendre si son père voulait l'entretenir de ce que la fillette, avec ce sens des convenances qui lui avait été inculqué dès son plus jeune âge, aurait appelé ses affaires de cœur, ou si au contraire il désirait lui montrer que rien en profondeur n'était changé et que parler d'un nouvel état de choses eût été excessif et même illusoire.

— Oui, une grande fille qui me juge, reprit-il.

Et il ajouta encore : qui nous juge, en insistant sur le nous.

Outre que le vocabulaire d'Isabelle était plus pauvre que ses pensées et qu'elle se faisait une idée assez vague de ce qui pouvait être dit et de ce qu'il était souhaitable de taire, elle avait pris l'habitude en pareil cas de jouer l'embarras et même la sottise.

— Tu ne réponds pas? insista son père.

— Si, si, dit-elle en s'efforçant de produire sur lui une bonne impression, c'est-à-dire une impression d'ignorance et de candeur.

Ne voyait-il donc pas qu'elle était trop bête pour qu'on pût redouter son jugement?

Comme elle eut la prudence de ne pas exprimer davantage son opinion, M. Martineau-Gouly, découragé par le mutisme de sa fille, cessa vite de l'interroger et se contenta de lui prodiguer quelques conseils qu'elle eut le bon goût d'approuver de plusieurs hochements de tête mais dont sa mémoire ne s'embarrassa guère. En silence, Isabelle conjuguait le verbe savoir. Elle savait. Depuis quand son père savait-il? Vincent et sa mère se doutaient que son père savait puisqu'ils ne se contentaient plus de se retrouver dans la grange à l'heure de la sieste mais qu'ils employaient des ruses pour détourner les soupçons. En revanche, ils ne savaient pas qu'elle savait; quant à son père, s'il s'interrogeait encore sur l'étendue de son savoir, sa prudence paternelle semblait le pousser à préférer à toute autre l'idée d'une fille ignorante qui ne savait rien et n'en comprenait pas davantage.

— Est-ce que la Prée existait déjà, papa, quand tu avais mon âge? demanda Isabelle pour faire diversion.

— Oui, mais j'ignorais qu'un jour elle m'appartiendrait. Pourtant, lorsque sur mon vélo je descendais du calvaire avec les gamins du village, je la regardais avec convoitise et tant d'insistance que je me demande maintenant si je n'avais pas comme une sorte de pressentiment.

— Tu l'aimais déjà?

— Oui, je l'aimais. J'aimais que son seul voisin fût l'océan. A l'époque, c'était une ferme avec son énorme tas de fumier, sa basse-cour et son grand jardin.

Isabelle était incapable d'imaginer que cet homme au teint de jade qu'elle appelait son père avait pu être autrefois un gamin qui pédalait en chantant sur les routes de Nimeuil. De même, son père était trop plein de sa maladie et de ses regrets, trop inquiet de sentir sa femme l'abandonner, pour ne pas reléguer sa fille dans le domaine des abstractions. S'il lui arrivait parfois de deviner les craintes d'Isabelle et de s'en inquiéter, la souffrance de sa fille le ramenait aussitôt à la sienne. Solistes incomparables interprétant pour eux seuls leur douleur, le père et l'enfant n'étaient désormais attentifs qu'à l'écho de leur propre voix.

— Quand j'étais enfant, reprit-il, comme pour prolonger son rêve, il n'y avait à la Prée ni sapins noirs d'Autriche, ni genévriers de chaque côté du portail, ni pelouse, ni statues parmi les fleurs. La grange était en fait une porcherie qui empestait les alentours, elle devint une grange quand on cessa l'élevage. Tout a bien changé, il ne reste que les murs et le voisinage de l'océan. Il est là à deux pas, on le sent mais on ne le voit pas.

Les traits détendus, il ressemblait à un magot chinois et on n'aurait su dire s'il était apaisé ou s'il dissimulait sa souffrance. Isabelle commençait à comprendre qu'elle aurait beau écouter aux portes et poursuivre son guet de jour et de nuit, elle ne surprendrait des pensées et des sentiments de ses proches que ce qu'ils voudraient bien en laisser paraître. Ses yeux s'arrêtaient à la surface des choses et ses oreilles étaient incapables de percevoir les mots qui n'étaient pas dits. Elle devinait chez ses parents des zones d'ombre et de silence. Ils vivaient, ils osaient vivre en son absence, et même Vincent pouvait respirer, rêver et aimer quand elle n'était pas là. Comment explorer le monde avec un seul regard, le sien? Comment découvrir toute la complexité d'un personnage quand on ne possède qu'un unique projecteur pour l'éclairer? A Isabelle, la connaissance ne serait pas donnée par surcroît, il lui faudrait la voler. N'avait-elle pas déjà dérobé à son père quelques confidences et à sa mère le secret de son amour pour Vincent? Cependant elle ne parviendrait jamais à tout voir, à tout entendre. Elle devrait se contenter de menus larcins. Personne ne serait là pour lui tendre la clef magique qui ouvre les esprits. Pire encore, et s'il n'y avait pas de clef?

Bientôt son père s'endormirait et Isabelle regagnerait sa chambre. Ils dorment, avait dit Mme Martineau-Gouly en rejoignant Vincent et ces mots pesaient sur la Prée comme un maléfice. D'un côté les vivants qui s'entre-dévorent, de l'autre les dormeurs qui se lamentent. Là-bas, sous le soleil à la verticale, Vincent et sa mère poussaient l'amour jusqu'au défi. Peu leur importaient les cochons et l'homme terrassé par le haut mal qui les avaient précédés en ces lieux. Ils étaient vivants, vivants au point que leur force fascinait ceux qui ne savaient pas brûler haut et droit et qui se contentaient de les regarder à la dérobée. Ils étaient nus et personne avant eux n'avait été nu comme ils l'étaient.

Isabelle cherchait à imaginer son père et sa mère enlacés. Sa mère lui avait-elle dit les mots qu'elle disait à Vincent? Criait-elle d'une voix qui n'était pas la sienne? Se démenait-elle comme une possédée? Etait-elle une autre?

Même si le couple formé par Vincent et sa mère lui avait paru d'abord monstrueux, maintenant il était devenu une évidence, tandis que l'image de la double nudité de ses parents à laquelle elle n'avait jamais pensé auparavant lui semblait infiniment plus obscène. Entre le corps malade de son père et le corps sain de sa mère, entre le corps dégradé de l'un et le corps superbe de l'autre, il y avait une incompatibilité. Jusque-là elle avait cru que les liens qui l'unissaient à ses parents et à Alice étaient immuables, elle savait à présent qu'il n'est d'autre loi que celle de l'instant et de la solitude.

6

— Demain, Isabelle, dit Vincent, je t'emmène à La Rochelle. Nous y passons toute la journée.

— Chiche?

— Chiche! Nous partirons après le petit déjeuner. Nous irons d'abord au môle d'escale. Dans les entrepôts, nous marchanderons les meilleures coupes de bois, les mélèzes, les santals blancs, les palissandres. Ensuite, sur le vieux port, nous saluerons bien bas chaque mareyeur et nous soulèverons d'une main experte les ouïes baveuses des dorades aux ventres bombés et celles des turbots qui semblent toujours regarder de côté. Nous nous gaverons d'huîtres dans le restaurant des halles et à pleines mains nous écartèlerons les tourteaux et les langoustines. C'est si bon de lécher sur ses doigts le goût de la mer! Et pour terminer le voyage nous irons voir un film de vampires. Est-ce que le programme te convient?

Mme Martineau-Gouly était allongée dans sa chaise longue à l'ombre d'un pommier quand Isabelle et Vincent vinrent la mettre au courant de leurs projets. Ils étaient plantés devant elle comme deux enfants qui préparent un mauvais coup.

— Vous voulez bien me passer mon livre? dit-elle en regardant tour à tour Vincent et le roman qu'elle avait abandonné au pied de l'arbre.

Vincent ne bougea pas et ce fut Isabelle qui tendit le livre à sa mère.

— Vous partez toute la journée, dit-elle, et pourquoi pas une semaine?

— En effet, si cela nous plaît nous recommencerons. Qu'en penses-tu, Isabelle?

— Oui, qu'en penses-tu, ma fille?

Isabelle avait surpris entre Vincent et sa mère un regard rapide et dur qui ne laissait rien présager de bon et qui lui donnait plus que jamais l'envie de faire la morte.

— Tu ne réponds pas, Isabelle? Pourtant, quand tu es seule avec Vincent, je sais bien que tu es plus bavarde qu'une nuée de pies. Vous avez toujours quelque chose à vous dire derrière mon dos. Ne rougis pas, ma chérie, je comprends que tu aies envie de bavarder et de rire, c'est de ton âge. Je comprends aussi que Vincent soit pour toi l'ami idéal. M. Morin est un séducteur et je crois bien que ma jolie pie s'est laissé prendre au piège.

— Je ne vois pas où est le piège, répliqua soudain Isabelle avec une brusquerie qui renfrogna son petit visage.

— Eh bien, soit! dit sa mère avec un haussement d'épaules agacé. Je suis vraiment trop bête de me faire du souci.

Durant toute cette scène, sa mère s'était appliquée à ne pas regarder Vincent; mais, malgré son embarras, Isabelle sentait bien qu'elle n'était entre eux que le prétexte à un autre débat. Mme Martineau-Gouly ajouta : « Oui, je suis trop bête de me faire du souci, alors que tu oublies même que tu as une mère quand tu es avec lui », et Isabelle fit un pas dans sa direction. Comme à l'accoutumée elle allait se précipiter dans les bras maternels afin d'esquiver par des baisers la dispute possible et, devançant leur triomphe, les yeux de sa mère brillaient déjà. Soudain, contre toute attente, Isabelle s'arrêta net et les bras hâlés d'Elise retombèrent lentement sur les accoudoirs de la chaise longue. La reddition d'Isabelle n'aurait pas lieu dans l'habituel fouillis de caresses moites et de protestations d'amour. Ce n'était pas l'orgueil qui avait interrompu son élan. Isabelle avait compris qu'en fait toutes les paroles de sa mère ne s'adressaient qu'à Vincent. Une querelle récente entre les deux amants pouvait seule justifier les lamentations qui pleuvaient sur elle, et le dépit de sa mère n'était dû qu'à sa crainte de sentir Vincent s'éloigner. Isabelle pouvait accepter leur amour, le favoriser même par son silence, son abnégation n'allait pas jusqu'à se réjouir d'être leur dupe.

— Moi, je n'ai rien demandé, dit Isabelle en se campant bien droite sur ses deux jambes. C'est Vincent qui a proposé la promenade, je ne pensais pas que ça ferait tant d'histoires.

Elle n'eut aucune peine à lire sur le visage de sa mère que ses paroles avaient fait mouche, et, comme elle se félicitait en secret de l'efficacité de sa stratégie, elle osa un sourire d'une trompeuse innocence.

— Très bien, Vincent, répondit Mme Martineau-Gouly en faisant mine de vouloir se plonger à nouveau dans sa lecture. Je suis heureuse de vous voir communiquer un tel enthousiasme à Isabelle et je compte sur vous pour que l'escapade tienne ses promesses.

Il s'était allongé dans l'herbe, et, appuyé sur les coudes, il mâchonnait un brin d'herbe, le regard absent. Pour la première fois, Isabelle pensa qu'elle ignorait tout de lui et que ses parents n'en savaient sans doute pas davantage. Par quel miracle cet étranger s'était-il installé chez eux? On ne lui avait demandé ni ses papiers d'identité, ni ses diplômes, ni l'état détaillé de ses relations, ni celui de ses années de service. Il était tombé sur la pelouse comme une météorite par une nuit de pleine lune.

— Vous pouvez me faire confiance, madame, je serai un père pour Isabelle.

— On ne vous en demande pas tant, Vincent. (Puis, avec un sourire qui signifiait que l'affaire était close et qu'à l'occasion elle pouvait être bonne perdante, elle ajouta à l'adresse de sa fille :) Tu vois, personne ne fait d'histoires, comme tu dis. Veux-tu, ma fille, aller dire à Louise de sortir la table et les parasols, nous déjeunerons dehors.

Vincent s'était levé d'un bond pour accompagner Isabelle.

— Non, restez, je vous prie. Isabelle aidera Louise et j'aimerais que nous bavardions ensemble.

Le sourire relevait encore les commissures de ses lèvres, mais Mme Martineau-Gouly faisait craquer les jointures de ses doigts, signe certain chez elle d'une inquiétude ou d'une colère. Avant d'obéir, Isabelle jeta un bref regard sur les mains fines de sa mère aujourd'hui débarrassées de toute trace de vernis et sur lesquelles ne brillait plus que le jonc d'or de l'alliance. Il lui revint soudain à l'esprit les deux sémaphores aux ongles vermillon qu'elle avait vus danser sur l'eau de la baignoire. Elle s'enfuit aussitôt vers la cuisine craignant d'entendre de nouveau les mots fatidiques : j'ai beau être sa mère, l'amour ne m'aveugle pas.

D'une main nerveuse, Louise battait à la fourchette une mayonnaise.

— Tu verses l'huile, Isabelle? Doucement, mon agneau, faut faire durer le plaisir.

— On dirait qu'elle prend.

— Je n'en ai jamais raté une, moi, même les mauvais jours! (Et elle ajouta sans transition :) Hier soir, à l'heure de l'apéritif, Vincent s'est installé au café de Mme Lamarre et il a payé le coup à tout le monde.

— Ils lui ont posé des questions sur nous, sur la Prée?

Louise abandonna la fourchette et la mayonnaise, et, relevant d'une main la mèche rousse qui lui barrait le front, elle fit signe à Isabelle de parler moins fort.

— Chut! dit-elle, ses grosses lèvres en avant, toutes brillantes encore d'avoir goûté la mayonnaise. C'est des choses que je ne dois pas te dire.

— Oh! Louise, tu sais bien qu'avec moi ça n'a pas d'importance.

— Oui, oui, on dit ça...

— Alors?

— Il y en a un qui lui a demandé s'il vivait bien à la Prée et il a répondu : je n'ai pas à me plaindre.

— C'est tout?

— Qu'est-ce que tu voulais qu'il dise? Il n'allait pas donner de détails, non?

— Et maman?

— Quoi?

— Je suis sûre qu'ils ont parlé de maman. Tu peux tout me dire, Louise. Je ne suis plus une gamine.

Louise faisait non de la tête et fouettait plus vivement la mayonnaise. Cependant, Isabelle sentait qu'elle brûlait d'en dire plus, pourvu que ce fût en toute impunité.

— Je t'assure, Louise, insista Isabelle, je connais même la chanson Martineau-Martinelle et je pourrais te raconter jusqu'à demain matin tout ce qu'on dit au village sur notre dos. Je sais tout, alors tu ne risques rien. Vas-y, qu'ont-ils dit de la belle Mme Martineau, comme ils l'appellent?

— Ils n'ont pas osé, murmura-t-elle en levant la tête de son bol et en regardant d'un air affolé si personne ne rôdait aux alentours.

— C'est toi, Louise, qui n'oses pas.

— Il ne faut pas me tarabuster comme ça, Isabelle.

— Oh! Louise, puisque je te dis qu'avec moi ça n'a pas d'importance.

— Tu es une petite curieuse.

— Tu vois bien qu'ils ont dit quelque chose.

— Bon, ce sera ta faute!

Les joues de Louise avaient rosi de plaisir et Isabelle eut envie de les embrasser mais l'heure était aux confidences, non aux effusions.

— D'accord, Louise. Tout est ma faute.

— Vincent a donc payé une tournée à tout le monde, et, quand ils ont trinqué, le père Ballu, tu sais, le fermier du Moulin-Rigal qui a un pied-bot, il a dit à Vincent : « Bois, mon grand, bois une double ration, tu as sacrément besoin de

forces, c'est qu'elle doit en vouloir la Martineau! »
Mais je n'aurais pas dû te dire ça, c'est pas de ton âge.

— Et Vincent, qu'est-ce qu'il a répondu?

— Il n'a rien répondu, mais ils ont tous ri.

— Vincent aussi?

— Vincent, je ne sais pas. Il me tournait le dos. Mais je ne crois pas qu'il riait, parce qu'il a tout de suite changé de conversation.

— Il a parlé de quoi?

— Oh! je ne sais plus! D'un terrain que le fils Gaucher a mis en vente à la Croix-Rémy, quelque chose de ce genre.

— Il veut l'acheter?

— Vincent? Tu rigoles! Tu vois Vincent propriétaire!

— Pourquoi pas?

— Pour rien. Ça me semble drôle, c'est tout.

Louise jura ses grands dieux qu'ensuite il ne fut plus question de la Prée ni de ses habitants. Isabelle la croyait sans peine. N'avaient-ils pas dit ce qu'il y avait de pire? Après cela, ils pouvaient bien se taire ou parler d'autre chose, le mal était fait. Si Isabelle ne comprenait pas tout à fait ce que signifiaient les propos du père Ballu, elle sentait aux rires qu'ils avaient provoqués et à la mine réjouie et presque obscène de Louise les lui rapportant que l'outrage était grave et qu'il avait atteint sa mère en place publique. Pourquoi Vincent ne s'était-il pas battu seul contre tous pour venger l'honneur de Mme Martineau-Gouly et imposer silence à ces idiots? Ce qui l'étonnait encore plus que tout dans le récit de Louise, c'était le fait que le vieux pied-bot qui n'avait jamais passé la porte de la Prée, pas plus d'ailleurs que les autres buveurs, avait immédiatement deviné le lien existant entre Vincent et sa mère alors qu'elle-même avait mis longtemps avant de découvrir ce qui se déroulait sous ses yeux.

— Et toi, Louise, il t'arrive de parler? Tu racontes des choses?

— Bien sûr que je parle. Et alors, tu me prends pour une muette! Ça suffit, dit-elle soudain en colère.

— Tu parles de ma mère avec eux?

— Je dis que ça suffit!

— Quoi?

— L'huile! Il y a assez de mayonnaise.

D'un geste rageur, Louise repoussa la bouteille et la main qui la tenait et ajouta, les poings sur les hanches et le front balayé par l'étendard vengeur de sa mèche rousse :

— Tu n'es qu'une drôlesse hypocrite. Vrai, tu as de qui tenir! Tu me fais des gentillesses pour m'obliger à parler et après tu m'accuses d'être trop bavarde. Ça m'apprendra!

— Parle plus bas, murmura précipitamment Isabelle.

Dans le salon, la voix de son père qui répondait au téléphone s'était tue et elle entendait se rapprocher son pas glissant. On eût dit qu'il mettait des patins pour se déplacer, Isabelle savait pourtant que, Dieu merci, cet accessoire ridicule n'existait pas à la Prée.

— Maman a dit de sortir la table et les parasols. Nous déjeunerons dehors, proclama-t-elle aussitôt pour mettre fin à leur querelle et pour indiquer à Louise qu'il était préférable d'évoquer des choses moins compromettantes.

Comme un jeune faucon dans son nid, Isabelle

était sans cesse aux aguets. Alors même qu'elle riait avec Vincent ou qu'elle écoutait les confidences de Louise, elle n'était jamais tout entière à ce qu'elle faisait. Grâce à sa nouvelle perception des êtres et des choses, elle sentait la maison entière vivre autour d'elle. Le moindre bruissement, le plus léger souffle d'air, le goutte-à-goutte d'un robinet, le frôlement d'un pas étaient les signes d'une vie secrète qu'elle s'efforçait de deviner et parfois de comprendre. Une parfaite géographie des lieux, corrigée à chaque instant par les déplacements de ceux qui les habitaient, lui permettait à tout moment de localiser le théâtre d'opérations et d'anticiper sur l'événement.

Bien plus, non seulement elle entendait battre le cœur de la maison, mais encore son instinct se jouait des frontières. Le jeune faucon pouvait en un éclair fondre sur ce qui bougeait à plusieurs kilomètres à la ronde. La maison n'était rien encore, c'étaient la prairie, le jardin et tout le domaine qui vivaient de sa vie. Elle franchissait à tire-d'aile les hauts murs de pierres parfaitement rectilignes qui faisaient la fierté de son père pour survoler les champs d'avoine et de blé bordés d'absinthes amères et, mettant le cap sur le large, elle allait cueillir l'ail sauvage sur les dunes de l'île de Ré. Ce pays était le sien et rien ne lui en échappait.

— Branle-bas de combat, dit son père en entrant dans la cuisine. Demain, nous avons de la visite.

— Demain? interrogea Isabelle pour qui demain n'était ni mardi ni mercredi.

Demain n'avait nom que Vincent, la promenade avec Vincent, le môle d'escale avec Vincent, les tourteaux, les praires, les dorades, les turbots et les vampires avec Vincent.

— Des amis arrivent de Paris. Ils déjeuneront à la Prée avant de repartir pour Bordeaux. Je compte sur vous, Louise, pour que tout soit parfait.

— Qu'est-ce que je dois prévoir, monsieur?

— Vous verrez les détails avec mon épouse. Je vais la prévenir. Quelle bonne nouvelle! Elle va être heureuse, les visites sont si rares ici.

Demain n'existait plus. C'en était fait de leurs projets. Si Vincent pouvait encore espérer échapper à la corvée, Isabelle savait bien que pour sa part elle aurait beau pleurer, gémir et supplier, on ne lui ferait grâce d'aucune festivité. Tout le monde serait sur le pont pour accueillir les visiteurs.

D'un seul élan, elle rejoignit son père qui se dirigeait à petits pas vers le pommier où Vincent et sa mère étaient restés en tête-à-tête. Il laissait dans son sillage une odeur de médicament et, à cet instant-là, elle eût volontiers convoqué toutes les puissances du mal pour que l'état de son père empirât et qu'il fût puni sur-le-champ d'avoir brisé les espoirs de sa fille.

Autant qu'il lui fût possible d'en juger par quelques éclats de voix qui parvinrent jusqu'à elle et certains gestes brusques qu'elle perçut à travers les branchages, la conversation de Vincent et de sa mère paraissait animée, mais elle se calma comme par miracle dès qu'ils sentirent approcher Isabelle et son père. Mme Martineau-Gouly laissa tout aussitôt sa chaise longue à son mari et elle insista pour qu'il s'y allongeât tandis qu'elle prenait un coussin et s'asseyait dans l'herbe.

— Une bonne nouvelle, disait-il, je vous annonce une bonne nouvelle, et, de sa main en auvent, il se protégeait contre la lumière de midi qui le rendait plus pâle encore.

Pourtant son visage reprenait vie et ses yeux risquaient même une timide étincelle quand ils rencontraient ceux de sa femme. Essoufflé comme un coureur de fond, il venait déposer aux pieds de sa dame la bonne nouvelle. Oui, ma chérie, demain ce sera tout comme avant, nous aurons le ministre, son épouse et son collaborateur, oui, le ministre, tout comme avant.

Il l'appelait tantôt le ministre, tantôt Julien. Ils étaient de la même promotion de l'Ecole de la France d'outre-mer, mais Julien avait toujours bon pied, bon œil et bon maroquin. Julien Sartouret et Marie sa jeune épouse. Il insista à plusieurs reprises sur la jeunesse de Marie parce qu'elle avait le même âge qu'Elise. A l'entendre, on eût pu penser que les deux femmes n'étaient en fait que deux fillettes enlevées à leur pensionnat. Sous sa main qui lui offusquait la vue, il souriait, assuré d'être pour une fois le messager des bonnes nouvelles. Il souriait à Elise, Lise, Lison. Et ce n'est pas tout, disait-il, tu sais qui les accompagnera! Le sénateur Michaud-Latour, oui, Michaud-Latour. Il fera beau, j'en suis certain, et nous déjeunerons dehors. Es-tu contente, ma chérie, de revoir Marie? Bien sûr, Etienne que je suis contente, je suis contente pour toi aussi. Julien et toi, vous avez tant de choses à vous dire. Ici, je ne suis plus au courant de rien, tu comprends, Elise? Je comprends, Etienne. Pourtant, je veillerai à ce que tu ne te fatigues pas trop. Que tu es prudente, ma douce.

Isabelle maltraitait ses mains à petits coups de

dents car demain qui avait été un rêve se transmutait par la double volonté d'un ministre et d'un sénateur en un cauchemar. Allongé dans l'herbe, Vincent ne disait mot, comme ces jeunes marins d'aventure qui louent leurs services d'un bateau l'autre, la conversation des maîtres ne l'atteignait pas. Aussi lisse qu'un galet, il était sans passé et sans avenir. Aucune médaille autour du cou, pas de perroquet sur l'épaule, ni de gris-gris dans la poche de sa chemise, il n'avait même pas pris la précaution de faire suivre quelque vieux portulan et c'était à l'estime que le skipper faisait sa route.

— Vincent et moi, on peut pas aller à La Rochelle pendant que vous recevez tous ces gens? risqua Isabelle.

— Quelle question, ma fille! s'exclama son père. Je veux qu'ils te voient. Ils vont te trouver changée. Pour tout vous dire, je souhaiterais que vous aussi, Vincent, vous soyez parmi nous. A présent vous faites partie de la famille, n'est-ce pas?

M. et Mme Martineau-Gouly l'interrogeaient du regard et Vincent, appuyé sur ses avant-bras, ne bougeait pas.

— Vous serez là, n'est-ce pas? insista Elise qui se réjouissait davantage de contrarier les projets de Vincent que de la venue des visiteurs. Mme Martineau-Gouly refusait tout ce qui pouvait la distraire du présent. Déjà, elle ne faisait plus la différence entre le dimanche et la semaine, elle ne lisait plus aucun journal : les marées, le calendrier et les horloges étaient devenus ses ennemis personnels. L'océan, elle le voulait étale et il lui arrivait de rêver qu'elle habitait un de ces pays où l'été se prolonge indéfiniment.

— Je serai là, dit-il enfin avec indifférence.

— Tu mettras tes boucles d'émeraude pour accueillir nos amis, ma douce, poursuivit M. Martineau-Gouly.

— Veux-tu que je sois ridicule?

— Pourquoi diable serais-tu ridicule? A Paris, tu les portais toujours.

— Nous ne sommes plus à Paris, Etienne.

Il la voulait parée comme autrefois. Les émeraudes aux oreilles, les bagues aux doigts et puis les chaînes, les bracelets, les perles. Un à un sur sa peau, tous les stigmates du passé. Ce sera tout comme avant, ma douce. Le ministre et le sénateur entreront à la Prée comme autrefois dans le salon de Paris. Rien n'aura changé. La belle Mme Martineau-Gouly aura le sourire aux lèvres et son mari dira : je suis heureux que vous soyez là, j'ai tant de choses à vous dire, oui, oui, des informations qui, vous en jugerez par vous-même, ne sont pas sans intérêt, loin s'en faut. Il aura l'œil brillant du jouisseur qu'il fut dans une autre vie. Il fera asseoir les uns, les autres, aux places convenues et il croira, un instant encore, qu'il peut les manier comme les pièces de son infanterie de ligne en habit bleu ou ses régiments de chevau-légers lanciers venus de France et de Pologne. De nouveau, Elise sera l'impératrice. N'était-il donc pas de son devoir qu'elle arborât tous les joyaux de la couronne?

— Est-ce trop te demander, Elise?

— Je trouve que tu attaches vraiment une importance exagérée à ces breloques!

— Elise, c'est toi qui as insisté pour que je te les offre. As-tu donc tant changé?

— Je les porterai, Etienne, pour te faire plaisir.

Pour un peu il eût demandé l'aman, le genou en

terre et le regard mouillé de reconnaissance. Dans l'esprit d'Isabelle, le couple formé par son père et sa mère existait de nouveau car, à les écouter se quereller, elle sentait combien ils étaient liés dans le dégoût qui montait en elle.

7

Les voilà! s'écria Isabelle quand les deux voitures sombres apparurent à la hauteur du calvaire. Oui, les voilà, ma fille, répéta M. Martineau-Gouly qui prit Isabelle par les épaules et la serra contre sa poitrine. Aujourd'hui, il ne sentait ni les médicaments ni le mélange fade de verveine et de tilleul. Le vétiver de son eau de toilette couvrait tous les relents de maladie. A dix mètres l'une de l'autre, les deux voitures approchaient et bientôt elles pénétreraient dans le cercle magique de la Prée. Etienne les attendait comme si un événement majeur dût résulter de cette simple visite de courtoisie.

Le chauffeur n'avait pas encore immobilisé le premier véhicule que déjà la portière arrière s'ouvrait et Julien Sartouret foulait le sol de la Prée de ses Lobb noirs. Il ne marchait pas, il courait, il sautillait; malgré sa chemise Charvet et la bonne coupe de son costume, il ressemblait à un boxeur poids-lourd à l'entraînement, car sa haute carcasse généreusement enveloppée de chair donnait à la fois un sentiment de force et d'agilité.

— Bonjour, les enfants, s'écria-t-il à la cantonade. Que c'est beau ici, pas étonnant que ce diable d'Etienne nous oublie. Tu as choisi les délices de Capoue, veinard!

Une accolade pour l'ami, un baisemain pour l'épouse, une tape sur la joue de la petite fille. Nul doute qu'il savait jouer de toute la gamme des démonstrations affectives, même s'il ne donnait sur-le-champ qu'un aperçu incomplet de ses capacités, le public se trouvant trop clairsemé.

— Ma chérie, tu es superbe! s'exclamait Marie qui, pour son entrée en scène, utilisait le vibrato expressif.

Les yeux plissés par le soleil et la myopie, elle venait vers Elise, les bras tendus, et on eût dit qu'une petite fille agitant le drapeau tricolore allait s'y précipiter et lui offrir le bouquet de bienvenue. Elle s'appelait Marie-Thérèse Vignes, épouse Sartouret, mais, depuis quatre ans, elle voulait que l'on oubliât la seconde partie de son prénom. Elle était Marie. Blonde et dorée, son nez aquilin et ses lèvres minces lui donnaient l'air hautain et dur. C'est tout le portrait de son père, disait-on de Marie. Elle avait en effet hérité le caractère abrupt et le profil de médaille du vieux Georges Vignes, économiste réputé devenu immortel grâce à l'Académie française un mois à peine avant son décès. Son mariage avec Julien Sartouret ne lui avait pas fait oublier la perte de son père. Dans ce visage aux arêtes vives, de fines rides autour des yeux clairs et tristes laissaient deviner une vie et une inquiétude derrière le masque de la bienséance.

— Ma chérie, que tu es belle! Vraiment, la campagne te réussit.

Isabelle regardait sa mère qui souriait et ne disait mot. Les émeraudes aux oreilles, les chaînes au cou et aux poignets, elle portait tout l'attirail des grands jours et pourtant, comme pour se venger de son mari, l'éclat de l'or et des pierreries n'ajoutait rien à sa propre beauté. Marie l'embrassait et la tenait à bout de bras pour mieux la contempler. Pour une fois, ses compliments ne semblaient pas dictés par la politesse. En revanche, dès qu'elle s'adressait à Isabelle, elle se croyait tenue d'employer ce ton d'affection appuyée que les gens adoptent pour parler aux enfants, aux chiens et aux idiots. Mais vous avez là une belle jeune fille, disait-elle en prenant à témoin Etienne et Elise. Le ministre fit chorus sans même se donner la peine de jeter un regard à ladite belle jeune fille.

De la seconde voiture avaient surgi le sénateur Michaud-Latour qu'Isabelle ne se rappelait pas avoir vu mais qui la gratifiait cependant d'un Dieu-que-cette-enfant-a-grandi, puis le collaborateur du ministre dont la chemise, le costume et les chaussures étaient en tous points semblables à ceux de son patron. Venait enfin Mme Michaud-Latour qui avait une bonne tête de plus que son mari, de longs pieds minces dans des sandales de Chanel à bout noir et un beau squelette à peine recouvert de chair.

— Diable, il y a un chat! s'exclama-t-elle en découvrant les yeux jaunes de Jennifer qu'elle semblait confondre avec les flammes de l'enfer.

— Une chatte, corrigea Elise, Jennifer est une dame.

La femme du sénateur avait reculé d'un pas et, pétrifiée de terreur, elle regardait l'animal sans dire mot.

— Mon épouse est allergique aux poils de chat, expliqua Michaud-Latour en forçant le sourire pour faire oublier l'incident.

— Aux poils de chat et au pollen de graminées, renchérit l'épouse qui recouvrait sa voix.

— Et vous oubliez, ma chère, de préciser que vous êtes végétarienne. Voilà nos amis parfaitement mis au courant de notre vie, ce me semble.

Elise dit à sa fille d'aller enfermer Jennifer et elle ajouta, afin de rassurer la femme du sénateur, que les moissons étaient terminées depuis longtemps dans la région.

Isabelle déposa la chatte mise en quarantaine dans la cuisine où Vincent coupait en deux les langoustes vivantes.

— Que faites-vous là, Vincent? interrogea Mme Martineau-Gouly qui avait suivi sa fille. Mon mari vous attend pour vous présenter à nos invités. Vous n'allez tout de même pas vous cacher aux cuisines toute la journée.

— Je ne me cache pas. Je tranche dans le vif. Voyez plutôt.

Il désignait sur le bois du tranchoir la langouste multipliée par deux qui battait des pattes et dansait sa mort.

— Quelle horreur! dit-elle, mais elle ne semblait pas vraiment effrayée.

— Avouez que vous aimez! La chair est tendre sous la carapace.

— Louise, allez vite servir les rafraîchissements. Isabelle vous aidera.

Les bras encombrés de bouteilles, Louise était déjà sortie que la fillette s'attardait encore dans le couloir à rattacher les lacets de ses espadrilles.

— Combien de temps vas-tu faire cette tête, Vincent? interrogeait Elise qui croyait qu'Isabelle s'en était allée rejoindre les invités.

— Quelle tête?

— Ne fais pas l'innocent. Aujourd'hui, tu voulais te sauver à La Rochelle avec Isabelle. Ça n'a pas marché, alors tu t'enfermes dans la cuisine. Je te préviens, Vincent, je me fiche du scandale. Je ne retournerai pas avec eux si tu ne m'accompagnes pas.

Accroupie, la tête entre ses genoux, Isabelle n'en finissait pas de nouer ses lacets et de tendre l'oreille. Vincent se taisait. Elle le devinait perdu dans le vague de son drôle de regard et plus que jamais étranger à tout. Marin d'aventure, sans but et sans carte.

— Pourquoi m'as-tu dit, Vincent, que tu m'aimais? Personne ne te forçait à l'avouer, même pas moi. Tu ne réponds pas? Vincent, je ne veux pas que tu partes.

— Qui a parlé de départ?

— Tu me fuis, je le sens bien. Vincent, je t'en prie, embrasse-moi.

— Tu es folle, Elise. Pas ici, pas maintenant.

— Je t'ai connu moins soucieux du qu'en-dira-t-on!

— Je t'en prie, Elise, attendons cette nuit.

— La nuit? Elle n'est pas près de venir. Je ne veux plus les voir, je ne retournerai pas avec eux si tu ne m'accompagnes pas.

— Va les rejoindre, tu dois le faire pour Etienne. Je te suivrai dans quelques minutes.

— Je ne t'aime pas beaucoup dans ce rôle d'ange gardien.

Isabelle se demandait comment elle avait pu ne jamais penser à la nuit? Ainsi, quand la maison était assoupie, sa mère descendait l'escalier de pierre et, dans ce même couloir où la fillette laçait et relaçait ses espadrilles en écoutant de toutes ses oreilles, Elise n'entendait que les bruits de la nuit et ceux de son cœur. Isabelle le sentait fou le cœur de sa mère, et folle la nuit de la Prée. Alors Elise ouvrait la grande porte qui grinçait toujours un peu et, dans la chambre du rez-de-chaussée, le malade se dressait sur son lit et murmurait pour lui-même dans son demi-sommeil : prends un châle, ma douce, les nuits sont fraîches, même en été. A dire la vérité, Isabelle avait une fois songé que les amants pouvaient se rejoindre la nuit et elle s'était tenue en alerte le plus longtemps possible afin de surprendre le pas de sa mère et le grincement de la porte, mais le sommeil était arrivé avant qu'elle n'eût décelé le plus petit indice.

— Alors, que fais-tu, Isabelle? Je t'attends pour m'aider à servir.

Lustré par la transpiration, le visage de Louise apparut dans l'entrebâillement de la porte. Aussitôt Isabelle bondit dans la lumière qui sentait l'anis et le sel. Les verres tintaient, les glaçons tintaient, les mots tintaient. Bientôt Elise vint rejoindre le clan des femmes qui, à tête renversée, prenaient le soleil. Isabelle les trouvait toutes trois séduisantes. Hormis elle-même, quelle femme n'aurait-elle pas trouvée belle? Même l'épouse du sénateur avec ses longs pieds maigres et son profil d'hippocampe lui semblait posséder un peu de ce charme dont les composantes étaient plus secrètes qu'un brouet de sorcière. Tantôt Marie Sartouret fermait les yeux pour mieux se laisser envahir par la chaleur et retroussait sa robe sur ses genoux qu'elle avait fins et dorés, tantôt elle portait avidement son verre à ses lèvres et son regard interrogatif et anxieux fixait Elise comme si elle découvrait quelque chose de nouveau sur le visage de son amie. Dans sa robe de toile blanche aussi simple qu'une blouse d'infirmière, Elise était sans conteste la plus belle, Isabelle le savait, Isabelle avait toujours su que sa mère était la plus belle. C'était une évidence qui ne pouvait pas être remise en question : la terre est ronde, les enfants aiment leurs parents et Mme Martineau-Gouly est la plus belle.

Souvent, à Paris, Isabelle avait entendu Marie dire à sa mère : « Je t'envie, Elise, de ne rien désirer d'autre. Tu es toujours là, parfaite, sereine. » A ces mots, sa mère souriait avec l'air de s'excuser d'être heureuse et Marie allumait sa trentième cigarette de la journée. Aujourd'hui, Marie parlait de sa vie, des enfants en vacances en Suisse, des voyages officiels avec Julien. Parfois, elle évoquait un homme ou une femme que la mère d'Isabelle avait connus et dont pourtant elle ne semblait pas se souvenir. Mais si, tu sais bien, disait Marie, en multipliant les références et les précisions, oui, en effet, répondait Elise qui plissait les yeux comme pour accommoder sur les lointains. Alors, Marie, sans interrompre son récit, la regardait plus intensément encore et cherchait à quoi il fallait attribuer son détachement.

Etienne présentait Vincent au ministre et au sénateur. La chemise du jeune homme paraissait encore plus vive parmi tous ces costumes gris.

— Qui est-ce? interrogeait Marie.

— Un ami, répondait laconiquement Elise.

— Il a un regard bizarre.

— Oui, il louche un peu.

Isabelle vit que sa mère avait légèrement froncé les sourcils et que cette crispation n'avait pas échappé à Marie, pourtant on ne parla pas davantage de Vincent. De sa minuscule aumônière qu'elle portait à la ceinture, Marie avait sorti un poudrier et un tube de rouge. Avec application, elle peignait ses lèvres à petites touches et effaçait aux commissures les dépôts qui avaient durci et viré au brun. Isabelle et Elise échangèrent alors un de ces regards complices qui naissent parfois entre mère et fille et qui rassemblent en un instant tout un passé commun. A voir Marie Sartouret manier son bâton de rouge à lèvres, elles avaient aussitôt pensé à l'anecdote qu'Etienne avait racontée à maintes reprises et toujours avec le même succès. Il y avait deux ans de cela, Etienne était parti avec Julien et son épouse pour un voyage officiel en Union soviétique. A Leningrad, la délégation française était allée visiter le cimetière où se trouvent inhumés par centaines de mille ceux qui moururent pendant le siège de la ville. Dans le mémorial à l'entrée du cimetière, les Soviétiques leur avaient montré, pieusement conservées dans des vitrines, les photos d'une population suppliciée. Des enfants morts de faim, des cadavres entassés dans les rues, des cahiers d'écoliers où des gamins de dix ou douze ans avaient consigné au jour le jour ce qu'ils avaient enduré, toute une liturgie de l'horreur. Afin que les visiteurs pussent mieux comprendre ce qu'avaient été leurs souffrances, les Soviétiques donnaient des chiffres et, pour cette comptabilité du néant, l'unité de mesure n'était plus le centimètre, le gramme ou la seconde, mais le cadavre humain. Tandis que l'un d'eux précisait que, pendant des mois, la ville n'avait plus été ravitaillée et que les gens mangeaient jusqu'aux rats, Marie, plantée devant une vitrine dans laquelle se reflétait son joli tailleur fuchsia, avait d'un geste machinal sorti de son grand sac Hermès son bâton de rouge à lèvres et, sans plus voir les enfants qui grimaçaient d'épouvante sur les photos, elle avait retouché le maquillage de sa bouche en profitant de son reflet dans la vitrine. Affolé par l'inconscience de sa femme, les yeux exorbités et le vermillon aux joues, Julien Sartouret avait donné à Marie un bon coup de coude dont l'effet avait été immédiat. Marie avait remisé immédiatement son rouge à lèvres dans son sac et avait pris le parti de tourner le dos à son reflet et aux enfants morts. Alors, tout était rentré dans l'ordre des voyages officiels.

— Passons à table, voulez-vous? dit Elise qui, en se levant, avait pris sa fille par la main.

Etienne vint à petits pas murmurer quelques mots à l'oreille de sa femme et Isabelle pensa qu'ils formaient tous trois un beau tableau de famille.

— Prenez place comme bon vous semble, dit Etienne. Nous n'avons pas établi de plan de table.

Isabelle profita de la recommandation de son père pour s'installer à côté de Vincent.

— Ce n'est pas encore aujourd'hui que nous pourrons manger avec nos doigts.

— Bah! il fallait bien qu'un jour ou l'autre tu voies ça! répondit Isabelle décidée à jouer les philosophes. Ce n'est jamais qu'un mauvais moment à passer.

— Bravo! Mademoiselle est presque devenue une dame puisqu'elle accepte de s'ennuyer.

— Et toi, qu'est-ce que tu fais de plus? Tu n'es pas là avec tes courbettes et tes belles manières tout comme les autres? Ça ne suffit pas de porter une chemise à carreaux pour ne pas leur ressembler.

— Allez, petite sotte, fais-moi vite un grand sourire. Sais-tu que ça rend vilaine de se mettre en colère?

— Oui, je sais, approuva Isabelle.

Elle eut envie de lui dire merci mais elle n'en fit rien de crainte qu'il ne comprît pas. Les autres ne parlaient jamais de laideur devant elle comme si le sujet était interdit. Ses parents, sa mère surtout, soulignaient parfois la beauté d'une femme, parlaient de son charme ou de sa séduction, mais, s'il n'était pas possible de s'extasier sur ses attributs physiques, on s'abstenait de faire de plus amples commentaires. Il n'y avait pas de femmes laides ou disgraciées, il y avait les belles dont on disait tout et les autres dont on ne disait rien. En sa présence du moins, les choses se passaient ainsi, quand Isabelle n'était pas là, elle se doutait bien qu'il en allait autrement. Elle se faisait un peu l'effet d'une anormale que son entourage cherchait à ménager. Ça ne se fait pas de dire à un mongolien : arrête de faire l'idiot. De même, on ne disait jamais à Isabelle : je t'en prie, cesse de bouder, ça te rend vilaine. Sa nature n'était-elle pas justement d'être laide? On devait donc s'abstenir d'en parler devant elle. C'était une règle tacite à laquelle chacun se conformait. Quant aux visiteurs, ils trouvaient toujours quelque formule vague du genre : mais c'est qu'elle est grande pour son âge, ou encore, une vraie jeune fille que vous avez là, et ils s'empressaient d'aborder un sujet qui pût les rendre plus éloquents. En ce domaine comme en bien d'autres, Vincent avait su adopter une conduite originale et Isabelle lui en savait gré. Avec lui, elle redevenait presque un être normal avec ses beautés et ses laideurs.

— Le Premier est attaqué de toutes parts mais

il résiste, disait le ministre, ou peut-être, était-ce son collaborateur qui venait de s'exprimer ou bien encore le sénateur Michaud-Latour.

— Mon analyse..., commentait le père d'Isabelle.

— Le Premier a bien des adversaires mais pas un seul vrai challenger.

— Personne n'est irremplaçable.

— Soit, mais les noms qui sont avancés ne me semblent pas très convaincants et, au Château, on se refuse à tout commentaire.

— Dites-nous, Etienne, vous qui avez pris du recul...

La tête lui tournait un peu parce que Vincent lui avait versé du champagne et qu'elle l'avait bu d'un trait comme un vulgaire Coca-Cola dans le bistrot de Mme Lamarre, parce qu'il y avait les mots des autres qu'elle ne comprenait pas, qu'elle ne désirait pas comprendre, parce qu'il y avait l'ombre bleue des parasols et le tourniquet flamboyant du jet d'eau, parce qu'il y avait contre ses pieds déchaussés les flancs tièdes de Jennifer qui avait échappé à la surveillance de Louise et dormait sous la table, parce qu'il y avait un parfum de ciboulette et une légère brise, parce qu'il y avait Vincent à côté d'elle. C'était la première fois qu'elle était autorisée à prendre place parmi les invités et si elle avait été tout d'abord peu sensible à l'honneur qui lui était fait, la présence de Vincent lui permettait maintenant d'oublier qu'elle détestait boire et manger quand elle se savait observée.

— Jusque-là, je croyais que la vieillesse était affaire de choix, disait son père en déboutonnant son col de chemise.

— Pourquoi ne faites-vous pas un tennis dans

le bas de votre enclos? demandait Marie à sa mère.

— Il y a le jardin, répondit Elise.

— Le bruit des balles est plus excitant que la conversation des poireaux, faisait remarquer Marie dont la main baguée allait et venait sans cesse le long de sa flûte à champagne.

Peu attentive à la conversation, elle semblait attacher plus d'importance aux visages qu'aux mots. Son regard s'attardait le plus souvent sur Vincent qui jouait les fous du roi et sur Elise qui cherchait Vincent des yeux.

— On demande Monsieur le ministre au téléphone, s'écria Louise dont le visage avait surgi par l'embrasure de la fenêtre.

— Pardonnez-moi, dit Julien Sartouret, j'ai dû donner votre numéro de téléphone au cas où j'aurais à régler une affaire urgente. Ce sont les servitudes...

— Je vous accompagne, proposa Elise qui se leva tout aussitôt.

— Non, je vous en prie, ne vous dérangez surtout pas. Je ne veux être en rien un trouble-fête.

A petites foulées, M. le ministre courait vers son devoir et montrait à l'assistance que, nonobstant sa corpulence, il n'en conservait pas moins un fort joli jeu de jambes.

— Dieu, que c'est exquis! s'exclamait Mme Michaud-Latour en suçotant son sorbet aux fraises tandis qu'Isabelle pressait un peu plus fort la plante de ses pieds contre les flancs de Jennifer.

Sans aucun doute la femme du sénateur laisserait tomber sa cuillère pleine de sorbet sur sa jupe claire si elle apprenait que la chatte était venue se blottir sous la table.

— Tout ce que prépare Louise est délicieux,

commentait Elise, qui semblait satisfaite que le déjeuner touchât à sa fin.

— Voyez-vous, poursuivait l'épouse du sénateur, je vous envie d'habiter la campagne, vous pouvez encore y dénicher des perles.

Le ministre revenait coudes au corps et saisissait Louise par les épaules pour la féliciter.

— Tout va bien les enfants, disait-il, visiblement satisfait de lui-même et des autres. Ils s'affolent pour un rien dès que je tourne les talons. Tous réclament des responsabilités et au moindre coup fourré, c'est à qui criera maman le plus fort.

Après avoir servi le café, Elise vint s'asseoir près de Marie.

— Tu as changé, lui dit son amie à voix basse, mais ni la remarque ni la nuance interrogative du regard n'échappèrent à Isabelle.

— J'ai vieilli.

— Tu te moques de moi!

— Tu sais, ç'a été dur au début. Etienne n'est pas le genre d'homme à accepter avec philosophie la retraite. Du moment où il a compris que sa carrière était terminée, il est devenu moins pugnace et, contre la maladie, il faut se battre.

— Comme d'habitude, tu as eu de la force pour deux.

— Tais-toi, Marie. Tu as de moi une idée complètement fausse. Tu entends? Complètement fausse. J'en ai assez que tu me croies parfaite.

— Explique?

Isabelle craignit un instant que sa mère ne trahît le secret de la Prée.

— Non, parle-moi plutôt de toi, répondit Elise comme pour esquiver les questions de Marie Sartouret.

— Rien de bien particulier.

— Rien?

Marie resta silencieuse un moment et la dureté de ses traits contrastait avec son regard d'enfant qui va pleurer. Puis, elle posa sa main sur le bras de son amie et les mots vinrent un à un comme du sommet de la montagne on fait le tour de l'horizon en nommant l'un après l'autre les villages des alentours.

— Ecoute, Elise, c'était la nuit dernière — je ne sais pas pourquoi je te raconte ça, c'est sans importance — j'ai rêvé que j'allais dans la petite ville où est enterré mon père. Il faisait froid. C'est drôle, je me souviens surtout du froid. J'avais oublié de retenir ma chambre à l'hôtel et je marchais dans les rues au hasard sans savoir où j'allais bien pouvoir coucher. Je rêve souvent que je n'ai plus de chambre, que j'ai perdu la clef de chez moi, ou pire, que j'ai oublié mon adresse. Toujours est-il qu'il n'y avait plus de place nulle part, on me rejetait, on ne voulait pas de moi. Alors je me suis couchée sur le trottoir. Un homme est venu vers moi et il m'a proposé de me louer son chien pour me tenir chaud et j'ai passé toute la nuit blottie contre l'animal. Ne crois-tu pas que c'est fou de rêver ça en plein été? Le pire, c'est que je déteste les chiens, je n'aime que les chats. Mais j'ai froid souvent. En plein mois d'août, il m'arrive de grelotter.

— Tu es seule?

— Julien voyage beaucoup et même quand il est là... Tu sais ce que c'est.

— Oui, je sais.

Les deux femmes s'étaient levées et Isabelle avait voulu en faire autant mais un regard de sa mère l'en avait dissuadée. Les deux amies s'étaient éloignées sans qu'elle eût pu les accompagner. Le sénateur avait entrepris Vincent. Quant à son père, il partageait des secrets avec le ministre et son collaborateur.

Isabelle était frappée par l'intérêt et même le respect avec lesquels les deux hommes semblaient considérer la moindre remarque de son père. Il faisait figure d'ancien, non pas tant à cause de l'âge ou de la maladie, mais par une sorte d'autorité et de sagesse. Dès qu'il abordait ce qu'il nommait avec volupté les affaires de l'Etat, il redevenait l'homme qu'Isabelle dans son enfance avait tant admiré. Elle le revoyait à Paris, enfoncé dans le canapé du salon, tandis que, dans le petit fauteuil crapaud, Elise dont les genoux frôlaient ceux de son mari, buvait une à une les paroles du grand homme.

— Resserrez vos liens d'amitié, disait-il à Julien. Il n'est pas pensable que longtemps encore vous vous passiez d'eux. Il faut aller chercher dans la jeune génération ceux qui s'impatientent d'être tenus à l'écart. Tant d'intelligences réduites au silence par la faute de tes amis, Julien, quel gâchis! Ne pas tenir compte d'eux serait aujourd'hui une maladresse et, à long terme, une espèce de forfait dont vous auriez plus tard à répondre. Crois-moi, je ne te dis pas cela parce que j'ai éprouvé à plusieurs reprises ce qu'il en coûte d'être éloigné du pouvoir, mais parce que je crois que de vos relations avec eux dépendront pour une part les vingt années à venir. Il faut en finir avec les guerres tribales.

Dans l'après-midi, les différents groupes opérèrent une jonction et l'on décida de se rendre en cortège jusqu'à l'océan.

— L'eau est bien sale, dit l'épouse du sénateur.

J'espère que vous ne vous baignez pas dans ce potage.

— Vous n'aimez pas la mer? interrogea Marie.

— Si, mais pas celle-là.

— La vase, c'est pas sale! répliqua Isabelle outragée.

— A votre place, je ne m'y fierais pas, insista la femme aux longs pieds.

De plus en plus souvent, le ministre regardait sa montre et Isabelle sentait que son supplice allait bientôt prendre fin. Ces gens la faisaient penser aux escargots qu'après la pluie on écrase à chaque pas dans les champs autour de la Prée, les lumas, comme on les appelle ici. Ils laissent une petite trace brillante mais dès qu'on veut les saisir, ils se rétractent et il ne reste qu'une coquille sèche. Les visiteurs avaient un beau langage, et, derrière eux, ils laissaient un sillage de mots; pourtant elle savait déjà qu'elle ne garderait de leur visite que le souvenir de leurs beaux habits.

8

Enfant, Isabelle croyait avoir pour sœur une fée. Dès qu'elle put tenir un crayon, elle passa son temps à dessiner une Alice aux cheveux de miel, aux yeux verts et aux joues roses. Comme le résultat de son travail ne donnait qu'un faible aperçu des rares beautés dont la surabondance chez son modèle était presque accablante, Isabelle déchirait rageusement ses ébauches les unes après les autres et crayonnait de nouveau sans jamais parvenir au résultat souhaité.

Plus tard, elle comprit qu'elle n'avait pas les moyens de ses ambitions, et qu'il fallait être soi-même une sorte d'enchanteur pour prétendre apprivoiser, ne serait-ce que sur le papier, le merveilleux visage d'une fée. D'un simple clic-clac, son Polaroïd réussit en dix secondes ce qu'Isabelle après des années de patience n'avait pu obtenir. Elle en avait maintenant la preuve photographique et, dans le domaine du beau, c'était la seule qui fût incontestable. Alice était vraiment une fée. Le destin des belles femmes n'est-il pas qu'on les photographie? Les magazines qu'elle feuilletait en cachette sur l'étal de Mme Lamarre lui avaient appris que, mieux qu'un regard, un objectif sait faire le tri entre le beau et le laid. Isabelle avait photographié sa sœur sur toutes les coutures et le résultat était toujours le même : parfait. Bien plus qu'une simple femme, Alice était une fée.

En gare de La Rochelle, ils attendaient une fée qui leur avait faussé compagnie trois mois plus tôt. Le père avait tenu à être du voyage. L'émotion, la fatigue, ce n'est pas bon pour toi, Etienne, avait dit la mère, mais le père avait haussé les épaules et répliqué qu'il n'était pas question qu'il se privât du plaisir d'accueillir sa fille. Sur le quai, seul Vincent était absent. Au reste, le fait qu'il ne fût pas là ne pouvait guère être ressenti comme un manque puisque Alice ignorait jusqu'à son existence.

En songeant à la manière dont on expliquerait à sa sœur la présence de Vincent à la Prée, Isabelle mesurait combien, en quelques mois, l'univers familial qu'elle avait cru longtemps immobile et immuable avait glissé insensiblement vers un quelque chose qui n'avait pas de nom, pas de forme, mais qui était constamment en transformation et dont le caractère imprévisible rendait aventureux les projets les plus anodins. Quand les hommes avaient appris que la terre tournait et qu'ils tournaient avec elle, peut-être avaient-ils eu ce même sentiment d'insécurité.

Et Alice? Qu'adviendrait-il si Alice aussi avait changé? Mais Alice ne pouvait pas changer, rien n'avait jamais paru ternir son éclat. Les fées, n'est-il pas vrai, ne sont pas soumises aux lois de ce monde. Aujourd'hui, Isabelle désirait accréditer toutes les légendes et se faire petite et crédule. Mon Dieu, faites qu'Alice soit comme avant.

Isabelle regardait sa mère et elle avait envie de

lui recommander de sourire et de prendre son visage de reine pour accueillir Alice. Sois gentille, ma chérie, et tiens-toi bien sage, lui disait Elise, il n'y avait pas si longtemps, quand elle recevait ses amies à l'heure du thé et qu'Isabelle était autorisée à s'asseoir sur le canapé rose et à faire passer les gâteaux. Maintenant, c'était elle qui aurait pu donner des conseils à sa mère. Mais oublie, oublie donc quelques secondes, maman, que tu souffres et souris à ma sœur qui ne doit rien deviner sur ton visage.

Quatre jours plus tôt, Isabelle avait vu sa mère pleurer et elle en avait éprouvé un plaisir inavoué et presque physique, ce genre de plaisir qu'elle avait déjà ressenti lorsqu'elle bombardait de pierres le corps flasque des méduses échouées sur le rivage. Sa mère était assise, seule, devant la grande table en chêne de la salle à manger et ses larmes coulaient une à une sur le bois de la table. Elle ne bougeait pas et elle ne bougea pas quand Isabelle entra. Elle dit seulement : je suis fatiguée et, comme Isabelle continuait à la regarder en silence, elle crut bon d'ajouter, toujours sans essuyer ses yeux : je me fais du souci pour ton père. Isabelle savait qu'elle mentait. Du moins, ne disait-elle qu'une part de la vérité. La nuit précédente, Isabelle s'était levée et avait écouté à la porte de la grange. Ce qu'elle avait entendu ne laissait aucun doute sur le chagrin de sa mère. Isabelle avait reculé de quelques pas et s'était cachée derrière le buisson de troènes. De la grange, venaient des cris, ceux de sa mère, qui furent bientôt suivis de sanglots, ceux de sa mère. Isabelle avait eu le sentiment qu'une sorte de folie s'était emparée de la Prée, bousculant tout le paysage familier. Déjà elle ne reconnaissait plus l'odeur de fermentation de la terre ni le chant des insectes de la nuit. Partagée entre la joie et la crainte, Isabelle avait regagné sa chambre.

Dans la gare, les bouches innombrables des haut-parleurs annonçaient le train d'Alice et Isabelle serrait plus fort contre elle Jennifer. Elle avait tenu à ce que la chatte l'accompagnât jusqu'au quai numéro 3. Dans la géographie sentimentale d'Isabelle, la gare de La Rochelle occupait une place privilégiée. Comme autant de plantes tropicales, les émotions y poussaient dru. Dans l'immense serre, Isabelle avait connu autrefois l'exaltation des vacances quand tout commençait dans le bonheur sous la verrière brûlante, quand tout, quelques semaines plus tard, s'achevait dans les larmes et les regrets qui rendaient irrespirable la touffeur de midi.

Alice apparut enfin, sac au dos, la peau cuite et le cheveu décoloré par le soleil. Isabelle la trouva plus belle encore que sur les photos, plus tendre et plus affectueuse que dans les souvenirs qu'elle avait gardés d'elle. Oh! que c'est bon! Que c'est bon de vous retrouver! Que c'est bon d'être ici! s'exclamait Alice et c'était étrange comme sa voix chaude et un peu traînante ressemblait à celle de sa mère. Elle les regardait, et elle les embrassait, et elle rebondissait de l'un à l'autre comme une boule de billard, et elle tournait sur elle-même les bras en l'air, le sac de camping solidement amarré au dos, et elle contemplait la voûte de la gare, et elle se précipitait de nouveau sur eux pour les enlacer tour à tour, le père, la mère, la sœur et la chatte. Elle était grande, Alice. Ses pantalons bleus laissaient à nu ses chevilles bronzées sur lesquelles s'entrecroisaient les lanières de cuir de ses spartiates et l'on aurait pu croire qu'elle avait encore grandi depuis son départ, d'autant que ses cheveux qu'elle avait coupés très court sur sa nuque d'enfant mettaient à découvert un immense cou très mince. Depuis qu'elle était là, le père et la mère semblaient avoir un peu rapetissé; la maladie de l'un, le chagrin de l'autre étriquaient leurs gestes. Ou peut-être n'était-ce qu'une illusion, ceux qui sont attendus paraissent toujours plus grands que ceux qui attendent.

Mme Martineau-Gouly conduisait et Alice épelait des souvenirs à chaque carrefour, à chaque ressaut de terrain d'où la vue fuyait vers le large. Le père et la mère échangeaient des regards embarrassés. Ce fut Etienne qui parla le premier.

— Tu vas trouver du changement à la Prée, dit-il évasivement.

— Quels changements? Vous avez acheté de nouveaux meubles de jardin? Le père Grimaud a construit une serre? Dis-moi, Isabelle, ne me fais pas languir. Oh! c'est Louise! Louise nous a abandonnés? J'en étais sûre! C'est ça, hein?

— Non, répondit Etienne, Louise est toujours là, elle t'a même préparé des îles flottantes. Non, je voulais te dire que la grange est habitée.

— La grange?

Alice saisit sa sœur par les épaules, et, l'embrassant trois fois à la mode du pays, elle s'écria de sa voix chantante qui ressemblait tant à celle de sa mère : « Eh bien, tu ne perds pas ton temps, mon Isa! Félicitations, tu as très bien fait d'occuper le terrain! »

— Il ne s'agit pas d'Isabelle, dit enfin Elise en redressant le buste et en modifiant la position du rétroviseur. Ou plutôt, il ne s'agit d'elle qu'indirectement. Nous avons prêté la grange à un jeune homme qui campait sur la plage. Un jour où Isabelle avait été imprudente en se baignant, il est venu lui porter secours, aussi, quand après ça il a plu toute une semaine, nous n'avons pas pu faire moins que de l'inviter à venir se mettre à l'abri chez nous. Depuis, il s'est installé dans la grange. J'oubliais de te dire : il s'appelle Vincent Morin. Je crois qu'il a de la famille au village, mais il la voit peu.

— Tu nages pourtant bien, Isabelle, qu'est-ce qui t'est arrivé?

— Rien. Vincent a cru que j'étais fatiguée et que je ne pourrais pas revenir.

— Et ce n'était pas vrai?

— Si, un peu seulement.

— Il ne faut plus faire de bêtises de ce genre, dit Alice en serrant plus fort les épaules de sa sœur, surtout quand je ne suis pas là, tu entends?

La voiture était arrivée au calvaire et la Prée apparut dans la douceur redoublée de l'été et du jour finissant.

— Arrête, maman, arrête une seconde que je la voie, que je prenne le temps de la voir.

Elle avait ouvert la portière, sauté à terre, et, en courant, elle décrivait un cercle autour du crucifié.

— Je suis heureuse, dit-elle encore en se rasseyant dans la voiture et Isabelle se demanda pourquoi, diable, sa sœur s'était absentée si longtemps. A en juger par l'enthousiasme qu'Alice manifestait, Isabelle ne parvenait pas à comprendre comment elle avait pu choisir de se priver de ce qu'elle aimait le plus au monde.

— Vous vous trompez. Je suis sûre que vous vous trompez, dit Alice. Rien n'a changé.

Elle énuméra : le donjon, la pelouse, le pigeonnier couvert de lierre et, à la fenêtre d'Isabelle, la grande écharpe bleue nouée à la balustrade en guise de bienvenue.

— Tu as pensé à l'écharpe, comme c'est bien!

Alice l'avait tricotée pour les dix ans d'Isabelle et celle-ci avait promis de ne la porter qu'en sa compagnie.

— Rien n'a changé, répéta Alice.

— Tu as raison, ma fille, insistait Etienne en espérant de sa femme une approbation qui ne vint pas.

Déjà le portail et les graviers. Vincent marchait vers eux avec son ombre immense et sa chemise à carreaux qui battait contre son corps décharné.

— Bonjour, disait-il.

— C'est Vincent, intervenait précipitamment Isabelle.

— Bien sûr que c'est Vincent. J'ai deviné. Bonjour, Vincent.

— Bonjour.

— Moi, c'est Alice. On est vraiment bien à la Prée. Tu ne trouves pas?

Elle ne faisait plus attention à lui, elle poussait la porte d'entrée, elle jetait un regard vers la cuisine, elle levait les yeux jusqu'au premier étage. Dans le couloir, il y avait le ciré jaune d'Isabelle, les bottes de sa mère et une vieille casquette qu'Alice avait portée dans la bruine, il y avait surtout cette odeur de fermentation qui rivalisait avec les effluves des eaux précieuses que sa mère débondait matin et soir devant le miroir de la salle de bains, et, dans la vieille bâtisse qui avait retenu la chaleur du jour, on aurait dit que tout un parterre de tubéreuses, par la poussée de sa germination, allait desceller les pierres de l'escalier qui montait vers la nuit.

Alice respirait l'odeur de la Prée en frottant contre sa joue le flanc chaud de Jennifer. Isabelle commençait à comprendre que la privation des êtres et des choses peut engendrer un plaisir brutal quand enfin elle cesse et que la conduite d'Alice n'était peut-être pas aussi incohérente qu'elle lui avait d'abord paru. Sa sœur les aimait davantage de les avoir quittés. Alice cherchait sous l'escalier le repaire poussiéreux où Louise ne risquait jamais son plumeau parce qu'elle craignait d'y trouver une araignée. « Viens te reposer, ma chérie, tu dois être fatiguée. » Alice ne répondait pas, elle regardait lentement les murs et la lanterne en fer forgé. Il y avait moins d'un an qu'elle habitait cette maison, mais son jeune passé y semblait tout entier contenu.

Isabelle sentait à quel point elle avait été stupide de vouloir fixer à l'aide de crayons ou d'un Polaroïd l'image de sa sœur. Elle n'avait saisi qu'une vague forme qui ne lui ressemblait déjà plus, alors qu'à cet instant précis, Isabelle avait le sentiment de ne plus la regarder vivre à distance, mais de se glisser subrepticement en elle. Elle ne lui poserait pas de questions. Elle ne lui dirait pas : où étais-tu? Qu'as-tu fait? Même pas : raconte. Non, Alice était de retour, Alice était tout entière dans sa main qui se posait sur la rampe, dans ses poumons qui s'ouvraient à l'odeur des huîtres et de moisi, dans ses pieds qu'elle avait déchaussés, dans son corps brûlé, dans tout ce qui reprenait la mesure de son amour et Isabelle se mêlait à Alice jusqu'à se confondre avec elle dans le rapide bonheur de cet amour partagé.

Alice avait gravi les marches. Elle était presque en haut de l'escalier de pierre quand elle se retourna. Soudain, Isabelle la vit de nouveau à distance. Elle vit Alice et elle vit qu'elle n'était pas Alice, qu'elle ne serait jamais Alice. Quelques mois avant les vacances, comme elles jouaient toutes deux à se bousculer dans l'escalier, Isabelle avait crié à sa sœur : tu verras, quand je serai grande, je serai plus grande que toi. Elle comprenait maintenant que la formule n'avait pas de sens. Elle ne serait jamais plus grande qu'Alice, ni même d'une taille semblable. Elle ne serait tout au plus que son négatif. Il avait suffi qu'Alice se retournât et qu'Isabelle la vît toute rayonnante de bonheur, belle, si belle, plus belle que jamais en haut des marches pour que d'un coup elle sentît combien était illusoire l'impression qu'elle avait ressentie quelques minutes auparavant de se glisser dans la peau d'Alice, de vivre de sa vie, de ses émotions, de ses plaisirs, d'être elle au plus intime de leurs respirations jointes. Alice était belle et cela même l'élevait bien plus haut que les marches de pierre; par l'effet de cette grâce unique, elle n'avait rien à dire, rien à faire, elle n'avait qu'à être, et, du bas de l'escalier, sa sœur laideronne la regardait comme on contemple une image sainte.

Belle, Isabelle ne saurait jamais ce que c'est d'être belle, ce que c'est que de regarder le monde quand on est belle. Car il ne suffit pas à la beauté de s'imposer aux yeux de tous avec la force de l'évidence, bien plus encore, elle permet à ses détenteurs de voir toutes choses différemment. A cet instant, Isabelle avait senti sans pouvoir se l'expliquer vraiment qu'entre la taille si fine de sa sœur, sa taille qu'on eût dite prisonnière de bandelettes et qui n'avait pourtant besoin ni de baleines, ni de ceintures, ni du moindre artifice pour être frêle comme un nid de fauvettes, qu'entre cette taille si merveilleusement fragile, ce corps élancé à la démarche élastique, ces fesses rondes, ces seins aigus, qu'entre tout cet être de beauté et le monde qui l'entourait, il devait exister un rapport d'amour. Non seulement il n'était pas possible de regarder Alice sans l'admirer, mais, du fait même de sa beauté, le regard d'Alice sur les autres était modifié. Alice avait chaussé des lunettes magiques et Isabelle, du fond de sa laideur, ne pouvait deviner les teintes d'un univers qui était celui de sa sœur et qui ne serait jamais le sien.

— Viens avec moi, Isabelle. On monte dans le donjon, dit Alice du haut des marches.

Isabelle ne répondit pas. Un sentiment brutal qui était fait tout à la fois de jalousie, de colère et de dépit l'avait prise à la gorge. De sa mère encore, elle pouvait accepter la suprématie, parce que sa mère était sa mère, qu'elle appartenait à un ordre différent et que sa beauté avait toujours été pour sa fille une sorte de vérité révélée. Mais que dire d'Alice qui, à tout prendre, n'était même pas une vraie fée?

— Tu ne viens pas? interrogea Alice.

Sans desserrer les lèvres, Isabelle s'enfuit en courant vers le jardin.

Dès le lendemain, on sonna la diane un peu plus tôt qu'à l'accoutumée comme si chacun à la Prée avait conscience de dévaler trop vite le second versant de l'été. Il fallait par une activité redoublée faire pièce au raccourcissement des jours. Déjà il y avait dans le clos une odeur de fruits et de verjus, le soleil se levait dans des vapeurs grises et on aurait dit que les feux montaient vers le ciel du côté de Lentilly. Deux abeilles qui avaient cherché dans la nuit la chaleur de la cuisine étaient mortes au beau milieu de la table. Bientôt ce serait l'automne et on ferait des confitures de mûres.

— La mer est haute à 10 heures, dit Alice en refermant la porte du placard où était accroché le calendrier des marées. Je vais me baigner. Est-ce qu'il y a des amateurs?

— Moi, répondit aussitôt Isabelle.

— Nous y allons tous, dit Mme Martineau-Gouly.

— Si vous voulez bien, je prendrai ma voiture et je vous emmènerai jusqu'à la côte, proposa Vincent à Etienne.

— Vous êtes bien aimable de penser à moi, mon garçon. Voyez-vous, je ressemble aux gens du pays, ils font de bons marins, mais ne savent pas nager. Je n'ai jamais eu confiance en la mer au point de m'y jeter la tête la première. Alors, ce n'est pas maintenant...

— Tu nous attendras dans la voiture, insista Alice.

— Non, non, mes enfants, allez-y sans remords. Avec mes journaux, mon téléphone et mes soldats, je ne suis pas à plaindre, que diable!

Ils s'arrêtèrent près de la cabane à demi enfouie sous les galets. L'océan était gris et calme, sillonné par une écume moussante qui avait la couleur de la laitance. Le soleil n'était pas encore haut dans le ciel et un frisson parcourut le corps d'Elise Martineau-Gouly quand elle se déshabilla. En revanche, Alice ne semblait pas ressentir la fraîcheur de la brise, et elle prit tout juste le temps de vérifier qu'il n'y avait qu'eux sur la plage avant d'ôter en un tournemain ses vêtements et de se retrouver nue sur la côte de Nimeuil. Elise ne dit rien, mais Isabelle la surprit à regarder sa sœur à la dérobée et elle pensa qu'à cette même seconde elles étaient deux à souhaiter que Vincent devînt aveugle.

Alice se dirigeait vers les flots et sautait d'une pierre à l'autre comme une chevrette dans l'alpage. Son corps hâlé ne portait aucune trace de maillot, sa teinte et ses proportions se conformaient parfaitement aux diktats du nouvel âge de bronze qui exigent des corps qu'ils aient la couleur, la dureté et le poli du cuivre et de l'étain alliés. Auprès de cette peau livrée tout entière au soleil, aux vents, aux flots, et cependant trop ferme, trop tendue sur les muscles pour qu'elle pût suggérer la moindre idée d'abandon, le hâle un peu blet d'Elise prenait des nuances automnales.

La belle Mme Martineau-Gouly sentait d'un coup que sa beauté n'était plus un absolu et comme l'essence même de son existence, qu'il suffirait désormais d'un regard, celui de Vincent peut-être, pour qu'elle fût reléguée dans la catégorie des créatures simplement séduisantes, ou, pis encore, dans celle des femmes que l'on dit « encore » belles. Sur la plage de Nimeuil, à 10 heures du matin, Elise Martineau-Gouly avait cessé d'être incomparable et elle croisait les mains sur sa belle poitrine où Vincent avait autrefois posé sa tête. Elle frissonnait de froid et de peur.

— Et toi, Isabelle, tu ne fais pas comme ta sœur? demanda-t-elle d'une voix qu'elle s'efforçait de rendre enjouée. Puisque c'est la mode, ajouta-t-elle.

Isabelle ne répondit pas. A peine s'étonnait-elle de voir sa mère juger sévèrement une mode qui n'avait que le tort de mieux convenir à sa fille qu'à elle-même. Isabelle, qui avait connu sa mère moins soucieuse du protocole, trouvait somme toute assez normal que la colère provoquée par la soudaine nudité d'Alice retombât sur elle. A qui d'autre aurait-elle bien pu s'en prendre? Vincent avait son sourire ironique et un peu absent; à portée de voix, il ne restait donc qu'Isabelle. Elise savait bien qu'en l'encourageant à imiter sa sœur, elle ne risquait pas grand-chose. La pudeur n'est-elle pas l'apanage des filles laides? Quand bien même Isabelle se serait dévêtue, la situation d'Elise n'en aurait pas été aggravée pour autant. Le corps massif d'Isabelle avec sa peau épaisse, ses lignes indécises, ses membres lourds, ses seins à peine nés mais qui s'étalaient déjà en surface au lieu de pointer comme le font ceux des gamines à peines pubères, ne constituait pas un spectacle dont on pût raffoler. Isabelle n'ignorait rien de tout cela et ses vœux rencontraient ceux de sa mère : mon Dieu, faites seulement que Vincent soit aveugle et le monde sera changé. Une maladie, un accident, qu'importe! A la main de Dieu, rien n'est impossible. Alors Isabelle se serait faite son guide, son chien, sa canne blanche, et il se serait appuyé sur elle. Sa seule chance n'était-elle pas qu'elle devînt le phare d'un homme qui ne la verrait pas? Sinon qu'adviendrait-il d'elle, si Vincent, Vincent qu'elle aimait, découvrait toute l'étendue de sa laideur?

La révélation de sa disgrâce était encore trop proche pour qu'Isabelle ne la jugeât pas définitive. Son corps demeurerait à tout jamais indésirable. Etait-ce vraiment un si beau cadeau que sa mère lui avait fait en la mettant au monde? Elle lui avait donné la vie, une seule vie, et, toute cette vie durant, Isabelle aurait à charrier un fardeau bien plus lourd que celui d'Atlas : son propre corps.

— Tu viens? Nous faisons la course jusqu'au vieux rafiot.

Tandis que, de la main droite, Vincent désignait une barcasse qui donnait de la gîte sur un fond de vase à une centaine de mètres du rivage, son autre main s'était posée sur l'épaule nue d'Isabelle barrée par la bretelle du maillot de bain. Elle fit aussitôt un écart pour se dégager de son étreinte. Elle ne souhaitait plus qu'il perdît la vue, mais que cette main qui s'était posée sur elle fût immédiatement tranchée. Il la regardait sans comprendre de ses yeux bizarres qui semblaient traverser les êtres et ne s'arrêter que bien loin derrière eux et Isabelle se souvenait qu'ici même, deux mois plus tôt, il l'avait prise dans ses bras, il l'avait portée, et qu'elle s'était abandonnée à lui dans un parfum de roses mystiques. Son émoi avait été tel qu'elle n'avait pas craint de convoquer les saints et les anges. Elle l'aimait déjà, cet homme que la mer lui avait apporté, et elle ne savait pas encore qu'il lui serait à tout jamais inaccessible parce qu'elle était laide et qu'il n'est pas imaginable d'aimer une femme laide. Ne touche pas, c'est sale, disait sa mère quand Isabelle s'amusait à retourner une méduse recouverte de puces de mer. Etait sale tout ce qui avait un aspect rebutant : les méduses et les limaces. Ne touche pas, c'est sale, aurait-elle dû dire à Vincent quand il avait posé sa main sur son épaule ou, mieux encore, elle aurait dû trancher cette main qui avait touché sa mère, qui la touchait à présent, et qui établissait au creux de sa paume une comparaison entre leurs deux peaux.

Quand Isabelle se jeta à l'eau, ses membres devinrent lourds et durs comme un morceau de glace. Elle fit aussitôt demi-tour et revint s'asseoir en grelottant près de sa mère qui, dans son minuscule maillot de bain blanc, regardait nager au loin Vincent et Alice.

9

Isabelle grelotta plusieurs jours et plusieurs nuits car la fièvre s'était mise de la partie. Alice et Elise venaient tour à tour s'asseoir à son chevet et le Dr Fétard faisait de rapides passages à la Prée au cours desquels il prodiguait à la malade et à sa famille des mots d'apaisement et des conseils de patience qui ne parvenaient pas à dissimuler tout à fait son embarras. Isabelle ne cherchait guère à discerner la cause d'un mal qui étrangement lui semblait presque doux. Ça ne piquait pas, ça ne brûlait pas, ça ne lançait pas, ça ne tirait pas. Tout se taisait en elle-même, jusqu'à sa tête qui était silencieuse.

Le monde était flou, tout tremblé comme les paysages marins qu'elle avait découverts les soirs de pluie à travers la lucarne du donjon. Le monde se résumait aux quatre murs de sa chambre qui chaviraient dans les soubresauts de la fièvre et disparaissaient parfois complètement quand Isabelle sombrait dans un sommeil épais comme les vases de Nimeuil. Dès que lui venait à l'esprit une pensée qui eût pu devenir pénible, elle était chassée aussitôt par une autre. Dans ce tourbillon incohérent qui ne pesait pas plus qu'un vol de mouettes à la crête des vagues, la souffrance se dissolvait comme par miracle et Isabelle n'avait même plus conscience de sa laideur.

Un soir, elle vit pleurer sa mère assise au pied de son lit. Sans que rien le lui indiquât avec précision, elle sentit que ces larmes étaient sans rapport avec sa maladie. C'était sur elle-même que sa mère pleurait et la chose parut normale à Isabelle. Elle n'avait pas assez de force pour éprouver de l'amertume ou de la pitié. Un peu plus tard, Vincent entra dans la chambre et il eut un mouvement de recul en découvrant les larmes d'Elise. Isabelle fermait les yeux et ils crurent à son sommeil.

— Tout va mal depuis que tu es là, murmura Elise.

— Je t'en prie, ce n'est ni le moment ni le lieu.

— Quel hypocrite es-tu donc?

— Elise, nous n'allons pas tourmenter Isabelle avec nos histoires.

— Nos histoires! Tu fais bon marché de l'amour, Vincent. Isabelle dort et ne nous entend pas. D'ailleurs, je n'aime pas la manière dont tu te sers d'elle comme d'un bouclier.

Soudain, Isabelle se vit belle, grande, longue, drapée dans les plis souples d'une tunique antique; elle s'interposait les bras en croix entre Vincent et un ennemi masqué dont le carquois était rempli de flèches. L'image lui plut, et elle regretta de ne pouvoir l'admirer plus longtemps, déjà des sanglots et des reniflements gênaient sa béatitude. La voix humide de sa mère psalmodiait des reproches, des plaintes et des mots qui paraissaient sans suite. Sa voix se faisait de plus en plus oppressée, on aurait dit que sa mère avait couru, ou plutôt, tant son essoufflement semblait trahir la panique, qu'Elise s'effrayait d'avoir un espace plus grand encore, presque infini, à parcourir.

— Je ne survivrai pas à ton départ, disait-elle entre deux halètements et Isabelle se demandait comment sa mère réussissait toujours à lui voler la vedette.

En effet, n'était-ce pas elle, Isabelle, qui grelottait de fièvre au point d'en secouer le lit, et, dans ses accès les plus forts, d'en faire gémir les lattes du plancher? Pourtant les sanglots les plus émouvants ne sortaient pas de sa poitrine mais de celle d'Elise Martineau-Gouly qui pouvait endosser d'un coup les rôles de mère éplorée et d'amante meurtrie. Quelle aubaine pour une si bonne comédienne! Si bonne, Elise, Lise, Lison!

Ce n'était pas un simple halètement, à présent la voix suffoquait. Mouche-toi, maman, aurait dit Isabelle si elle n'avait pas été censée dormir. Soudain le cours des mots fut interrompu par une quinte de toux. A Nimeuil où les anciens ont la religion des escargots, ne raconte-t-on pas que rien n'est meilleur pour combattre la toux que de gober tout cru un petit gris des vignes?

— Jamais, je ne te laisserai partir, dit encore sa mère quand elle parvint à retrouver un souffle plus normal.

La voix très grave de Vincent cherchait à la calmer comme on calme un enfant, et sa douceur même exaspérait la douleur d'Elise. Les deux êtres qu'Isabelle aimait n'étaient plus que des voix qui, violentes ou sinueuses, se combattaient, s'évitaient, se cherchaient, s'affrontaient tour à tour. Ils étaient réduits à ce qu'ils possédaient de plus profond, de plus souterrain et de plus secret.

— Vous êtes fous de faire des têtes pareilles!

Ce n'est pas grave et c'est vous qui allez la rendre malade avec vos airs de tragédie.

Il y avait eu un pas léger et rapide dans l'escalier et Alice comme un vent frais était entrée dans la chambre pour en chasser les miasmes.

— Je vous en prie, laissez-moi seule avec elle et allez vous reposer.

— Je reste avec toi, insista Elise.

— Non, maman, tu as les yeux battus et cernés.

— Je vieillis, Alice.

Comme si la remarque était dénuée de sens, Alice ne répondit pas. Dès qu'ils furent partis, elle s'assit tout près d'Isabelle qui s'endormit aussitôt, sa main serrant celle de sa sœur.

Quand elle devint jaune comme une moule de bouchot, le Dr Fétard put enfin annoncer sans crainte d'erreur qu'Isabelle avait une hépatite virale et qu'une longue convalescence serait nécessaire. La malade mesura toutes les conséquences d'une situation qui n'était pas aussi catastrophique qu'on pouvait l'imaginer. Certes, la nouvelle coloration de sa peau et de sa cornée, ses cheveux collés par la fièvre la rendaient encore un peu plus hideuse, mais Isabelle ne s'en alarmait point. Sa laideur ne constituait-elle pas un tout auquel on ne pouvait rien retrancher ni ajouter et qui resterait en l'état jusqu'à la fin des temps? Tandis que la beauté lui semblait soumise aux aléas du destin, sa disgrâce avait au moins l'avantage d'être certaine, irréversible et totale. Ce n'était pas un blanc de l'œil soudain un peu trouble qui y changerait quelque chose. En revanche, le fait qu'elle eût à se reposer plusieurs mois l'empêcherait de retourner au lycée. Les jours pouvaient décliner, l'océan gronder dans les remous de l'équinoxe et les raisins mûrir, son virus lui permettrait de repousser l'automne, et, qui sait, peut-être de le vaincre. Ces vacances qui n'avaient ressemblé à aucunes autres étaient désormais sans bornes puisqu'elles glisseraient doucement vers un hiver dont la vacuité serait à l'image des jours ensoleillés. Ce n'était pas tant les livres, les cours, les leçons et les devoirs qu'elle refusait, que la perspective d'avoir à retrouver les gamines de son âge qui font les belles aguicheuses et les garçons qui ridiculisent avec férocité celles qui ne sont pas à leur goût. Isalaide, ils l'appelaient. Comment ses parents avaient-ils pu lui donner un prénom qui lui allait si mal?

Le propos d'Isabelle ne se limitait pas à trouver une échappatoire à la rentrée scolaire, son vœu le plus cher, et qui mobilisait tout ce qui lui restait de force, était que Vincent ne quittât pas la Prée au déclin de l'été. Sans qu'elle eût reçu ses confidences, sa logique l'amenait à craindre que l'automne mît un terme à son séjour. Les mots que Vincent et sa mère avaient échangés à son chevet, leurs cris, leurs querelles, leur mésentente n'avaient que trop renforcé son appréhension. Cependant Isabelle voyait dans sa maladie un signe favorable du destin puisqu'elle permettait de rompre la rigueur mathématique des saisons. Déjà il n'y avait plus de rentrée scolaire et Alice ne regagnerait Poitiers qu'en novembre. On pouvait fort bien imaginer que Vincent consentirait lui aussi à s'attarder plus longtemps que prévu auprès d'eux. Aurait-il le cœur d'abandonner une Isabelle malade et une Elise en pleurs? A dire vrai, Vincent n'avait confié à personne ses projets. Isabelle doutait même qu'il en eût et cela n'était point à ses yeux le moindre de ses charmes. Parfois il lui parlait de pays lointains et elle ne savait jamais très bien s'il en revenait ou s'il pensait s'y rendre. Il se pourrait qu'un triste matin il avouât tout à trac : je n'ai plus d'argent, je m'en vais. Alors seulement ils songeraient tous à l'interroger. Mais, pour l'instant et par une sorte d'accord tacite, chacun semblait trouver son compte à se montrer discret.

Isabelle était désormais persuadée qu'aussi longtemps que durerait sa maladie Vincent demeurerait à la Prée; enfin apaisée, elle se laissait aller à une somnolence béate entrecoupée de rêves et de sensations presque voluptueuses. Son corps haï s'effaçait peu à peu entre les draps tièdes et froissés comme si le jeûne et l'immobilité le conduisaient irrémédiablement vers cette lente désagrégation qui n'avait rien de douloureux, bien au contraire, puisqu'elle permettait à l'esprit de divaguer comme un bouchon bercé par la vague.

— Les chalutiers rouillent dans le port et les marins-pêcheurs ont manifesté cet après-midi, disaient Vincent et Alice quand ils s'asseyaient près d'elle au retour d'une équipée à La Rochelle.

La révolte brillait dans leurs yeux qui avaient perçu l'agonie d'une ville, de ses vaisseaux et de ses hommes. Isabelle imaginait les grands chalutiers désarmés qui avaient connu le golfe de Gascogne du temps des pêches miraculeuses, des merlus, des dorades et des rougets-barbets. Aujourd'hui ils pourrissaient à quai sans même plus rêver du large qu'ils ne reverraient jamais, et, dans la halle à marée devenue trop grande, la voix des crieurs semblait annoncer chaque jour un nouveau désastre.

La ville va sombrer si nous ne faisons rien. Qui

disait cela? Vincent ou Alice? Alice ou Vincent? Il en est des villes comme de nous-mêmes, on peut bien imaginer qu'elles meurent sans pour autant crier au scandale. Cette fois Isabelle en était certaine, c'était sa mère qui avait parlé d'une voix parfaitement calme, comme si elle ne faisait qu'annoncer un événement triste mais évident et banal. Isabelle se laissait envahir par des images qui curieusement ne la terrifiaient pas, celles de tours s'écroulant dans les eaux, de vagues renversant les pontons et de nuées d'orage fendant l'écume. Tous ces grands soubresauts étaient lents et silencieux. Dans cette ville venteuse où le dieu océan tapisse d'ex-voto les murs des églises, dans ce pays salé où le ciel, la terre et l'eau s'épousent et se confondent à tel point qu'il est impossible de différencier dans les marais ce qui appartient à la mer de ce qui appartient au continent, on eût dit que les trois éléments allaient s'entre-déchirer avec une sorte de joie primitive avant de se pénétrer plus profondément encore et de s'en retourner à leur état originel.

Isabelle qui n'avait plus à supporter le fardeau détestable de son corps, planait dans ses songes. La douce déflagration du monde lui faisait entrevoir ce bord extrême où la vague, la falaise et la mouette sont indifférenciées, où le clair et l'obscur ne se combattent plus, où la laideur et la beauté sont conciliées. Elle s'égarait dans ses sensations sans craindre pourtant de se perdre. Les choses n'avaient plus ni nom ni contour. La réalité lui échappait délicieusement comme à l'instant où Vincent l'avait prise dans ses bras et soulevée de terre. Elle était légère, aérienne, et jamais, à l'église de Nimeuil, elle ne s'était sentie aussi immatérielle, car, s'il lui était arrivé de prier Dieu de toutes ses forces, sa prière loin de l'élever vers des zones éthérées l'avait le plus souvent ramenée à son corps et à sa laideur. Combien de fois n'avait-elle pas demandé à celui qui avait promis la résurrection des corps qu'il daignât changer le sien dès cette vie? Elle avait beau supplier tous les saints de bien vouloir intercéder en sa faveur, à la sortie de l'église, elle se découvrait dans les yeux des autres toujours aussi vilaine.

Avec la première sensation de faim, Isabelle reprit conscience de son corps. Sur son ventre, les plis adipeux avaient disparu mais la modification n'était pas suffisante pour qu'elle l'amenât à se réjouir de ces retrouvailles avec elle-même. Ce n'était pas encore assez de sentir peser sur elle tout ce fardeau de chair, il lui fallait à nouveau affronter le regard des autres.

Les dents de son père étaient à peine plus jaunes et son souffle à peine plus court, pourtant quelque chose d'indéfinissable semblait indiquer que le mal gagnait du terrain. Quand il venait s'asseoir à son chevet, les yeux vagues et toujours un peu humides comme ceux des chiens qui ont mangé trop de sucre, Isabelle avait le sentiment que la Prée tout entière n'était plus qu'une salle commune d'hôpital et que, malgré le refus qu'elle souhaitait opposer à cette alliance malsaine, elle était rejetée avec son père dans le camp de ceux qui regardent de loin courir la vie. Comme elle courait bien sans eux, la vie. Légère, rieuse, rapide, les joues brunies de soleil et frottées de vent, le regard curieux, l'esprit en révolte, généreux, ouvert à tout, à tous, si forte de posséder la joie qu'elle voulait la partager avec tous les laissés-pour-compte, les malheureux, les abandonnés, les moches, les pauvres citoyens de la cour sans miracles. Elle n'avait pas l'odeur médicamenteuse, ni le teint jaune, ni le souffle fiévreux, la vie. Elle avait la beauté d'Alice et la longue démarche de Vincent. Lorsque Vincent pénétrait dans sa chambre, lorsque Alice montait deux à deux les marches de pierre, ce n'était pas seulement Vincent et Alice qui entraient, mais les hommes et les femmes qu'ils avaient rencontrés les accompagnaient : le boucholeur, le paysan, le marin-pêcheur et l'héritier déchu des grands armateurs. La Prée n'était plus un lieu clos aux confins du monde, elle se distendait, poussait des pseudopodes aux quatre points cardinaux et englobait toutes les terres avoisinantes. Il y avait peu de temps encore, Isabelle s'était rétrécie jusqu'à ne plus avoir conscience de son être. Maintenant Vincent et Alice lui donnaient à imaginer des pays étrangers, et elle avait le sentiment désagréable que sa chambre était soudain ouverte à tous les vents, ceux de terre comme ceux de mer. Quelle que fût désormais sa vigilance, elle ne maîtrisait plus les forces auxquelles la Prée était soumise et bien des événements lui échappaient. Avec la convalescence, loin de sentir monter en elle un furieux appétit, elle constatait seulement l'étendue de ses pertes.

Entre les sourcils de sa mère, deux rides parallèles commençaient à apparaître, et les fins sillons de part et d'autre de sa bouche qui se creusaient en fossettes quand elle riait lui donnaient un air triste dès que son visage était au repos. Souvent Isabelle la voyait essuyer furtivement une larme, et parfois, lorsqu'elle croyait sa fille endormie, Elise laissait les pleurs raviner ses joues et son nez devenait rouge. Pauvre chère maman qui se découvrait mortelle parce que Vincent ne l'aimait plus. Les colères, les ruses, les prières, tous les vieux stratagèmes avaient échoué et elle devait affronter cette vérité qui rendait le temps irréversible : Vincent ne l'aimait plus, Vincent ne l'aimait pas. Soudain elle se sentait dépossédée de tout ce qui auparavant assurait son triomphe. Même à sa beauté, elle ne croyait plus. Qu'est-ce donc en effet qu'une beauté qui ne peut plus agir sur les autres, qui n'impose plus à son entourage son pouvoir absolu? Qu'est-ce donc qu'une reine qui n'a même pas su garder captif son amant? Il ne l'aimait plus et elle se sentait laide, vieille et plus repoussante qu'une maritorne. Pauvre chère maman qui découvrait que tout ce qui quelques mois plus tôt lui semblait rassurant n'était qu'ennuyeux, que bientôt l'homme qu'elle aimait ne serait plus qu'un souvenir auquel elle ne pourrait rien retrancher ni rien ajouter et qu'elle aurait à prendre la pose pour la dernière étape de sa vie.

10

Ce jour-là il ne pleuvait pas, il crachinait. Une bruine aussi légère qu'un brouillard mouillait les collines. Quand Louise quitta la Prée en début d'après-midi, Vincent qui partait pour La Rochelle lui proposa de l'emmener jusqu'à Nimeuil.

— C'est pas de refus, répondit la grande rousse. (Puis, se ravisant aussitôt, elle dit :) Mais comment je ferai demain matin pour venir, si je laisse mon vélo ici?

— Le père Grimaud passera te chercher, il doit monter vers 9 heures.

Alice ouvrit la fenêtre de la cuisine et tendit à Vincent un papier sur lequel elle avait noté toute une liste de journaux et de livres qu'il devait lui acheter en ville.

— N'oublie pas, insista-t-elle. Il faut que je les lise avant mon départ pour Poitiers.

— Quand pars-tu?

— Dans une dizaine de jours.

— Oh! dix jours... autant dire jamais!

Depuis qu'Alice était de retour, un nouveau rituel s'était instauré auquel Isabelle immobilisée par la maladie était demeurée étrangère et dont l'échange de livres constituait l'élément essentiel.

Alice et Vincent parlaient des soirées entières de leurs lectures et Etienne venait se joindre à eux, même si, le plus souvent, il ne tardait pas à s'endormir, son chapelet d'ambre entre les doigts.

A présent qu'Isabelle pouvait de nouveau aller et venir dans la maison, elle constatait qu'il restait bien peu de chose de ce qui pendant des mois avait constitué sa vie, celle des parents et celle de Vincent, de tout ce qui les avait à la fois unis et divisés, de tous ces secrets qui n'en étaient peut-être pas, de toutes ces passions qui s'enivraient de leur propre folie. Non que les sentiments eussent perdu de leur force, elle sentait bien que rien, ni les déconvenues ni le temps, ne pouvait changer ce qu'elle éprouvait pour Vincent, mais ils ne trouvaient plus à s'exprimer par des gestes, des cris ou des étreintes, et chacun se voyait contraint de se refermer sur sa vérité. Ils ne vivaient plus dans ce confinement où longtemps ils s'étaient plu. La Prée n'était pas une citadelle — on pouvait en sortir et y entrer sans avoir à produire de laissez-passer — cependant tous ceux qui l'habitaient ne livraient d'eux-mêmes qu'une fragile apparence.

Isabelle sentait que les règles du jeu avaient été modifiées pendant son absence et que personne ne viendrait l'instruire des nouvelles modalités. L'incertitude était telle qu'elle ne songeait même pas à se réjouir de ce que Vincent n'aimât plus sa mère.

Dès que la Volkswagen eut disparu dans la bruine, Isabelle monta dans la chambre d'Alice et elle commença à essayer les vêtements de sa sœur. Elle avait beau cramponner à deux mains les pantalons, elle ne parvenait pas à remonter leurs fermetures Eclair jusqu'à sa taille trop épaisse et les jambes des jeans s'écrasant en trois gros plis sur ses espadrilles lui donnaient l'allure d'un auguste. Elle arrivait tout juste à enfiler les pulls et les tee-shirts sans en faire craquer les coutures. Ses petits seins s'amollissaient sous la pression des étoffes comme des figues trop mûres oubliées au fond d'un panier. Quoi qu'elle revêtît, le miroir ne pouvait que confirmer cette évidence : il n'est pas possible de donner une forme à ce qui n'en a pas.

Elle mesurait tout ce qui la séparait de sa sœur et il lui revenait en mémoire une légende qu'elle avait lue plusieurs années auparavant. Il y était dit que les enfants engendrés par le diable sont parfois introduits subrepticement dans des familles apparemment normales où seules leur laideur et leur propension à faire le mal permettent de les distinguer des autres membres de la famille parmi lesquels ils vivent comme des parasites.

Quand elle entendit le pas d'Alice dans le couloir, elle ne songea même pas à fuir ou à remettre de l'ordre dans la chambre qu'elle avait transformée en salon d'essayage.

— Tu peux le garder si tu le trouves à ton goût, dit aussitôt Alice en désignant le pull marin qu'Isabelle avait enfilé et qui était assez détendu pour qu'elle pût s'y loger sans difficulté et sans ridicule.

— Non, c'était seulement pour voir.

Isabelle aurait presque préféré que sa sœur eût des gestes et des mots de colère en découvrant le viol de sa chambre, mais il semblait que jamais rien de laid ou de mesquin ne pût émaner d'Alice et cette perfection qui allait de soi rendait Isabelle encore plus consciente de ses propres insuffisances. Alice se garda bien de souligner d'une remarque ou d'un simple sourire ce qu'il pouvait y avoir de présomptueux et pour tout dire de grotesque dans le fait que sa sœur voulût se comparer à elle en essayant ses vêtements. D'instinct, elle alla droit au seul détail qui pût être compté à l'avantage d'Isabelle.

— Tu vois, mes chaussures te sont trop grandes. J'aimerais avoir comme toi des pieds tout petits et fins, dit Alice en s'asseyant sur son lit après avoir repoussé les jupes et les pantalons que sa sœur avait entassés. Isabelle songea qu'en dépit de sa perfection sa sœur était bien la seule personne au monde devant laquelle elle ne se sentait jamais ni tout à fait laide ni tout à fait méchante, comme si le regard d'Alice avait le pouvoir d'embellir tout ce qu'il touchait.

— Sais-tu ce que cela signifie de mettre des chaussures qui ne sont pas les siennes?

Isabelle haussa les épaules en signe d'ignorance. La question avait tout l'air d'une de ces devinettes pour lesquelles on est tenu de donner sans délai sa langue au chat.

— Que l'on désire tuer un peu la personne à qui les chaussures appartiennent.

— Qu'est-ce que ça veut dire tuer un peu? interrogea Isabelle.

Hormis les vers qu'on peut couper en deux sans être sûr pour autant de les avoir vraiment tués et les héros de films d'épouvante qui sont plus dangereux morts que vivants, Isabelle était incapable d'imaginer que l'on pût avoir dans le crime le sens des nuances. Comme elle interrogeait déjà sa sœur sur ce qui lui semblait être le comble du raffinement, Alice s'empressa de changer de sujet.

— A mon retour, dit-elle, j'étais si heureuse de

vous retrouver que tout de suite je n'ai pensé qu'à ma joie, il m'a fallu plusieurs jours avant de sentir les changements qui s'étaient produits ici. Oh! il y avait des changements prévisibles et auxquels je n'ai eu aucun mal à m'adapter. Toi, par exemple, tu as beaucoup grandi pendant mon absence et j'en suis contente. Entre nous, il n'y a déjà presque plus de différence et j'ai même l'impression que sur certains points tu en connais plus long que moi. Pour papa, je ne m'attendais pas à un miracle et je sais que, plus que la maladie, ce qui l'use et le fait vieillir c'est d'avoir dû quitter Paris et les responsabilités. Mais ce que je n'arrive pas à comprendre, c'est ce qui est arrivé à maman.

— Il n'est rien arrivé à maman, interrompit Isabelle qui regretta immédiatement une brusquerie qui l'étonnait elle-même.

— Enfin, quand je suis partie, elle était jeune, belle et gaie.

— Pourquoi? Tu veux dire que maman n'est plus belle, jeune et gaie?

— Elle n'est pas gaie.

— Ça ne l'empêche pas d'être jeune et belle.

— Ce n'est pas ce que je veux dire. Tu sais bien que moi aussi je l'admire, mais je ne peux pas supporter de la voir triste et je pensais que toi, qui ne l'as pas quittée de l'été, tu pourrais m'aider à comprendre sa tristesse.

Isabelle enlevait le pull marin d'Alice et remettait le sien. Ses gestes maladroits lui permettaient de gagner du temps car il était exclu qu'elle pût parler d'une affaire aussi délicate sans que son corps fût au repos. Une prudence fraîchement acquise l'incitait à réfléchir avant de se laisser aller à des confidences. De plus, Isabelle répugnait à se dessaisir d'un secret dans lequel résidait tout ce qu'elle croyait être son pouvoir sur les autres.

Tandis qu'Alice lui faisait signe de s'asseoir sur le lit à côté d'elle, Isabelle se demandait si sa sœur cherchait auprès d'elle la confirmation de ce qu'elle avait déjà découvert ou si elle ignorait vraiment tout ce qui s'était passé à la Prée pendant son absence.

— J'ai besoin de toi, insistait Alice, maman a besoin de toi. Il faut que nous l'aidions.

— Elle n'a rien demandé.

— Raison de plus.

— Elle est restée tout l'été ici à soigner papa. Ensuite, j'ai été malade et elle m'a soignée. Elle n'a pas eu de vacances, elle n'a pas voyagé, elle n'est pas allée sur les plages, elle n'a vu personne. C'est normal qu'elle soit triste et fatiguée. Metstoi à sa place!

— On dirait que tu m'en veux d'être partie?

— On ne parle pas de toi mais de maman.

Isabelle feignait plus la colère qu'elle ne la ressentait et elle avait choisi ce moyen-là pour se soustraire à l'interrogatoire de sa sœur. Alice savait-elle ou ne savait-elle pas? Isabelle se trouvait placée dans une situation identique à celle qu'elle avait connue quelques mois auparavant avec son père. Il se pouvait en effet qu'Alice eût deviné que la lassitude de leur mère allait jusqu'au désespoir. Elise ne prenait plus la peine de cacher ses larmes et, sous le prétexte de jouer les gardes-malades, il lui arrivait de traîner du matin au soir en robe de chambre avec de vieilles mules dont le satin était troué par l'ongle de son gros orteil. Isabelle l'en aimait peut-être davantage de ressembler à ces poupées meurtries à qui l'on vient d'arracher un bras ou de crever un œil; elle aurait voulu la prendre dans ses bras, la bercer, la débarbouiller de toutes ses tristesses. En fait, elle osait à peine poser les yeux sur elle tant elle craignait de trahir d'un regard la pitié que sa mère lui inspirait et de blesser son orgueil de reine déchue. Il se pouvait aussi que sa sœur eût soupçonné le rôle joué par Vincent dans la détresse de sa mère et que, forçant ses défenses à coups de questions, elle eût amené Vincent à confesser la vérité. Si Isabelle avait pu lui pardonner d'aimer sa mère et même de ne plus l'aimer, en revanche il lui serait impossible d'accepter qu'il l'eût trahie. A tant se taire, elle avait fait du silence une vertu cardinale et ceux qui n'étaient pas capables de maîtriser leurs mots lui faisaient l'effet de ces vieilles outres percées qui laissent fuir l'eau à la moindre pression des doigts.

— Maman ne semble pas beaucoup aimer Vincent, fit remarquer Alice, et je ne comprends pas qu'elle ait supporté qu'il s'installe chez nous.

— Elle l'a fait pour moi.

— Tu veux dire pour le remercier?

— Non, je dis simplement pour moi.

— C'est toi qui as eu l'idée de lui prêter la grange?

— J'ai eu tort?

— Non, au contraire, mais pourquoi l'as-tu fait?

— Pourquoi, pourquoi? Parce que je m'ennuyais et qu'il était mon ami. Parce que papa s'ennuyait et qu'il aimait discuter avec lui. Parce que maman s'ennuyait et que Vincent la faisait rire.

— Elle riait avec lui?

— Oui, elle riait. Quel mal y a-t-il?

— Aucun, Isabelle. Crois-moi, je ne souhaite qu'une chose, c'est l'entendre rire à nouveau.

Au rez-de-chaussée, il y eut un bruit de portes et Isabelle s'approchant de la fenêtre vit apparaître sa mère.

— Comment peux-tu dire qu'elle n'est pas belle? s'exclama-t-elle.

— Mais je n'ai jamais dit ça! répliqua Alice en se levant à son tour pour rejoindre sa sœur.

Elise Martineau-Gouly portait un pantalon beige, une veste marron et un corsage blanc finement brodé. N'était son regard qui semblait chercher en vain dans la direction du calvaire un horizon que la bruine avait gommé, tout en elle — sa mise à la fois simple et ordonnée, ses cheveux noirs bien lissés, l'élégance de son port de tête — donnait de nouveau l'impression d'un calme souverain.

Isabelle frappa aux carreaux et sa mère leva aussitôt vers elle ses yeux sombres dont la couleur comme lavée avait gagné en profondeur ce qu'elle avait perdu en éclat. Leur mère leur faisait signe de descendre et déjà Alice et Isabelle se précipitaient dans l'escalier.

— Nous allons nous promener en voiture au bord de la falaise, dit-elle en prenant le bras de son mari qui avait revêtu pour l'occasion un long imperméable gris et une casquette à damiers.

Leur absence durerait une heure ou deux et on s'embrassait comme pour une longue séparation. Il sentait la citronnelle et le médicament. Elle sentait le sucre chaud. Ils allaient à petits pas vers la voiture dont elle lui ouvrit la portière droite. Elle ne lâcha pas son bras avant qu'il ne fût assis. Alors seulement, elle contourna la voiture, et, rejetant ses cheveux en arrière de ce mouvement de tête qui était presque un tic, sans sourire elle fit de la main un signe d'au revoir à ses filles.

A peine s'étaient-ils éloignés qu'Isabelle triomphante se retourna vers sa sœur :

— Tu vois bien que tu t'es trompée, maman n'a pas changé. Ce que tu ne veux pas comprendre, c'est que jamais rien ici ne changera.

Isabelle ne mentait pas. Il avait suffi qu'elle vît trottiner ce vieux couple dont les misères s'accotaient les unes aux autres pour qu'elle oubliât aussitôt ce qui avait pu le menacer. Ils étaient deux et elle voulait que ce nombre fût entre tous indivisible. Même le dégoût qu'elle avait éprouvé à imaginer le corps de son père, malade, ridé, flasque, s'approchant du corps magnifique de sa mère, et les lèvres fiévreuses cherchant la bouche de la toute belle, même ce dégoût-là avait disparu. Ils étaient deux et ils étaient ses parents.

Un peu plus tard dans l'après-midi, Isabelle alla se poster derrière la lucarne de la tour pour tenter d'apercevoir au loin la voiture conduite par sa mère, mais le voile gris de la brume s'était resserré autour de la Prée et il était même impossible de deviner si la mer était haute ou basse. Seules restaient visibles une partie du champ qui descendait vers l'océan et la route qui le bordait. Isabelle eut tout juste le temps d'écorcher à petits coups de dents ses deux pouces que déjà la brume avait gagné du terrain enfermant la Prée dans une sorte de face-à-face avec elle-même.

Dans ce pays au climat incertain, où les nuages traversent le ciel à la vitesse des vagues, où les vents sont la respiration de la terre, où la lumière toujours changeante du ciel garde son mystère, où la chaleur la plus oppressante peut céder la place à une soudaine fraîcheur quand le flux succède au reflux, le brouillard est exceptionnel. Ce sommeil de la nature qui fait que tout stagne et que le ciel, que ne parcourt plus aucun souffle, pèse lourd sur la terre, convient mal à ce pays dont la mer et les hommes sont constamment en mouvement.

De son poste d'observation devenu dérisoire, Isabelle n'entendait plus ni le remous des vagues ni le criaillement des mouettes. Elle voyait monter jusqu'à elle les floches cotonneuses qui avaient déjà chloroformé les villages des alentours. La Volkswagen de Vincent jaillit pourtant de cette épaisseur blanche comme l'écume des gisants. Elle dépassait la Prée sans s'y arrêter et se dirigeait lentement vers l'océan. Isabelle pensa que, sur le chemin de la falaise, il rencontrerait sans doute ses parents. Il savait que M. et Mme Martineau-Gouly avaient l'habitude de s'y promener en fin d'après-midi. S'installant lui-même au volant, souvent il les avait accompagnés. La mère d'Isabelle n'aimait guère conduire et son père n'avait plus la force de le faire.

Que Vincent passât devant la Prée sans s'y arrêter, Isabelle ne pouvait s'empêcher d'en ressentir de l'amertume ou plutôt une sorte de jalousie d'autant plus douloureuse qu'elle était sans raison et qu'elle possédait comme les monstres de ses cauchemars mille visages inconnus. Elle était jalouse de tout ce qui pouvait éloigner d'elle Vincent. Elle était jalouse d'une ville, d'un café, de sa mère, d'un livre, d'Alice. Elle était jalouse des soldats de plomb, des hommes et des femmes dont il rencontrait les regards, de ses projets, de ses souvenirs, de ses rêves, de sa chemise sur son corps, de la fleur entre ses doigts, de la cigarette à ses lèvres, des mots qu'il disait et qu'il ne disait pas à elle, de ses mains qui avaient touché des femmes, de ses doigts qui s'enfonçaient dans la pâte à tarte, de la terre qu'il retournait, de l'anguille qui caressait sa paume, du silence de sa bouche, de tout, de tous, sauf de Jennifer que Vincent n'aimait pas et qu'Isabelle chérissait encore plus parce qu'elle était le seul être dont la caresse ne pût se transformer en griffure.

Pourquoi avait-il poursuivi sa route en direction de la falaise? Pensait-il y retrouver sa mère? Isabelle savait bien que depuis des semaines Vincent évitait Elise, et que les jours et les nuits n'étaient plus rythmés par leurs rendez-vous. Cependant ce qu'elle avait vu, ce qu'elle avait entendu dans la grange, loin de la changer en statue de sel et de la rendre insensible, s'était au contraire enfoncé dans sa chair comme une épine empoisonnée qui la transperçait aujourd'hui encore et la faisait trembler de douleur et de délices. Jusqu'à l'obsession, la vision et les cris d'alors lui revenaient en mémoire, tandis qu'elle suivait la route d'une goutte de sang sur son pouce. Sa mère avait hurlé : bouffe-moi et Isabelle collait sa bouche à la fontaine rouge de sa main. Combien de gouttes de son propre sang, fade comme cette ouate qui colmatait chaque interstice entre les arbres, avait-elle bues? Combien d'heures s'étaient écoulées? Ses parents n'étaient toujours pas de retour, et, fatiguée par la tension de l'attente, par la poursuite de ses souvenirs et l'exténuant désir de mettre sa chair à vif, Isabelle avait fermé les yeux et s'était laissée tomber au sol, puis, recroquevillée sur elle-même, elle avait rassemblé entre ses cuisses ses mains étoilées de stigmates.

Quand Vincent fut de retour, il faisait déjà presque nuit. Il ne parla pas de sa promenade à la côte de Nimeuil, et tout naturellement Isabelle respecta son silence. Elle savait combien Vincent était jaloux de son indépendance et combien sa mère avait été souvent maladroite en suspectant le moindre de ses déplacements et en faisant de la plus courte absence une trahison.

A peine Alice et Isabelle lui eurent-elles dit que leurs parents n'étaient pas rentrés qu'il proposa de prendre sa voiture et d'aller voir s'ils n'étaient pas tombés en panne. Alice décida que Vincent et Isabelle parcourraient les alentours tandis qu'elle resterait à la Prée dans l'attente d'un coup de téléphone. Chacun tut l'inquiétude qui l'étreignait et Vincent risqua même une hypothèse qui avait l'avantage d'être rassurante mais le tort de ne pas être convaincante. Il supposait en effet qu'ils avaient pu décider au dernier moment de se rendre à La Rochelle. Il ne paraissait guère plausible qu'ils n'eussent pas pris soin de les prévenir de leur retard.

Le brouillard était moins dense, cependant les phares de la voiture parvenaient mal à délimiter les contours d'un paysage lustré par la bruine. Vincent avait ouvert sa fenêtre et l'air humide glissait sur sa peau et sur celle d'Isabelle les unissant dans son glacial vêtement de nuit.

— S'ils étaient en panne au bord de la falaise, tu les aurais vus tout à l'heure.

— Comment ça?

— Quand tu es allé à la mer.

— Tu m'espionnes?

Elle ne lui dirait pas que les filles laides ont mille regards, que tous ceux qui se sentent laids ont des yeux de lynx et que c'est après tout une bien mince revanche sur l'indifférence des autres que de choisir d'être invisible et d'observer alentour au point d'en oublier sa propre existence. Les laids n'habitent leur corps que lorsqu'ils sont seuls et il arrive que, jusque dans leurs moments de solitude, le souvenir des autres vienne troubler leurs retrouvailles avec eux-mêmes.

— Je me suis arrêté là, tu vois, dit Vincent. J'avais donc peu de chances de les rencontrer. Ils ont l'habitude de remonter jusqu'à la hauteur de Lentilly. En bonne espionne, tu devrais savoir ça.

— Va doucement, dit-elle, on voit mal.

— Tu as raison.

Isabelle était partagée entre le désir de retrouver ses parents, et celui de prolonger indéfiniment ce voyage qui la fiançait à Vincent. Enfin elle connaissait la nuit, la nuit avec lui. De même qu'autrefois dans le train, elle rêvait que sa voiture détournée de sa destination normale l'emporterait vers La Rochelle, elle souhaitait aujourd'hui que l'alliance de l'obscurité et du brouillard lui permît de poursuivre longtemps encore cette quête et de rendre indissoluble son union avec Vincent. Le froid, le silence de ces terres qui, par grandes déchirures, s'éboulaient dans l'océan, la silhouette fantomatique de ces pans de falaises et de ces tamaris décharnés qui guettaient dans l'ombre la venue prochaine des eaux, tout contribuait à transformer ce paysage familier en un décor de fin du monde, et, près des canaux qui enfonçaient leurs doigts effilés très loin dans les terres, Isabelle imaginait tout un grouillement de bêtes étranges.

La voiture s'arrêta près d'un ponton de pêche qui, dans le prolongement de la falaise, s'avançait au-dessus des flots. Les phares ne dessinaient que la partie supérieure de ses jambes échassières qui plongeaient ensuite dans le remuement glauque d'un océan à marée haute.

Viens, lui dit-il et elle descendit à son tour, puis il ajouta qu'il était impossible qu'on ne vît pas la voiture de ses parents s'ils l'avaient arrêtée en bordure de chemin.

— Tu as froid? demanda-t-il.

Ils avaient poussé la porte grillagée du ponton. Sous eux grondaient les vagues.

— Oui, j'ai froid, approuva-t-elle, et elle se serra contre lui, le corps tendu et le souffle précipité.

Il lui caressa la joue et — miracle des miracles qui se produisit trop vite pour qu'elle pût sur le coup en apprécier toutes les merveilles mais dont le souvenir nourrirait longtemps ses rêves — il posa ses lèvres sur ses cheveux. Le visage contre sa poitrine, la nuit alentour, elle savait qu'il ne pouvait pas la voir, qu'il sentait simplement son poids chaud contre lui et que rien désormais, dans l'obscurité et la solitude, ne soulignait sa laideur. Voilà que son vœu était soudain exaucé, elle était le phare d'un homme aveugle. Il la ceinturait de ses bras tièdes et elle frottait sa joue contre sa chemise à carreaux qu'elle avait serrée convulsivement le jour où dans la grange il avait aimé sa mère.

Elle ne voulait ni du réconfort ni de la tendresse. Elle n'était pas une petite fille et il n'était pas un adulte. Ils étaient deux et elle désirait son amour. Alors elle prit la main de Vincent, cette main qu'elle avait voulu trancher et qui ne lui faisait plus peur parce qu'ils étaient seuls et qu'elle avait oublié sa laideur, et, la retournant, elle posa ses lèvres contre sa paume. La brise avait forcé et elle ne sentait plus que la gifle des vagues contre la falaise et l'aile coupante du vent. Vincent voulut brusquement retirer sa main mais elle la retint prisonnière, et, arc-boutée contre lui, elle enferma dans ses mille bras la chaleur de l'homme qu'elle aimait.

— Viens, lui dit-il d'une voix brève.

— Pourquoi regardes-tu l'eau?

Il ne répondait pas. Il la tirait par le bras et l'entraînait de force vers la voiture. Vite, disait-il, nous allons continuer le long de la falaise, et puis nous suivrons les chemins de remembrement.

Un peu plus haut sur la route de la mer, ils crurent apercevoir une voiture, mais, dès qu'ils s'en approchèrent, ils comprirent leur méprise. Il ne s'agissait que de fils barbelés, de bouts de ferrailles et de coquilles entreposés sur un talus dont on se servirait pour consolider les murettes des parcs à huîtres.

Bientôt il n'y eut plus de sentier pour suivre le tracé rectiligne de la falaise et ils bifurquèrent à droite par un chemin qui se faufilait entre les champs. Ligne après ligne, ils parcoururent l'entrelacs de chemins dont ils connaissaient parfaitement le dessin. Il n'y avait ni hameau ni maison, et, dans l'obscurité de cette grande plaine à céréales qui s'en allait mourir en bordure d'océan, seule la mémoire fournissait des jalons.

Tandis que Vincent conduisait les yeux plissés par une attention fatigante, Isabelle détournait parfois son regard de la route et de cette nuit déserte au fond de laquelle ils cherchaient tous deux un indice, pour le porter sur le profil de l'homme qu'elle aimait et dont personne ne lui disputait plus la présence. Et son regard était bien plus qu'un regard puisqu'il lui permettait de s'emparer de Vincent, de se l'incorporer, de le boire comme on boit une huître, les lèvres contre la coquille, jusqu'à la dernière goutte d'eau salée. Qui dira l'avidité d'un regard qui aime pour la première fois? Qui dira sa douceur maléfique? A ressasser ainsi l'image de Vincent, elle en tirait une volupté d'autant plus délicieuse qu'elle la savait coupable. Elle aurait dû, tout entière immergée dans l'angoisse, ne se préoccuper que de ses parents et d'Alice qui, assise près du téléphone, attendait des nouvelles dans le silence de la Prée. Au lieu de quoi, elle n'avait de regard que pour le profil de cet homme qui la conduisait sur des routes qu'elle eût souhaitées sans fin. Jamais aussi fort qu'à cet instant-là, Isabelle ne s'était félicitée de ce que ses pensées pussent demeurer secrètes. Le simple fait de découvrir les pensées des autres et que les siennes fussent percées à jour n'entraînerait-il pas une apocalypse infiniment plus rapide et plus redoutable que celle évoquée par les saints livres?

— Nous avons tout passé au peigne fin, dit Vincent. Il faut rentrer.

— On ne va tout de même pas abandonner! s'écria Isabelle.

— Qui te parle d'abandonner? Alice a peut-être eu des nouvelles. Sinon nous préviendrons la gendarmerie.

— La gendarmerie?

— Oui. Nous n'avons pas de temps à perdre.

— Tu es inquiet? demanda Isabelle en mordillant nerveusement ses doigts.

— Un peu.

Comme elle lui faisait remarquer qu'ils avaient oublié de remonter le chemin de la Michardière, « tu as une carte d'état-major dans la tête », dit-il en lui ébouriffant les cheveux à sa manière. Ils firent un dernier crochet par le chemin qu'elle avait indiqué et là encore ils ne purent distinguer ni la voiture de M. et Mme Martineau-Gouly ni la moindre trace de son passage.

Le brouillard avait presque disparu quand ils arrivèrent au calvaire. Des chambres jusqu'à la cuisine, toutes les lumières de la Prée brillaient et ils espérèrent qu'une bonne nouvelle les y attendait. Mais Alice était seule et personne n'avait appelé.

Quand Isabelle vit sa sœur, elle se sentit fautive. Elle était pâle et son visage habituellement mobile semblait figé. Ses lèvres se desserraient à peine pour laisser passer les mots, et, lorsqu'elle téléphona à la gendarmerie, elle eut des difficultés à articuler.

— Il devait être 5 heures, je crois, disait Alice.

Sa main gauche s'agrippait si fort à la console où était posé le téléphone que les articulations trouaient la peau blanche. « Ce n'est pas leur habitude », répondait-elle à la voix qui l'interrogeait, tandis qu'elle se retournait vers le mur comme pour dissimuler à Vincent et à Isabelle l'émotion qui l'avait envahie.

Isabelle se sentait coupable de ne pas avoir saisi immédiatement l'ampleur du drame. Ses parents n'étaient pas seulement en retard, ils pouvaient avoir disparu. Elle ne s'expliquait pas encore la nature du péril mais son évidence commençait à s'imposer à elle. Quel trou noir les avait absorbés? Se pouvait-il qu'il y eût dans ce paysage dont elle connaissait le moindre boqueteau de chênes des chausse-trappes qu'elle ignorait? Bien plus que de son manque de discernement, elle était coupable de n'avoir songé qu'à son plaisir alors que ses parents étaient menacés. Sombrant dans un fétichisme auquel sa nature passionnée la prédisposait et qui lui faisait soupçonner des correspondances secrètes entre des événements pourtant bien distincts, Isabelle s'attribua une part de responsabilité dans ce qui avait pu arriver à ses parents. Les eût-elle cherchés avec un peu plus d'amour et d'application que leur sort en eût été modifié. Elle attribuait déjà à sa nature corrompue tout le mal qui pouvait rejaillir sur les siens.

Vincent avait tendu une chaise à Alice et lui avait pris des mains le téléphone.

— On ne vous a pas signalé d'accident dans la région? interrogea-t-il, puis il indiqua la marque, la couleur et le numéro d'immatriculation de la voiture. C'est tout à fait impossible. Ils auraient prévenu, insista-t-il à deux reprises. (Puis il ajouta :) Voulez-vous que je vienne? Je peux vous être utile.

Comme il faisait le geste de raccrocher, Alice saisit à temps l'appareil pour supplier une dernière fois :

« Je vous en prie, tenez-nous au courant », et elle répéta encore le numéro de téléphone de la Prée d'une voix blanche.

— Tu y vas? demanda Isabelle à Vincent.

— Non, ils m'ont dit d'attendre. Ils rappelleront s'ils ont besoin de moi.

— Qu'est-ce qu'on va faire?

— Tu vas aller dormir, dit Alice qui faisait un effort pour affermir sa voix et ses gestes.

— Je ne pourrai pas.

— Essaie seulement et je te promets de te réveiller dès qu'il y aura du nouveau.

Isabelle eut envie de lui demander ce qui pouvait arriver de nouveau, mais elle se tut de crainte d'alimenter encore l'angoisse de sa sœur. Ce danger qu'Isabelle avait d'abord mal perçu, elle le sentait maintenant à la fois si diffus et si réel qu'il l'enveloppait tout entière au point de lui dissimuler toutes les échappatoires. Dans cette nuit silencieuse, l'attente était si profonde et si intime qu'il semblait qu'on y entendît jusqu'au souffle de Jennifer qui dormait sous la table.

Alice se leva, l'air absorbé, et marcha jusqu'à la fenêtre où se découpait un rectangle d'un noir totalement opaque. La lueur ou le frémissement ne viendrait pas de là, le téléphone pouvait seul mettre un terme à leur incertitude et soudain Isabelle eut le sentiment irraisonné qu'ils avaient été tous les trois oubliés comme on oublie des colis sur un banc et que cet oubli ne serait peut-être pas réparé.

Tandis que Vincent préparait des cafés, Alice marchait de long en large, puis le bruit même de ses pas sembla encore ajouter à son inquiétude et elle s'assit près du téléphone qu'elle ne pouvait s'empêcher de regarder d'un air implorant comme elle eût sollicité la bienveillance d'un dieu tutélaire. « Ce qui est terrible, c'est qu'on ne peut rien faire. On est là, tout bêtement, à attendre », dit-elle quand Vincent lui tendit une tasse de café. Il mit la radio, et, dans le silence de la nuit, la musique leur fit l'effet d'une commotion. Ils savaient que le miracle qui transformerait leur attente en espoir et qui les soulagerait d'un coup ne pouvait venir que d'une sonnerie, d'un appel, d'une voix. Aussi, du téléphone à la radio, ils étaient à l'écoute du moindre bruit avec l'impression insupportable d'être soudain relégués dans ces confins du monde où les nouvelles des vivants arrivent à peine et où les cris de ceux qu'on aime ne sont plus perçus. La Prée n'était plus une citadelle subjuguant de son donjon les champs des alentours, elle était emportée au gré des courants comme un navire en dérive.

— Isabelle, fais-moi plaisir, va te coucher, dit encore Alice de la voix rassurante d'une mère qui parle à son enfant, et, quoiqu'il lui en coûtât, Isabelle consentit enfin à lui obéir.

Elle redoutait également de se retrouver seule dans sa chambre du premier étage et de savoir Vincent et Alice ensemble, unis par l'angoisse, par l'attente, par la nuit. Cependant elle ne voulait pas ajouter à ce qu'elle estimait être sa culpabilité et elle les embrassa tous deux comme s'il se fût agi d'un soir en tous points pareil à ceux qui l'avaient précédé.

Elle laissa tomber autour d'elle ses vêtements, et, dans la glace intérieure de son placard resté ouvert, elle aperçut son corps nu sans qu'elle en fût pour une fois surprise ou dégoûtée. Elle passa sa main dans ses cheveux ébouriffés mimant de son mieux le geste familier de Vincent — « Petite sotte, va! » — et elle se jeta la tête vide sur son lit après avoir vérifié l'heure.

Malgré sa fatigue, elle ne voulait pas dormir. Du premier étage, on n'entendait ni la musique ni la conversation de Vincent et d'Alice, mais de les savoir ensemble l'incitait à redoubler de vigilance. Cependant elle ne voulait pas s'avouer cette jalousie qui la tourmentait encore dans un moment où elle n'aurait dû songer qu'à ses parents et elle n'attribuait son acharnement à lutter contre le sommeil qu'à un bien légitime amour filial. Au reste, savait-elle vraiment dans cette nuit où allait son amour? Il n'y avait pas que la fatigue qui embrouillait son esprit, elle avait soudain le sentiment de son ignorance, comme si chaque chose connue en dissimulait une autre, comme si des troupes ennemies qui pouvaient à tout moment se mettre en marche s'étaient embusquées dans les fossés tout autour de la Prée. Le danger viendrait de partout à la fois et ils ne seraient que trois pour l'affronter. N'était-ce pas en effet le plus étrange qu'ils ne fussent plus que trois dans cette maison? Alice et Isabelle seules avec un homme dont elles ne connaissaient pas l'existence cinq mois plus tôt. Le péril s'enroulait autour d'elles comme une bandelette autour d'une momie et elles ne pouvaient appeler à leur secours qu'un homme qui n'était même pas de leur famille.

Comme tout avait changé! Pourtant il ne s'était rien passé. Il n'y avait eu que l'absence de leurs parents. Il s'agissait bien d'absence, de la véritable absence, quand ceux qu'on aime ne sont pas où ils devraient être et que l'on est dans l'incapacité de les imaginer ailleurs. Ils avaient été effacés brusquement comme un bateau sombre, comme une île s'engloutit, comme un visage ou une voix tombe dans l'oubli et Isabelle luttait contre le sommeil qui allait l'effacer elle aussi. Si elle parvenait à le vaincre, elle avait une chance de maintenir intact le fil qui la reliait encore à ses parents. Il dépendait d'elle qu'ils pussent exister derrière l'apparence de ce monde où elle les avait cherchés en vain, et que, dans un ultime effort, elle pût les ramener jusqu'à elle.

Des questions traversaient son esprit, mais, dans l'impossibilité où elle se trouvait d'y répondre, elle s'efforçait de vite les en chasser. Avaient-ils été victimes d'un accident? On leur aurait porté secours et on aurait retrouvé la voiture. Son père avait-il eu un malaise? Dans ce cas, il était impensable que sa mère n'eût pas trouvé le moyen de les prévenir. Il ne servait à rien qu'elle tentât de mettre de l'ordre dans ses pensées, et on eût dit que la moindre tentative de réflexion rendait encore plus confuse et incompréhensible la situation. Il valait mieux ne pas chercher une solution et laisser faire le temps, le hasard et une bonne étoile qui ne disparaissait pas tout à fait même les soirs de brouillard. Quand il n'y a plus rien, il y a encore la prière et Isabelle, les membres écartelés de fatigue, murmurait les mots qui ne lui avaient pas donné la beauté mais qui lui rendraient peut-être ses parents.

Elle pensait au visage grave de sa mère et à ses yeux sombres qu'elle avait levés vers elle quand Isabelle avait frappé au carreau. Cette fenêtre, comme un écran entre elles, n'était-elle pas le signe de leur prochaine séparation? Puis il y avait eu ce geste de la main lorsque sa mère avait contourné la voiture. Un au revoir, un simple au revoir qui à présent prenait des allures d'adieu. La peur lui tordait le ventre et elle se précipita dans l'escalier. « Toujours rien? » interrogea-t-elle et Alice, tous les nerfs de son corps tendus comme les cordages d'un vaisseau dans la tempête, apparut à la porte de la salle à manger, et, le dos appuyé au mur du couloir, elle ne put que répondre : « Rien. » Les bras d'Isabelle se croisèrent sur son cœur comme pour le protéger de la panique. « Tu vas prendre froid », dit Alice en montant l'escalier jusqu'à sa hauteur et Isabelle comprit alors qu'elle avait oublié de mettre son pyjama et qu'elle était nue. Le bras de sa sœur lui enveloppait les épaules et très doucement la poussait vers sa chambre.

— Veux-tu que je reste à côté de toi jusqu'à ce que tu t'endormes?

— Crois-tu qu'ils vont revenir? demanda Isabelle.

— Bien sûr, puisque nous les attendons.

— Tu ne mens pas?

— Non, je ne te mentirai jamais.

Dans la nuit, Isabelle rêva que Louise n'en finissait pas de verser des seaux d'eau sur la pelouse, et, comme elle lui faisait remarquer qu'il venait tout juste de pleuvoir et qu'il était par conséquent inutile d'arroser, Louise lui répondait : « Il faut vider tous les seaux pour que l'âme ne s'y noie pas. »

Quand Isabelle s'éveilla, il faisait grand jour et elle eut immédiatement le sentiment d'avoir commis une faute. Sans doute n'avait-elle pas entendu la sonnerie du réveil, elle allait être en retard à l'école, peut-être même avait-elle déjà raté la composition. Pourtant elle ne sauta pas hors de son lit, la lassitude paralysait ses membres et un souvenir trouble de cauchemar alourdissait sa tête et empâtait sa langue. Déjà elle savait que la journée serait mauvaise, et, pour gagner un moment encore sur l'angoisse, elle repoussait dans le vague un flot de pensées douloureuses. Soudain, avec une évidence fulgurante, l'image de ses parents s'imposa à elle. Enfilant à la hâte une vieille robe de chambre, elle dégringola les marches quatre à quatre. « Vous êtes là? Vous êtes là? » répéta-t-elle. Vincent et Alice étaient dans la salle à manger qu'ils semblaient ne pas avoir quittée depuis la veille.

— Ils ont téléphoné? cria-t-elle du couloir.

— Ecoute..., dit Alice et elle s'interrompit comme si elle était incapable d'en dire plus.

Ses yeux étaient rouges, son nez était rouge, et, sur ses joues, semblait s'être déposé tout le sel des larmes.

— Viens près de moi, ajouta-t-elle dans un soupir.

Ils la regardaient approcher comme s'ils la voyaient pour la première fois, comme si elle n'était plus seulement laide mais effrayante, comme si la folie se lisait sur son visage et dans ses gestes. Devant leur silence et leurs yeux ahuris, Isabelle sentit le sol se dérober sous elle.

— Où sont-ils? hurla-t-elle.

— Doucement, doucement, disait Alice qui l'avait prise sur ses genoux.

Elle la berçait en pleurant. De nouveau elles étaient petites et, s'endormant dans le même lit, elles jouaient à être malheureuses comme les pierres et à gémir voluptueusement sur leur sort. Bientôt Alice sortirait de dessous l'oreiller une boîte d'allumettes, et, serrées l'une contre l'autre, les pieds nus sur les dalles froides, elles monteraient dans le donjon voir au loin naître et grandir la tempête. Elles frémiraient de peur et la flamme tremblante de l'allumette leur brûlerait les doigts.

— Je ne peux pas, je ne peux pas, répéta Alice en sanglotant. Je t'en prie, aide-moi, dit-elle à Vincent.

— Ils sont morts? interrogea Isabelle en s'arrachant aux bras de sa sœur.

— Leur voiture est tombée de la falaise, dit Vincent.

— Ils sont morts?

Alice fit oui de la tête et Isabelle ne vit plus rien.

11

Il n'est pas vrai que le temps atténue la douleur. Cinq mois avaient passé et la souffrance d'Isabelle demeurait aussi vive, simplement les images affreuses qui lui venaient à l'esprit le faisaient à un rythme moins rapide, moins lancinant. Il arrivait même qu'Isabelle s'étonnât de rester une heure, parfois davantage, sans penser à la disparition de ses parents — c'était le terme qu'employait Alice pour parler de leur mort. Mais dès que l'horreur revenait à l'assaut par bouffées successives et de plus en plus oppressantes, elle sentait bien que le mal n'avait rien perdu de sa force et que c'était elle qui était devenue plus résistante. Comme les oignons multiplient les pelures autour de leur bulbe afin de se protéger des rigueurs de l'hiver, comme les crustacés portent leurs os à l'extérieur pour mieux se défendre, les traits et le cœur d'Isabelle s'étaient durcis et sa peau était devenue une carapace. Le mal durerait longtemps, il se pouvait même qu'il n'eût pas de fin, il ne fallait donc pas espérer une victoire définitive mais se préparer à une guerre d'usure qui mettrait à rude épreuve la résistance de son organisme.

Alice et Vincent n'avaient pas voulu qu'elle vît le cadavre de ses parents. Ils avaient compté sans l'imagination d'Isabelle qui lui suggérait des images surpassant en horreur la réalité. De même que la jalousie est plus terrible encore quand elle est diffuse et que l'ennemi qui n'a pas de visage les a tous, Isabelle avait tour à tour fait subir à la dépouille de ses parents toutes les mutilations, toutes les blessures et toutes les infamies que son esprit inventif pouvait concevoir. Combien de fois le Vendredi saint à l'office des Ténèbres n'avait-elle pas feuilleté à 3 heures de l'après-midi le livre fabuleux et presque irréel des tortures? Car il fallait que Jésus eût souffert plus que tous les autres hommes pour qu'il fût le fils de Dieu et Isabelle n'ignorait pas que la concurrence était grande. Il y avait même une sorte de surenchère. La pendaison de Judas, le crucifiement de Pierre, le martyre des chrétiens, des juifs, des Indiens, sans compter les cadavres de toutes races photographiés à la une des journaux. Cette liste jamais close lui donnait le sentiment de l'infini et il lui fallait inventer pour le Christ de nouveaux supplices afin qu'il surpassât tous ses challengers. Le vinaigre était encore trop fade à ses lèvres, les épines trop tendres à son front, les clous trop doux à ses mains. Isabelle envisageait des tortures autrement plus raffinées et de tels exercices avaient développé exagérément son imagination.

Si elle avait pu seulement entrevoir les corps de son père et de sa mère, elle en eût reçu un épouvantable choc mais cette vision eût du moins donné un contour précis à l'horreur, lui évitant de sombrer dans un délire macabre qu'alimentaient tous les renseignements qu'elle avait pu rassembler à propos de leur mort, toutes les suppositions et toutes les images qui l'obsédaient. Ses parents n'étaient plus pour elle deux corps privés de vie, ils étaient tous les corps en souffrance, et son esprit enfiévré leur faisait subir les innombrables métamorphoses de la chair suppliciée.

Vincent et Alice n'avaient pas répondu à ses questions, et, devant leur souffrance qui valait bien la sienne, Isabelle s'était gardée d'insister. Ils s'étaient tus parce qu'il n'y avait pas de mots et qu'ils étaient désormais liés par un secret qu'Isabelle ne pouvait pas connaître. Ce qu'ils avaient vu quand on avait retrouvé les corps au pied de la falaise, sans doute ne seraient-ils jamais capables de le raconter et Isabelle n'allait pas leur en faire grief. Alice et Vincent étaient tout ce qui lui restait de famille car Vincent en partageant leur épreuve avait largement payé son droit d'entrée, et il n'était même plus envisageable qu'il pût repartir. Peu de temps après l'accident, il s'était mis à fumer la pipe, sans doute pour calmer ses nerfs, et depuis, on trouvait un peu partout dans la maison des blagues à tabac, des instruments bizarres qui lui servaient à bourrer, débourrer et ramoner, et de nombreuses boîtes d'allumettes. L'odeur de sa pipe signalait de loin sa présence, et un jour, il avait fait tomber une braise qui avait brûlé le tissu broché d'un fauteuil. Isabelle qui s'efforçait par tous les moyens, et jusqu'à la maniaquerie, de maintenir la Prée en l'état lui en avait fait le reproche. C'était bien la première faille dans l'inépuisable indulgence qu'elle avait toujours manifestée à son égard.

Après les autopsies, on avait inhumé les corps

au cimetière de Nimeuil. Il y avait du monde : tous les gens du village qui, du vivant de M. et Mme Martineau-Gouly, leur parlaient à peine, des voitures officielles avec chauffeur venues de Paris, le maire de La Rochelle, des cousins, des cousines, la tante Léone et son mari, et d'autres, bien d'autres qui embrassaient Isabelle à plusieurs reprises comme si ces effusions les dédommageaient de leur déplacement et du temps perdu.

— Ces pauvres petites, mon Dieu, quel malheur, soupirait-on d'un mouchoir à l'autre.

— Comment un tel malheur a-t-il pu arriver? interrogeaient les nouveaux venus.

— Pauvres enfants, seules dans une si belle propriété avec de si bonnes terres qui, bien travaillées, rapporteraient gros, commentaient ceux de Nimeuil.

Pendant la cérémonie, Isabelle avait entendu la boulangère dire à la coiffeuse :

— On a retrouvé son corps à elle à plusieurs mètres de la voiture, comme si elle s'était débattue. Elle avait même réussi à ouvrir la portière. *Sud-Ouest* dit qu'elle a dû être déjà à moitié assommée par la chute de la voiture. Sa jambe droite était cassée, ce qui explique aussi qu'elle n'ait pas pu nager contre le courant. Le mari, lui, on l'a trouvé assis à sa place dans la carcasse de la voiture. Il paraît qu'ils n'étaient pas beaux à voir, surtout elle, parce qu'elle s'était davantage démenée. Si c'est pas malheureux, une femme encore jeune...

— Pourtant ils devaient bien connaître le coin, la Prée est à trois cents mètres à peine, répondait la coiffeuse.

— C'est le soir où il y a eu du brouillard et puis on ne s'explique jamais tout à fait ces choses-là. D'ailleurs, à la Prée, il s'est toujours passé des trucs bizarres. C'est une belle maison, une bonne terre, mais voyez-vous, je n'en voudrais pas même si on me la donnait pour rien, répondait la boulangère qui se tamponnait le nez avec un mouchoir en papier.

Ainsi le corps brisé de la toute belle avait été une nuit entière la proie des flots, et, au matin, broyé par le va-et-vient des galets dont les raclements épouvantables s'accordaient aux pulsations du sang dans les oreilles d'Isabelle, il avait été rendu par la mer, gonflé, brisé, déchiqueté, sali. Elle avait lutté jusqu'à son dernier soupir, elle s'était battue contre la vague, contre le froid, contre les monstres invisibles qui hantent les profondeurs, ceux qui ont des bras, ceux qui ont des pinces, ceux qui ont des ventouses, ceux qui ont des glaives. Tout cela pour rien, pour n'être qu'un paquet de viande fade et aqueuse rejeté par l'océan, et qui, selon le vieux droit de varech, est la propriété de tous comme les épaves abandonnées en mer. La toute belle à la chair succulente livrée aux hommes, à leurs scalpels de médecins légistes, à leur curiosité, à leurs sermons, à leur eau bénite, à leurs couronnes de fleurs et de commentaires, à leur pitié. La toute belle unie dans la mort à son époux mais séparée de lui par l'écume des gisants. Appela-t-elle Etienne avant que la vague ne s'enfonçât en elle jusqu'aux bronches? Il ne lui répondit pas car il appartenait déjà à la mort. Depuis si longtemps, il la regardait venir à lui que, lorsqu'elle fut là, il resta bien sagement assis à sa place.

— Ma pauvre Alice, avait dit la tante Léone,

vous n'allez tout de même pas vivre dans ce trou perdu.

Elle avait dormi à la Prée plusieurs nuits. En tant que sœur cadette du défunt, elle prétendait régenter ses nièces, et, sortant par intermittence de son chagrin, elle en profitait pour critiquer le chauffage de la Prée, l'humidité de la maison, son isolement et pour répéter dans le tintamarre de ses bracelets : « Mourir dans un tel endroit, mon Dieu, quelle horreur! », comme si le lieu ajoutait quoi que ce fût à l'absurdité déjà suffisamment accablante de leur mort.

— Et celui-là, qui est-ce? avait-elle demandé, tandis que Vincent préparait les tisanes dans la cuisine.

— C'est notre ami et c'était aussi le leur, avait répondu Alice de cette voix qui ressemblait tant à celle de sa mère et dont le superbe alto magnifié par la détresse paraissait encore plus émouvant.

— Jusqu'à quand va-t-il rester là? avait-elle insisté.

— Jusqu'à ce qu'il ait envie d'en partir, avait répondu Alice qui, quelques minutes après cette altercation, avait renversé sur sa jupe le contenu de sa tasse et en avait profité pour planter là l'oncle et la tante et pour se réfugier dans la chambre d'Isabelle ou, enlacées, elles avaient pleuré jusqu'à la tombée du jour.

Cependant, dès le lendemain matin, l'oncle était revenu à la charge.

— Alice, avait-il dit avec une mine contrainte qui montrait assez que toutes ces histoires de famille l'ennuyaient et qu'il n'intervenait que dûment chapitré par son épouse, vous n'allez pas vivre ici, loin de tout, c'est trop triste.

— Je vous en prie, laissez-moi le temps..., et elle n'avait pas achevé sa phrase.

— Il faudrait qu'Isabelle au moins vienne avec nous. A rester ici, elle va tomber malade. Pensez à votre sœur, Alice. On est fragile à son âge. Sans parler de sa santé morale. Il n'est pas sain qu'elle demeure là où elle a tant souffert.

Isabelle était assise sur le canapé à côté d'Alice, mais jamais son oncle ne s'était directement adressé à elle. Il réglait son sort par-dessus sa tête comme si elle avait été un animal domestique incapable de donner son avis.

Deux jours plus tard, Isabelle avait quitté la Prée avec eux et Alice lui avait dit à l'oreille : « Ne t'en fais pas. Aussitôt que j'ai remis de l'ordre ici, je te téléphone pour que tu reviennes. » De La Rochelle à Paris, Isabelle ne prononça pas plus de trois mots. Assise sur la banquette arrière de la voiture, elle était comme hébétée, les yeux fixés sur le col dur de son oncle qui conduisait, serrant contre elle le petit sac à main dans lequel Alice avait glissé de l'argent et le numéro de téléphone de la Prée.

— Au moindre problème, tu m'appelles, avait dit sa sœur en inscrivant les gros chiffres rouges sur le bout de papier.

— Je ne suis pas un chien, avait protesté Isabelle, pour que tu me passes au cou une plaque d'identité. Il y a longtemps que je le connais par cœur notre numéro.

— Je sais bien, avait répondu Alice, mais le chagrin tourne parfois la tête et c'est aussi pour que tu ne m'oublies pas. Chaque fois que tu ouvriras ton sac, tu penseras à moi. Tu vas me manquer, tu sais.

La tante Léone et son mari habitaient un grand

appartement sombre encombré d'objets tous qualifiés d'inestimables. Jusqu'à 8 heures du soir, la porte à double battant qui donnait accès à toute une enfilade de salons et de bureaux était condamnée et la tante Léone elle-même ne se risquait au delà que sur la pointe des pieds. L'oncle était médecin nutritionniste, et, aidé de deux assistants, il passait ses journées à faire maigrir les habitants des beaux quartiers. Un soir où il semblait particulièrement satisfait du nombre d'ordonnances délivrées dans l'après-midi, il confia à Isabelle que certains de ses clients venaient même le consulter accompagnés de leur chien et il fallait pour les satisfaire qu'il prescrivît un régime identique, à quelques variantes près, au maître et à l'animal. Il riait si fort tout en badigeonnant de rillettes de Tours une grosse tartine, qu'elle ne sut jamais s'il plaisantait ou s'il était sérieux.

Après le déjeuner, la tante Léone disait à la bonne : « Je vais distraire la petite, si on m'appelle, répondez que je serai de retour à 4 heures et demie. » Isabelle devait la suivre dans les grands magasins où il lui arrivait parfois de rêver que la foule les séparait. Hélas, à peine avait-elle le temps d'y songer que déjà, enchâssé dans ses visons, le petit visage pointu de la tante Léone apparaissait de nouveau derrière une colonne! A une vendeuse qui avait cru deviner une filiation directe entre Léone et Isabelle, la tante avait répliqué : « Mais non, vous n'y êtes pas du tout, mon petit », et elle s'était longuement regardée dans le miroir du salon d'essayage comme pour mieux réfuter les propos qu'elle venait d'entendre. « Vous voyez bien que nous ne nous ressemblons pas », avait-elle ajouté avant d'entraîner brusquement Isabelle vers la sortie.

A l'heure du goûter, Léone extirpait de ses tiroirs de vieilles photos sur lesquelles le père d'Isabelle avait à peu près l'âge de Vincent et des coupures de journaux qui le montraient à Alger, à Bruxelles ou à Madagascar en compagnie d'hommes plus âgés que lui. « Et maman? » interrogeait Isabelle. « C'était avant », répondait brièvement la tante Léone.

Elle devait être à Paris depuis un peu plus d'un mois quand sa tante lui annonça qu'elle s'absenterait tout l'après-midi. Aussitôt, Isabelle vérifia que son petit sac contenait toujours les billets de cent francs qu'Alice lui avait donnés et elle attendit que la bonne descendît comme chaque jour acheter *Le Monde* pour son oncle et la baguette de dernière fournée pour le dîner. Alors, elle se faufila dans le couloir interdit, et, sans perdre une seconde, ouvrit la porte donnant sur le palier, puis elle se précipita dans l'ascenseur. Par chance, il y avait un taxi à la station toute proche. « Gare d'Austerlitz », dit-elle. Elle crut bon d'ajouter à l'adresse du chauffeur qui ne s'était même pas retourné vers elle : « Je vais attendre ma grande sœur. »

Dans la gare qu'elle connaissait bien, elle n'hésita pas. Elle prit son billet pour La Rochelle, et, haletante, monta dans le train une bonne demi-heure avant son départ. Il faisait déjà nuit et tout le voyage que n'agrémentait aucun paysage lui sembla n'être qu'une course éperdue. Quand le contrôleur entra dans le compartiment, elle se mit à trembler. Tante Léone avait sans doute prévenu la police et une passagère de son âge, seule et sans bagages, ne manquerait pas d'attirer l'attention. Suant de peur, elle arriva à La Rochelle sans qu'on lui eût passé les menottes. Elle alla droit au téléphone et composa le numéro de la Prée.

— C'est moi, dit-elle quand elle entendit la voix de sa sœur.

— J'en étais sûre. Où es-tu?

— A la gare.

— Quelle gare?

— La gare de La Rochelle.

— J'arrive.

— Tante Léone a téléphoné?

— Oui, il y a une heure à peu près.

— Tu m'en veux?

— Je t'aime, Isabelle. Ne bouge pas, j'arrive.

Isabelle attendait sa sœur qui était désormais le seul être avec lequel il lui fût donné de rire, de pleurer ou de se souvenir. Cependant, quand elle la vit au volant de la Volkswagen, avant de se précipiter dans ses bras, elle ne put s'empêcher de dire :

— Et Vincent, il n'est pas venu?

— Il voulait nous laisser le temps de nous retrouver, il nous attend à la maison.

Elles n'avaient plus de parents, mais elles avaient encore une maison. Alice avait maigri, et, sous la frange blonde se dessinait un petit visage triangulaire, aux yeux verts et aux pommettes mongoles. Elle était sa grande sœur, et Isabelle fautive avait besoin de son pardon et de son secours. Pourtant, à voir Alice si belle et à la fois si frêle et si triste, Isabelle oubliait son propre désarroi et elle sentait monter en elle une soudaine force. Il se pouvait que bientôt ce fût elle l'aînée. Elle cajolait sa sœur tout autant qu'elle se faisait cajoler, elle la serrait dans ses bras, elle lui essuyait les yeux, elle se jurait que jamais rien ni personne ne les séparerait.

— Ils vont revenir me chercher? demanda-t-elle.

— Bien sûr que non, répondit Alice. Je vais leur téléphoner dès notre retour pour les rassurer et les remercier de ce qu'ils ont fait pour nous. Je leur dirai aussi que nous avons l'intention de vivre ensemble à la Prée.

— Toujours?

— Aussi longtemps que nous le souhaiterons.

— Alors, toujours.

Alice disait que, depuis la disparition de leurs parents, elle ne quittait plus la Prée. Vincent allait faire les courses au village où on le regardait d'un air étrange comme s'il venait d'un autre monde; quant à elle, il n'était plus question qu'elle regagnât Poitiers pour continuer ses études.

Lorsque Vincent ouvrit le portail pour laisser passer la voiture, Isabelle sentit combien son absence avait été longue. Ce n'était plus tout à fait chez elle qu'elle entrait et elle en ressentait un malaise auquel s'ajoutait un vague sentiment de culpabilité. On aurait dit qu'à la Prée, elle n'était plus qu'une invitée et elle songea même qu'il lui faudrait faire un effort pour que sa présence ne parût pas trop importune. Quand Vincent l'embrassa, elle pensa soudain à cette nuit où, durant que ses parents mouraient, elle avait posé ses lèvres au creux de sa main. Ce souvenir lui fit mal.

Vincent avait dû quitter la grange qui n'était pas chauffée et il s'était installé dans un salon du rez-de-chaussée. Le bureau de leur père et la chambre de leur mère au premier étage étaient restés tels qu'ils les avaient laissés et Isabelle en y pénétrant se jura qu'il en serait toujours ainsi.

Du donjon à la cuisine, Isabelle inspecta les lieux et l'angoisse qu'elle en ressentit lui fut à la fois pénible et réconfortante. Non, elle n'était ni une étrangère ni une intruse. Elle appartenait à la Prée comme le chapelet d'ambre de son père, comme les brosses à cheveux de sa mère, et la Prée lui appartenait. Définitivement.

A présent la maison tournait le dos à l'océan et, de tout l'hiver, ils ne jetèrent pas un seul regard dans sa direction. Pour un peu, ils en auraient oublié l'alternance de la haute et de la basse mer. L'océan n'était plus qu'un piège dressé à cent mètres de chez eux et tout son rivage leur était interdit. On aurait dit que de nouveau on avait sorti les panneaux de l'après-guerre : *Danger mines,* et que les habitants de la Prée étaient seuls à pouvoir déchiffrer le redoutable message. En effet, s'il n'était plus question pour eux de promenade à la côte, en revanche l'accident de M. et Mme Martineau-Gouly que la presse régionale avait abondamment commenté avait donné à la plage de Nimeuil l'irrésistible attrait des lieux de catastrophe. Le dimanche après-midi, on allait en pèlerinage à la falaise. Alice, Vincent et Isabelle fermaient leurs volets pour ne pas voir, ne pas entendre les voitures venues de La Rochelle qui ralentissaient en passant devant chez eux — ils imaginaient les parents désignant du doigt la maison : « Regardez bien, les enfants, c'est là qu'ils habitaient » — et qui repartaient aussitôt vers la falaise où chacun se perdait en conjectures sur les circonstances du drame. Voilà que le vieux droit de varech avait de nouveau son sens, les parents d'Isabelle devenaient la propriété de tous et leur souvenir était saccagé par la curiosité. La toute belle au visage de cils et de paupières, aux prunelles d'encre sombre pailletées d'or, la toute belle leur appartenait et chacun la dépeçait comme on arrache ses vêtements à une idole de la chanson. Elle, c'était sa chair, sa viande, son sang caillé par la mort que les rapaces se disputaient, là-haut sur la falaise.

— Pouvez-vous vous rappeler ce que vos parents ont fait ce jour-là? A quelle heure sont-ils partis? Vous avaient-ils dit combien de temps ils comptaient s'absenter?

Assis en face d'Isabelle, l'homme reprenait à peine son souffle entre deux questions. Il l'avait interrogée plusieurs heures, lui semblait-il, mais sans doute n'avait-elle plus la notion du temps. Avant elle, Alice et Vincent avaient été soumis à un régime identique, du moins le supposait-elle, car l'homme avait pris soin de les interroger séparément.

— C'était toujours votre mère qui conduisait?

— Oui, depuis la maladie de papa.

— Elle connaissait très bien la route?

— Oui.

— Vos parents avaient des amis à Nimeuil?

— Non.

L'homme parlait de ses parents comme s'ils avaient été les héros d'un film dont Isabelle dût recomposer chaque séquence. Elle se souvenait, c'était quelques jours à peine après leur mort, et elle ne pouvait supporter ces questions qui lui semblaient obscènes. La curiosité policière lui faisait l'effet d'une profanation.

— Vincent Morin s'est absenté dans l'après-midi?

— Oui.

— Où est-il allé?
— A La Rochelle.
— A quel moment est-il rentré?
— Je ne sais plus...
— Vos parents étaient déjà partis?
— Oui.
— Depuis combien de temps?
— Une heure ou deux.
— C'est vous qui lui avez appris qu'ils étaient allés se promener à la côte?
— Non, c'est Alice.

Parfois l'homme interrompait le feu roulant de ses questions pour glisser un « je vous ennuie, mais comprenez, tout cela est nécessaire ». Non, Isabelle ne comprenait pas à quoi cet interrogatoire pouvait être utile sinon à la torturer. La parfaite connaissance de l'emploi du temps de ses parents et de celui de Vincent ne permettrait pas de déterminer les causes de l'accident. Gorgé d'eau, le talus s'était-il effondré sous le poids de la voiture ou bien sa mère avait-elle fait une fausse manœuvre au moment de repartir? Il semblait impossible de trancher. La falaise en s'éboulant avait-elle entraîné la voiture ou bien la voiture dans sa chute avait-elle éboulé la falaise? Les questions de l'homme lui faisaient l'effet d'un scalpel grattant à l'intérieur de son ventre, cependant Isabelle était suffisamment lucide pour ne pas laisser échapper ce qu'il lui semblait souhaitable de taire. Ainsi se garda-t-elle de dire que, de la fenêtre du donjon, elle avait vu surgir du brouillard la Volkswagen qui se dirigeait vers la mer. Ce détail qui n'avait en lui-même aucune importance risquait de brouiller encore un peu plus les pistes et d'encourager l'homme à prolonger un interrogatoire inutile.

— Vos parents s'étaient-ils disputés avec des gens de Nimeuil ou de La Rochelle?

Isabelle faisait non de la tête.

— Ils avaient des ennemis?

Sa tête allait de droite à gauche, de gauche à droite comme celle d'une marionnette dont les yeux auraient dégouliné de larmes. Elle n'allait tout de même pas lui dire qu'au village, ses parents n'avaient que des ennemis depuis que l'oncle Edouard leur avait légué la Prée, elle n'allait pas lui chanter le refrain Martineau-Martinelle, elle n'allait pas lui rapporter les propos à boire des hommes au café et les railleries des enfants. Si les gens de Nimeuil n'aimaient pas ses parents, il lui paraissait néanmoins évident qu'aucun d'entre eux ne les poursuivait d'une haine criminelle. Ils s'employaient à les harceler à coups de racontars mais ils auraient été bien incapables de donner le dernier assaut, même par temps de brouillard, même dans le dos. Il était absurde d'imaginer qu'une voiture eût pu appuyer ses pare-chocs aux leurs, et, par une brusque accélération, les aider à basculer dans le vide. D'ailleurs, il n'y eut pas d'autres interrogatoires. L'hypothèse criminelle fut abandonnée, cependant Isabelle soupçonnait les promeneurs du dimanche d'en échafauder d'autres, plus diaboliques encore, afin de sentir le voluptueux frisson de l'horreur leur parcourir l'échine.

Cinq mois avaient passé et le flot des curieux s'était tari, mais les habitants de la Prée avaient gardé l'habitude de laisser leurs volets clos le dimanche. En revanche le lundi, toutes les fenêtres s'ouvraient très tôt le matin car c'était le jour du ménage. Isabelle et Louise revêtaient de longues blouses et entortillaient leurs cheveux sous de vieux foulards multicolores. Traînant derrière elles l'aspirateur, armées de brosses à poils souples et d'autres à poils durs, les bras encombrés de chiffons et de boîtes odorantes pleines d'encaustique, elles pourchassaient de pièce en pièce le moindre grain de poussière.

Les sourcils froncés, le regard attentif, Isabelle dirigeait les opérations. Sa vocation n'était-elle pas de maintenir la Prée en l'état? Comme la prêtresse garde les secrets du temple, Isabelle possédait les clefs qui ouvraient les chambres de ses parents et le bureau de son père. Louise n'était autorisée à y pénétrer qu'en sa présence. Avec un soin maniaque, elles astiquaient en silence les objets avant de les remettre à leur place originelle. Isabelle dont la mémoire était sans faille ne tolérait aucune approximation. Au reste, elle s'était attribué certains privilèges : le dépoussiérage des soldats de plomb lui revenait de droit ainsi que la répartition des sachets antimites dans les armoires de sa mère.

Sa main experte allait et venait exécutant le rite magique. Parfois elle disait à Louise d'aller faire les chambres — « Dès que j'ai terminé ici, je te rejoins » — et elle s'enfermait dans le bureau de son père. Jusqu'au plafond, il y avait des rayonnages de dossiers aux sangles bises finement rayées de rouge et aux gros titres inscrits en lettres noires : *Expédition de Suez, Affaire Ben Barka, Défense nationale, DOM-TOM*... Le premier lundi du mois, Isabelle montait sur un escabeau et caressait de son plumeau un à un tous les dossiers. Dès qu'elle se trouvait dans cette pièce où elle croyait encore sentir le parfum de son père, ce mélange de vétiver et d'odeurs médicamenteuses, et entendre le bruissement des perles d'ambre entre ses doigts, c'était vers les soldats de plomb qu'elle se dirigeait tout d'abord. Sur une feuille de papier Canson, elle avait dessiné le plan exact des troupes tel que son père en avait décidé juste avant sa mort. Si elle connaissait bien les grognards de la Vieille Garde, en revanche elle craignait de confondre les autres régiments, aussi avait-elle ajouté au dessin toute une série de notes descriptives à sa manière. Aux termes savants de colback, dolman ou shako, elle avait substitué les expressions plus triviales de bonnet à poil, veste à cordons dorés et chapeau à visière, qui lui permettaient de fixer le dessin ultime du champ de bataille. Quand elle fut certaine de sa mémoire et de l'exactitude du croquis, elle osa enfin déplacer les pièces pour les astiquer ou simplement pour le plaisir du jeu. Avant de quitter le bureau, elle vérifiait à chaque fois que la disposition des troupes était conforme à son schéma.

De même, les armoires de sa mère ne devaient subir aucune modification dans leur rangement et elle avait seule qualité pour y veiller. A dire vrai, personne ne lui disputait ce privilège. Alice ne s'était jamais intéressée aux tâches domestiques et la mort de ses parents en la plongeant dans une sorte de tristesse apathique n'avait fait que renforcer cette répugnance. Si la maigreur loin d'entamer sa beauté exaltait au contraire sa grâce fragile et la rendait plus émouvante encore, Alice n'avait plus cette manière ensoleillée d'habiter son corps et elle passait des journées entières dans le même fauteuil à lire ou à écouter de la musique. Quand Isabelle lui disait en passant : « Je monte aérer la chambre de maman », Alice ne prenait pas la peine de lever les yeux de son livre. « Tu ne me réponds pas? » s'écriait Isabelle dont la tête enturbannée surgissait dans l'embrasure de la porte. « C'est bien, mon Isa, c'est très bien », murmurait Alice les yeux dans le vague alors qu'Isabelle avait déjà disparu vers les chambres.

Un jour où elle avait décidé de faire l'inventaire complet des robes, jupes, manteaux, tailleurs et pantalons qui avaient appartenu à sa mère et de consigner le tout dans un carnet à spirale, elle fit une découverte qui la bouleversa d'abord et qui la conforta ensuite dans sa volonté d'exercer un pouvoir absolu sur les affaires de ses parents. Elle seule avait eu connaissance de leur secret, il dépendait d'elle qu'elle s'en fît la gardienne.

Au fond d'une poche de la robe-chemisier blanche de sa mère, il y avait un petit bout de papier chiffonné. Isabelle reconnut aussitôt l'écriture de sa mère et elle le lut en tremblant. Dans la grange, aussi, elle avait tremblé quand sa mère avait crié : bouffe-moi. Aujourd'hui ce n'était plus la vivante qu'elle écoutait à la dérobée, Isabelle collait son oreille au bois d'un tombeau.

« Ne crois pas que je sois dupe, écrivait la morte. J'ai compris, il y a longtemps déjà, que mon tort avait été de confondre le désir avec ce qu'on appelle l'amour et qui n'est en fait qu'une chimère au visage de femme et aux pieds de bouc. Tu ne m'as jamais aimée, Vincent, et, depuis qu'Alice est de retour, c'est à peine si tu me connais. Je t'en prie, ne dis rien de ce que nous avons vécu ensemble à ma fille, ce serait doublement me trahir, dans mon amour pour elle, dans mon amour pour toi. Elise. »

La lettre était datée d'octobre, un mois avant l'accident. La mort de celle qui l'avait écrite n'expliquait donc pas qu'elle n'eût pas été remise à son destinataire. Elise s'était-elle ravisée? Pourquoi avait-elle préféré le silence, le silence qui scelle les lèvres et gonfle le cœur? Au dernier moment avait-elle seulement crié quand le bâillon de la vague l'avait étouffée?

De nouveau Isabelle imaginait le cadavre de sa mère, le corps sali de la toute belle, et ses larmes coulaient. La souffrance, cependant, ne lui ôtait pas sa lucidité. Ainsi relut-elle à plusieurs reprises ces mots : « Depuis qu'Alice est de retour, c'est à peine si tu me connais. » Lorsque sa mère avait écrit cette lettre, Isabelle malade était dans l'impossibilité de suivre les événements qui se déroulaient à la Prée, elle avait seulement remarqué qu'Alice et Vincent avaient pris l'habitude de tout partager : leurs lectures, leurs promenades, leurs indignations et leurs enthousiasmes et que sa mère, soudain reléguée dans le camp de ceux qui dégringolent le dernier versant de leur vie, pleurait à son chevet la fin de sa jeunesse et de cet amour qui l'avait unie à Vincent.

Et si l'amitié d'Alice et de Vincent était plus qu'une amitié? La lettre de sa mère donnait une réponse claire à cette interrogation. D'ailleurs Isabelle n'avait jamais été dupe, même si, farouchement, elle avait refusé d'affronter la vérité. Elle se souvenait d'Alice nue sur la plage de Nimeuil et du regard douloureux de sa mère. D'un coup la toute belle avait perdu son titre et c'était sa fille qui le lui avait ravi. Isabelle pressentant le pire s'était alors réfugiée dans la maladie afin de ne plus rien voir, de ne plus rien entendre. Déjà elle avait deviné l'inéluctable et la mort de ses parents l'avait durcie dans son refus. L'amour d'Alice et de Vincent portait en germe tout le scandale du monde. Dans son enfance, Isabelle croyait pouvoir se soustraire aux regards des autres en se mettant les mains devant les yeux. Désormais, c'était les autres qu'il fallait s'efforcer d'ignorer.

L'amour de Vincent et de sa mère même s'il lui avait appris la jalousie n'en demeurait pas moins acceptable parce que sa mère était sa mère et qu'Isabelle pouvait vivre par procuration ce que la réalité lui refusait, mais qu'Alice pût supplanter sa mère et nier jusqu'au souvenir de la morte, voilà qui dépassait en horreur ce qu'elle était capable d'endurer. Isabelle avait perdu l'espoir qu'un jour, par la grâce de Dieu ou d'elle ne savait quel faiseur de miracles, Vincent l'aimât ou simplement la désirât — sa mère ne disait-elle pas qu'entre le désir et l'amour la différence est grande? —, cependant, elle ne pouvait accepter qu'Alice lui ravît le cœur de Vincent par le seul pouvoir de sa beauté, et qu'ignorant le lien qui avait uni Vincent à sa mère, elle le fît en toute innocence. « Ne dis rien de ce que nous avons vécu ensemble à ma fille », écrivait sa mère. Alice était sa rivale mais elle était aussi son enfant, son seul enfant. D'Elise à Alice, il y avait une filiation légitime, celle de la beauté.

Dans son carnet à spirale, Isabelle dressa l'inventaire complet de la garde-robe dont elle referma les portes sur des odeurs de naphtaline. La lettre que Vincent n'avait jamais reçue n'était plus dans la poche de la robe-chemisier. Isabelle l'avait cachée dans une boîte en métal qui avait autrefois contenu des bonbons anglais et qu'elle avait placée entre deux couvertures dans son armoire après s'être longuement demandé si elle ne devait pas tout simplement l'enterrer au fond du jardin. En retournant la terre, Vincent pouvait la trouver. L'armoire lui parut offrir les meilleures garanties de sécurité.

12

Isabelle n'était pas retournée au lycée de La Rochelle. Il avait été entendu qu'elle avait besoin de repos et qu'elle ne reprendrait le cours normal de ses études qu'à la prochaine rentrée scolaire. Le Dr Fétard avait fourni tous les certificats médicaux qu'on lui demandait sans prendre la peine d'examiner plus avant la supposée malade. Sa précipitation montrait assez qu'il ne souhaitait qu'une seule chose : qu'Alice et Isabelle ne s'attardassent pas dans son cabinet.

Si les gens de Nimeuil n'avaient autrefois que moqueries et sourires entendus à l'adresse de ceux de la Prée, à présent, les couplets frondeurs et les racontars ironiques étaient oubliés. Les visages se fermaient sur leur passage et un silence presque craintif s'établissait aussitôt. Vincent n'avait pas remis les pieds au café de Mme Lamarre depuis l'accident et les rares fois où Isabelle était allée à l'épicerie ou à la pharmacie, on l'avait servie poliment mais sans le moindre mot superflu. La boulangère l'avait même fait passer devant les autres clientes afin de la voir quitter plus vite sa boutique.

La Prée-aux-bœufs qui avait été tour à tour le

centre de toutes les convoitises, puis le lieu de tous les désordres, n'était plus désormais qu'une planète maléfique d'où débarquaient parfois des êtres hagards dont on ne voulait même plus connaître les secrets tant ils risquaient d'être préjudiciables à qui les divulguerait. Au reste, les habitants de ce monde perdu venaient de moins en moins souvent au village. Vincent et Isabelle qui avaient naguère supporté les railleries, s'avouaient aujourd'hui incapables de forcer le mur de la crainte et ils préféraient faire leurs courses à La Rochelle. De même, le vieux père Grimaud ne venait plus jardiner à la Prée. Il avait évoqué fort à propos ses rhumatismes pour prendre un congé qu'on lui avait accordé d'autant plus facilement que Vincent souhaitait se charger du potager, de la pelouse et de tout l'enclos. Louise était la seule à ne pas avoir mis en avant une bonne excuse pour se défiler, et, d'un commun accord, il avait été décidé qu'elle ne travaillerait à la Prée qu'une fois par semaine, le lundi.

En plus des travaux domestiques sur lesquels Isabelle avait la haute main, chaque jour, elle faisait ses devoirs et apprenait ses leçons sous le contrôle de sa sœur et de Vincent. Un emploi du temps avait été mis au point qu'avec un acharnement têtu elle s'efforçait de suivre, même si ses professeurs occasionnels n'encourageaient pas toujours son assiduité. Vincent se chargeait des cours d'anglais et d'allemand, Alice de ceux de français et d'histoire. Les matières scientifiques n'étaient pas attribuées de manière précise, mais ce léger flottement ne semblait pas préjudiciable aux progrès d'Isabelle dont l'intelligence savait pallier les insuffisances de ses maîtres.

Ce matin-là, elle attendait que Vincent lui donnât sa leçon d'allemand. Il parlait parfaitement plusieurs langues et ce don, que les apôtres en d'autres temps avaient reçu du Saint-Esprit lui-même, renforçait encore l'admiration qu'Isabelle portait à Vincent. Cependant depuis quelques semaines, cette admiration n'allait pas sans un certain agacement. Elle n'aimait pas ces pipes et ces allumettes qui traînaient partout dans la maison, elle n'aimait pas cette odeur de tabac froid le matin dans la cuisine, elle n'aimait pas ces trèfles et toutes ces mauvaises herbes qui se faufilaient parmi la pelouse, elle n'aimait pas ce lit défait dans le salon, ce lit où il avait dormi et qu'elle ne recouvrirait pas de peur d'y sentir sa chaleur entre les draps, ce lit éventré qui était la marque d'un laisser-aller qu'Isabelle ne pouvait s'empêcher de réprouver.

Il lui avait promis d'être là à 10 heures et elle l'attendait non plus avec l'anxiété d'autrefois mais avec une sorte de rage impuissante. Pour oublier son retard, elle classait des factures et des relevés bancaires et elle préparait le libellé de chèques qu'Alice n'aurait qu'à vérifier et à signer. Sa sœur s'était déchargée sur elle de toute la paperasserie, et, en un temps record, Isabelle avait maîtrisé les chiffres et les écritures, satisfaisant par là même son nouveau goût du pouvoir.

Dans la pièce voisine, elle entendait la voix de Vincent répondre à celle d'Alice. C'était comme l'ondulation lente et modulée d'un violoncelle auquel l'alto tremblant d'Alice donnait la réplique. Parfois le chant des alexandrins se brisait et Vincent en profitait pour préciser un rythme, une intonation. Ils avaient ainsi lu à deux voix toutes les tragédies de Racine, et, à les écouter de loin,

Isabelle avait parfois l'impression que la tête lui tournait comme lorsqu'elle époussetait avec le balai à franges la guirlande enrubannée au-dessus du lit de sa mère.

Je ne te retiens plus, sauve-toi de ces lieux :
Va lui jurer la foi que tu m'avais jurée,
Va profaner des Dieux la majesté sacrée.
Ces Dieux, ces justes Dieux n'auront pas oublié
Que les mêmes serments avec moi t'ont lié.
Porte aux pieds des autels ce cœur qui m'aban-
[*donne;*
Va, cours. Mais crains encore d'y trouver Her-
[*mione.*

La voix d'Alice qui ressemblait plus que jamais à celle de leur mère s'était brisée.

— Je n'en peux plus, disait-elle. C'est cette paupière qui n'arrête pas de sauter.

— Terminons l'acte. Il reste six vers.

— J'en ai assez.

Isabelle qui s'était pourtant juré de ne pas intervenir avait ouvert la porte du séjour.

— Tu ne vois pas qu'elle est fatiguée, avait-elle dit à Vincent.

— Justement, c'est là qu'on donne le meilleur parce qu'on ne peut plus se contrôler.

Isabelle allait répondre quand ce qu'elle vit la laissa sans voix. Vincent avait osé. Vincent s'était rendu coupable d'un crime. Sur la grande table de chêne, il avait aligné devant lui cinq lanciers rouges de la Garde.

— Allez, on lit les six derniers vers. Il ne faut jamais laisser un acte en suspens. On terminera avec le cinquième, cet après-midi. Alice, tu es Phœnix. Respire bien.

Isabelle n'en croyait pas ses yeux. Etait-ce possible? Vincent avait trahi la confiance que son père lui avait autrefois accordée.

Seigneur, vous entendez. Gardez de négliger
Une amante en fureur qui cherche à se venger.

Alice et Vincent étaient le scandale du monde et ils ne le soupçonnaient pas. Quand le silence se fit après le dernier vers, ils parurent surpris de voir Isabelle immobile dans l'entrebâillement de la porte. Alors, comme dans ce jeu où il faut s'emparer d'un béret placé à égale distance des deux camps et courir le mettre à l'abri derrière des poteaux en évitant les assauts des adversaires, elle se précipita vers la table, rafla en un éclair les cinq lanciers et s'enfuit vers le bureau de son père dont elle referma la porte derrière elle.

— Ouvre-moi, Isabelle, dit bientôt Alice d'une voix douce. Ouvre-moi, je vais tout t'expliquer.

Isabelle frottait un à un les lanciers avec un chiffon de laine qu'elle mouillait de sa salive pour mieux effacer les traces d'empreintes digitales.

— Isa, je t'en prie.

Elle les replaça ensuite parmi les autres pièces du deuxième régiment, et, reculant d'un pas pour vérifier l'agencement des troupes, elle se montra satisfaite du résultat. D'un seul regard, elle embrassait toute l'armée et elle était capable de juger l'ensemble sans risque d'erreur. Bientôt, elle pourrait déchirer la feuille de papier Canson et sa mémoire serait la seule dépositaire des volontés paternelles. Ses traits se détendirent, et, calmement, elle ouvrit la porte à sa sœur.

— Ce n'est pas grave, Isabelle, crois-moi. Je t'assure que Vincent n'a pas pensé à mal et moi non plus. Il s'est juste servi des soldats pour me montrer la mise en scène d'une pièce de Ghelderode, *Sire Halewyn*, qu'il a montée en Belgique, il y a un peu plus d'un an. Tu comprends? Avec les soldats, il figurait les déplacements des personnages, c'est tout.

— Comment est-il entré dans le bureau?

— Tu sais bien qu'il y a des doubles de toutes les clefs dans le placard de la cuisine.

— Et tu n'as rien dit? Tu as laissé faire?

— Je ne l'ai pas vu quand il est venu les chercher.

— Et quand tu l'as vu tripoter les soldats, ça ne t'a rien fait?

— Ecoute, Isabelle, il ne faut pas attacher d'importance à quelque chose qui a été fait innocemment. Il ne pouvait pas savoir, moi non plus.

Isabelle s'était assise dans le fauteuil anglais de son père et elle appuyait sa joue contre l'oreille de cuir tandis qu'Alice, l'air embarrassé, était restée debout devant le bureau. Une vieille bête, je ne suis qu'une vieille bête, Isabelle, lui avait dit son père un après-midi d'été.

— Ça t'arrange de ne pas savoir, tu ne crois pas? dit Isabelle.

Elle tournait le dos à la fenêtre dont elle avait ouvert les volets, et, protégée par le contre-jour, elle pouvait fixer tout à son aise les yeux d'Alice qui, découvrant le jour après des mois de pénombre, devaient affronter d'un coup les rayons du soleil.

— S'il avait deviné que cela ferait un drame, tu peux être sûre qu'il n'aurait pas...

— Parce que tu crois qu'il a pris la clef et qu'il est venu là en cachette, comme ça, sans penser à mal?

— Bien sûr qu'il ne pensait pas à mal. Tu prends tout trop à cœur, Isabelle.

— On m'a déjà dit ça!

— Mais c'est vrai.

— Tu sais qui m'a dit ça, justement?

— Je ne sais pas. Vincent, peut-être.

— Vincent, Vincent, tu vois tout par les yeux de Vincent. Je me fiche de ce que dit Vincent.

— Tu as changé.

— Oui, et ce n'est pas fini. Eh bien, si tu veux savoir, c'est papa qui m'a dit que je prenais tout trop à cœur. C'était l'été dernier. Il était assis dans ce fauteuil et j'étais venue lui parler à l'heure de la sieste. Tu veux que je te dise pourquoi il m'a dit ça?

— Comme tu veux.

— Je me demande comment tu peux être si peu curieuse!

Le soleil semblait écorcher les beaux yeux verts d'Alice. Par moments, elle posait son index sur sa paupière droite pour la tenir fermée.

— Ça saute? interrogea Isabelle afin de montrer à sa sœur que rien ne lui échappait.

— Oui, ça saute, des journées entières.

— Tu prends les calmants que t'a donnés le Dr Fétard?

— Oui. Ça m'abrutit complètement.

— C'est pas les calmants qui t'abrutissent, mais Vincent avec ses lectures, son théâtre. Tu ne crois pas qu'il pourrait aller le faire ailleurs, son théâtre?

— Ne dis pas de bêtises, Isabelle.

— Toi, tu les fais, les bêtises. C'est pire.

Alice avait voulu partir mais, sans quitter son fauteuil et la pénombre, sa sœur l'avait rappelée.

— Attends, il faut que je te raconte pourquoi

papa m'avait dit que je prenais tout trop à cœur.
Il faisait chaud, ce jour-là. Isabelle ne parvenait pas à retrouver en elle cette sensation de chaleur. Le froid et le chaud sont ce qu'on oublie en premier. Mais, les mots de son père, son visage doux et fatigué, sa résignation et sa douleur aussi, elle se les rappelait parfaitement. Il y avait eu un bruit de pas dans l'escalier et la porte de la maison avait grincé. Il avait repoussé son fauteuil vers la fenêtre et il avait vu sa femme qui allait rejoindre Vincent. Il savait tout, ce qui ne l'empêchait pas de souffrir à chaque fois un peu plus. Elle nous aime beaucoup, Isabelle, n'est-ce pas en définitive ce qui compte? disait-il de sa voix trop sage d'homme malade.

— Tais-toi, mais tais-toi donc, criait Alice. Tu inventes, tu inventes n'importe quoi!

En quelques phrases, Isabelle avait dit tout ce qui s'était passé à la Prée-aux-bœufs l'été précédent et Alice qui refusait de la croire avait couru s'enfermer dans sa chambre du premier étage.

Dès que sa sœur eut quitté le bureau, Isabelle remit en place le fauteuil anglais et retourna au salon où Vincent l'attendait pour lui donner sa leçon.

— Pourquoi fais-tu tant d'histoires? lui demanda-t-il.

Elle évitait de le regarder. L'homme qui était assis en face d'elle n'était plus celui qu'elle avait si longtemps aimé. Une sorte de dégoût l'envahissait et ses yeux fixaient le lit qu'il n'avait pas daigné refaire.

— Tu devrais avoir des amis, retourner au lycée.

— Pourquoi, je vous gêne?

Confortablement installé dans la bergère rose,

il tirait sur sa pipe et Isabelle n'aurait su dire ce qui lui déplaisait le plus de cette fumée qui empestait toute la maison ou de ces longues jambes qui barraient l'espace.

— Alice et toi, il vous faut de nouveau mener une vie normale. A ton âge, on ne se fait pas gardienne de musée. Et puis Alice est jeune et belle, elle ne va tout de même pas s'enfermer à la Prée le reste de ses jours.

— On dirait tante Léone.

— Quoi?

— Tu parles comme tante Léone.

Il était avachi dans le fauteuil et pourtant il semblait la regarder de haut, de cette manière protectrice et légèrement ironique qu'ont les adultes lorsqu'ils veulent exhiber leur compréhension et leur indulgence.

— Toi et Alice, vous allez vous marier?

Il baissa les yeux vers sa pipe qui venait de s'éteindre, et, comme pour se laisser le temps de répondre, il la tapota consciencieusement contre le rebord du cendrier. Puis, s'activant toujours à ses travaux de ramonage, il répondit enfin :

— Pas pour l'instant. Plus tard, nous verrons.

C'était bien la première fois qu'elle l'entendait évoquer l'avenir. Cet homme-là faisait donc des projets!

— Il t'arrive de penser à maman?

— Bien sûr, à ta mère et à ton père aussi. Quelle question! Ils sont partout présents dans la maison.

— Je te parle pas de mon père. Simplement, je me demande comment, en si peu de temps, on peut oublier quelqu'un qu'on a aimé?

— Je ne les ai oubliés ni l'un ni l'autre.

Il avait beau faire semblant de ne pas comprendre, elle le devinait sur la défensive. Il était enfin à sa merci. Ce que l'amour lui avait refusé, elle l'obtenait par la haine. Bientôt, il perdrait pied et elle en éprouvait du plaisir.

— Tu as tort de mentir avec moi, dit-elle en ouvrant son livre d'allemand et son classeur comme si elle ne désirait pas prolonger la conversation.

Déjà soulagé, il avait poussé une chaise à côté de celle d'Isabelle et s'asseyait à la table. Elle attendit qu'il fût bien installé pour poursuivre, la tête coincée entre ses deux poings fermés.

— J'ai des yeux et des oreilles, figure-toi. Je sais tout ce qui s'est passé entre toi et maman. Tu n'as jamais pensé que la mort de mes parents n'était peut-être pas due à un accident?

— Ne dis pas de bêtises, je t'en prie.

— Tu as peur?

— Tu veux oui ou non que l'on travaille?

Elle allait repousser ostensiblement son livre et son classeur quand retentit l'ouverture des *Vêpres siciliennes.* Dans sa chambre, Alice écoutait Verdi. Elle avait une prédilection pour les *Vêpres* et, durant des heures, elle pouvait s'enrouler inlassablement dans cette musique; dès que l'ouverture et le premier acte s'achevaient, elle remettait le saphir au point de départ. Poussant au maximum le volume, elle se laissait emporter par un cyclone dont les volutes sonores obsédaient l'espace à la manière des alexandrins de Racine.

— Plusieurs fois ma mère t'avait dit qu'elle en mourrait si tu la quittais, reprit Isabelle. Elle savait que tu lui préférais Alice et c'est pour ça qu'elle est morte.

— Tais-toi. Tais-toi donc. Tu inventes tout ça pour faire du mal à ta sœur et l'éloigner de moi.

Là-haut, prisonnier d'une chambre, le formidable tourbillon de Verdi se cognait aux murs et transformait toute la maison en une immense caisse de résonance. Isabelle se souvenait du parfum de sa mère quand elle l'embrassait avant de partir pour l'Opéra. Ces soirs-là, la toute belle relevait ses longs cheveux noirs en un chignon souple bien planté au sommet de la tête d'où s'échappaient de petites mèches qui paraissaient plus sombres encore de se détacher sur la blancheur du cou et du décolleté. Nous allons être en retard, disait son père qui n'en donnait pas moins un dernier coup de téléphone. Isabelle, par respect pour le maquillage de la toute belle, choisissait de l'embrasser sur la nuque, endroit intime entre tous que seule la coiffure des grands soirs dénudait. Elle sentait battre contre ses lèvres le sang de sa mère et sa peau avait le goût du sucre chaud.

— Toi aussi, Vincent, dit-elle en le regardant droit dans les yeux comme elle n'avait jamais osé le faire du temps où elle l'aimait, toi aussi, tu as pensé que l'accident était peut-être un suicide mais tu t'es bien gardé de le dire. C'est à cause de toi qu'elle ne voulait plus vivre et elle a choisi d'emmener mon père avec elle. Elle savait que de toute façon la maladie le tuerait bientôt.

— Tu es un monstre, tu es un monstre, répétait Vincent.

Il l'avait prise par les épaules et il la secouait violemment comme il l'avait fait sur la plage de Nimeuil.

— Ça t'aurait bien arrangé que je reste chez la tante Léone!

— Isabelle, je te demande une dernière fois de te taire.

— Sinon?

Il ne répondit pas. Isabelle sentait les mains de Vincent sur ses épaules et l'envie la prenait de le pousser à utiliser contre elle la force. Curieusement, il lui semblait qu'elle ne s'assurerait vraiment son triomphe que si elle l'amenait à sortir de ses gonds.

— Sinon? Je vais te dire ce que tu penses, reprit-elle. Sinon on te mettra en pension, sinon on t'enverra chez la tante Léone, sinon, moi Vincent, je partirai et Alice viendra avec moi...

— Tu es complètement folle!

Il la secouait, il la secouait encore. Mais pourquoi donc ne la giflait-il pas? Les murs tournaient au rythme de Verdi, et, collés l'un à l'autre par la haine, Isabelle et Vincent tournaient avec eux.

— Eh bien, sais-tu qu'elle ne viendra pas avec toi? C'est moi qu'elle croira, moi seule!

Il allait la battre, la gifler. Il allait faire d'elle l'unique obstacle contre lequel se briserait son énergie d'homme. Elle allait triompher tandis qu'il perdrait le contrôle de lui-même. Il y aurait un combat qui ressemblerait à celui auquel elle avait assisté dans la grange et qui s'était terminé par des caresses et des baisers.

Dans son regard, elle lisait la colère et elle attribuait à ses yeux bizarres, dont le strabisme lui paraissait aujourd'hui évident, la responsabilité de tous les désordres. Les mains de Vincent enserraient ses avant-bras. Elle sentait chacun de ses doigts s'enfoncer dans sa chair pour lui imprimer une marque et aussi le léger tremblement qui se transmettait du corps de Vincent au sien et qui, en accord avec la vibration musicale, donnait à leur haine mutuelle un rythme obsessionnel. Ils restaient cramponnés l'un à l'autre au bord du vertige à se demander lequel craquerait le premier, à se défier du regard, à s'encourager au pire et on eût dit que la violence ne pourrait pas longtemps encore demeurer contenue. Isabelle appelait de tous ses vœux l'orage, la tempête, le désastre. N'en avait-elle pas assez dit? Qu'attendait-il donc pour faire pleuvoir sur elle une grêle d'injures et de coups qui la dévasterait de fond en comble et l'autoriserait à se venger en évoquant le droit du plus faible? Ne ferait-il pas en la battant la démonstration de son impuissance? Inlassablement la musique déversait son flot et la gifle ne venait pas.

— Tu me dégoûtes, dit-il presque calmement.

Elle avait espéré que la haine rendrait vulnérable ce corps qui s'était toujours refusé à elle et qu'il répondrait enfin à son appel, ne fût-ce que par la violence. Elle avait souhaité un combat, au lieu de quoi elle n'avait devant elle qu'un visage fermé et méprisant. Les mains de Vincent se desserraient et il repoussait sa chaise comme s'il désirait mettre un terme à une intimité qui lui répugnait. Isabelle aurait voulu trouver des arguments capables de nourrir la colère de Vincent, cette colère qu'elle n'avait pas su porter à son point extrême et qui mollissait déjà comme une voile mal étarquée.

La musique lui donnait mal à la tête et elle ne pouvait plus articuler un mot. Elle se faisait l'effet d'une épave harcelée par une vague, toujours la même, qui revenait sans cesse à la charge. Il ne s'agissait plus maintenant de défier l'adversaire. Le dégoût qu'éprouvait Vincent à la regarder renvoyait soudain Isabelle à sa laideur. Pour elle, il était exclu que ses propos pussent susciter pareil écœurement, son aspect physique était seul en cause. Elle était laide. Laide au point de lui faire éprouver de la répugnance. Laide à le faire reculer d'horreur. Laide, laide, irrémédiablement laide. Vincent qui était tous les hommes la trouvait dégoûtante, la condamnation était sans appel.

Quand il referma la porte du salon, elle n'eut pas, comme à l'accoutumée, la tentation de le retenir auprès d'elle, au contraire elle se sentit presque soulagée. Malgré la force obsessionnelle de la musique, tout dans sa tête devenait clair. Isabelle savait désormais que seul le départ de Vincent permettrait qu'à la Prée l'ordre fût restauré.

13

Le printemps arriva par surprise, pourtant il n'était ni plus précoce ni plus soudain que les autres années, mais Alice et Isabelle confinées entre les murs de la Prée n'avaient pas perçu son approche. Le jour où Vincent ouvrit toutes grandes les fenêtres en s'écriant : « L'hiver est fini, les filles, il va faire beau », elles frissonnèrent comme des nonnes effarouchées par la survenue d'un homme dans leur solitude. Cette première chaleur sentait l'humus en germination et le sel des marais, elle sentait les terres lointaines et les chairs moites.

Malgré le chagrin d'Alice et d'Isabelle, tout allait recommencer comme avant. Déjà Jennifer avait repris ses vagabondages à travers champs, et Vincent, le râteau sur l'épaule, s'était dirigé vers le jardin en sifflant plus fort que les sept nains réunis.

— Il faut oublier, mon petit, disait Louise à Alice. On ne peut pas aller contre les volontés du destin et le destin a voulu que vous soyez belle et bien vivante pour jouir de tous les plaisirs du monde. Voyez, je n'ai plus vingt ans comme vous, alors je peux vous dire en connaissance de cause que lorsqu'on voit sa première ride, d'abord on a envie de pleurer, et puis ensuite on ne pense plus qu'à mordre dans la vie, s'en gaver et en profiter jusqu'au bout. Croyez-moi, si votre mère était là, je suis sûre qu'elle n'aimerait pas vous voir pleurer.

Louise avait beau multiplier les encouragements, Alice ne voulait rien entendre. Des journées entières, elle restait enfermée dans sa chambre aux volets clos et Isabelle déposait devant sa porte des plateaux de victuailles qu'elle ne touchait même pas. Quand enfin elle se décidait à sortir de sa cellule, elle dissimulait ses yeux derrière des lunettes sombres comme si elle ne pouvait plus supporter la lumière du jour.

— Ferme les fenêtres, Isabelle, j'ai froid.

D'un revers de main, Alice avait balayé les journaux qui traînaient sur la table et que Vincent semait partout derrière lui. On eût dit qu'elle craignait d'y lire machinalement un titre qui lui aurait fourni des informations sur un monde qu'elle avait décidé d'ignorer. Déjà elle ne supportait plus la radio et la télévision, seule la musique trouvait grâce à ses yeux.

— Je t'en prie, ferme la fenêtre, répéta Alice.

— Vous voulez rire, c'est le printemps! s'exclama Louise qui enserrait à pleine main le manche de son balai.

— J'ai froid, dit encore Alice dont la mâchoire inférieure tremblait imperceptiblement.

— Il faut vous remuer, ma belle, marcher, courir. Surtout faut rire, rien de tel pour faire circuler le sang. Moi, quand je ris, je ferme les yeux, alors j'oublie tout ce qui est moche autour de moi.

Isabelle alla fermer la fenêtre. Limité d'un côté

par une mer désormais interdite et de l'autre par un village hostile, l'espace de la Prée semblait se rétrécir et on avait du mal à imaginer qu'en un autre temps le vieux manoir avait eu des airs conquérants. Si Isabelle n'hésitait pas à parcourir les pelouses, à caresser du bout des doigts les bourgeons poisseux et à s'élancer sur son vélo vers un au-delà qui commençait de l'autre côté de l'enclos, en revanche, Alice considérait qu'en dehors du périmètre défini par les quatre murs de sa chambre toute contrée était étrangère. Plus de promenade à La Rochelle, plus de discussions avec les marins-pêcheurs près du bassin à marée, plus de lectures à deux voix, plus d'enthousiasme, plus de révolte. Morte cette complicité avec Vincent qui tenait autrefois Isabelle à distance parce que la fillette croyait que les mots les plus simples avaient pour eux une signification différente. Mort cet amour qui était leur secret et qu'Isabelle avait voulu longtemps ignorer parce qu'il enfreignait la sainte loi du souvenir.

Plusieurs fois dans le silence de la nuit, elle avait entendu Vincent frapper à la porte d'Alice. Il lui parlait à voix basse sans obtenir d'elle qu'elle lui ouvrît ou qu'elle lui répondît, ne fût-ce que par un refus. On eût dit une rumeur d'église. Isabelle imaginait qu'avant de redescendre — le plancher craquerait à peine sous ses pas — il glisserait un mot sous la porte qui était restée fermée. N'était-ce pas le seul moyen de s'entretenir avec elle? Dans la journée, quand Alice venait à la cuisine ou au salon, son mutisme était tel qu'il décourageait toute tentative. Un matin, Isabelle vit dépasser de la porte d'Alice un liséré blanc, sa sœur n'avait même pas lu le message que Vincent avait laissé. Un peu plus tard, Alice déchira la lettre et jeta les morceaux de papier à la poubelle; la crispation de son front et de ses sourcils trahissait une douleur que ses gestes de somnambule ne laissaient pas prévoir.

Isabelle conçut alors le projet d'aider sa sœur à se débarrasser de Vincent. Il lui semblait maintenant évident que sa présence constituait un danger. N'avait-il pas poussé sa mère au désespoir et peut-être à la mort? Par une sorte de fatalité, le maléfice atteignait aujourd'hui sa sœur. Que restait-il en effet de la belle fille dont le rire paraissait invincible? Une silhouette fragile, un petit visage kalmouk, un regard absent, des lèvres pâles et tremblantes...

Isabelle n'était pas loin de penser que Vincent ne s'arrêterait pas en si bon chemin et qu'après avoir anéanti Alice, il s'en prendrait sans doute à elle. Cependant elle n'éprouvait plus pour lui assez d'amour pour souhaiter qu'il lui infligeât une souffrance que sa mère et sa sœur avaient subie avant elle.

Loin de la décourager, la faiblesse d'Alice l'incitait à se battre contre celui qui était devenu leur ennemi commun. N'allait-il pas s'emparer de la maison si Isabelle n'offrait pas une résistance à sa convoitise? Déjà il y avait la trace de ses doigts sur les marqueteries du salon, les doubles rideaux et les capitons des fauteuils étaient imprégnés de l'odeur de son tabac. Partout Isabelle flairait la trace de cet homme qu'elle avait longtemps regardé de trop près et dont en définitive elle n'avait jamais vraiment distingué les traits. Elle ne le voyait pas, elle le respirait. L'odeur de sa chemise à l'emplacement des aisselles, le parfum de lys fanés dans la grange, les relents de son corps entre les draps froissés. La maison entière serait souillée si elle le laissait faire.

— Je t'aime, Isabelle, je t'aime, soupira Alice dans un soudain élan vers sa sœur.

— Je t'aime, mon Alice, ma belle Alice, ma grande Alice, répondait Isabelle qui, debout derrière sa sœur, lui caressait tendrement les cheveux.

Elle prit une mèche blonde entre ses doigts, puis, après l'avoir examinée, elle dit :

— Comme ils ont poussé depuis ton retour d'Italie!

— Je les perds. Louise se plaint d'en trouver partout dans la maison.

— Tu veux que je les coupe? Ça leur fera du bien. Avant l'été, on dit que c'est le bon moment. Oh! oui! Avant de m'occuper du ménage avec Louise, je vais te faire belle. Dis oui, dis oui, mon Alice. Tu veux bien?

— Si ça t'amuse...

— Attends, ne bouge surtout pas. Tu me promets? Je reviens avec tout mon matériel.

Oubliant soudain le caractère sacré de ce qui avait appartenu autrefois à sa mère, Isabelle courut chercher dans la chambre de la défunte les peignes et les brosses et les déposa aux pieds de sa sœur.

— Tout ça, c'est pour toi, dit-elle en exhibant ses trésors. Tu vas être plus belle qu'une reine!

Alice avait un sourire distrait et elle se laissait faire comme une poupée entre les mains de sa sœur que l'excitation du jeu rendait à l'enfance. Isabelle avait recouvert les épaules d'Alice d'une grande serviette-éponge verte, et, brandissant les ciseaux à bout de bras, elle les ouvrit et les ferma à plusieurs reprises dans le vide comme pour s'en assurer la maîtrise et mimer les allures conquérantes d'un coiffeur mettant flamberge au vent.

— Voilà, tout est parfait. Ma cliente est-elle bien installée?

— Pas mal. Te souviens-tu de nos jeux avec papa? Il nous faisait des arbalètes pour défendre notre château fort.

— On arrosait d'eau les assaillants et on disait que c'était de l'huile bouillante. Papa se faisait gronder par maman parce qu'il nous ramenait à la maison déchirées et sales. Pauvre papa qui ne voulait jamais aller se baigner à la mer et qui est mort noyé.

— Oui, pauvre papa, répéta Alice.

— Tu étais sa préférée. Si tu l'avais entendu, tout l'été pendant que tu étais en vacances, il disait : mais quand va-t-elle rentrer?

— Il aimait avoir tout son monde autour de lui.

Les mèches tombaient une à une sur la serviette sans qu'Alice manifestât la moindre crainte, elle avait même refusé le miroir que lui proposait Isabelle. Contrairement à sa mère, elle n'était pas coquette. La beauté lui ayant été donnée par surcroît, elle n'avait jamais eu à se battre ni pour l'obtenir ni pour la conserver.

— Si Vincent pouvait rester dans le jardin toute la journée, dit Isabelle, on serait tranquille. On est bien toutes les deux. Tu ne trouves pas?

— Oui, on est bien, approuva Alice.

Isabelle avait reculé d'un pas pour mieux juger de l'arrondi de la nuque. Son travail lui parut satisfaisant et elle plongea ses doigts dans les mèches blondes comme pour les faire mousser.

— Tu sais, je crois que Vincent porte malheur, dit-elle en parachevant son œuvre.

— Comment peux-tu dire ça? Il t'a sauvé la vie et il n'y a pas si longtemps tu ne jurais que par lui.

— Oui, avant la mort de papa et de maman.

— Tu ne vas pas recommencer, Isabelle?

— Tu as beau faire semblant de ne pas me croire, quand tu réfléchis tu te rends compte que tout ce que j'ai dit est vrai.

— Si tu ajoutes un mot, je me sauve dans ma chambre.

— A quoi ça servirait? Au fond de toi, tu sais que j'ai raison. D'ailleurs tu ne supportes plus Vincent et tu ne veux plus le voir depuis que je t'ai dit qu'il a poussé maman au désespoir et qu'ils sont tous deux morts par sa faute.

Dès qu'Isabelle parlait de Vincent, la tête commençait à lui tourner, et, curieusement, dans ce vertige, les mots venaient avec facilité. Rien ni personne n'aurait pu les arrêter. Une sorte de bête malfaisante s'agitait en elle. Elle donnait des coups de dents, des coups de griffes. Elle parlait par sa bouche.

— As-tu fini de me torturer? Qu'est-ce que tu veux? gémit Alice.

— Qu'il parte.

— Crois-moi, un jour, il partira, et de lui-même. Après tout, c'est toi qui l'as installé ici.

— Oui, et c'est moi qui l'en chasserai.

— Par des mensonges?

— Tu dis que tu m'aimes et tu me traites de menteuse, au lieu de me croire sur parole. Et Vincent, quelle preuve t'a-t-il donnée? Il a menti à maman et il te ment. Ne comprends-tu pas qu'il s'accroche à la maison comme une tique à la peau d'un chien?

Isabelle était particulièrement contente de cette image que son père utilisait souvent. Pourtant, à peine eut-elle le temps de l'apprécier que déjà Vincent ouvrait la porte.

— Mais qu'est-ce que c'est que ça? interrogeait-il l'air furieux. Encore une idée d'Isabelle!

— Pourquoi, tu n'aimes pas Alice avec les cheveux courts? Elle était coiffée comme ça pourtant quand tu l'as vue la première fois, tu ne t'en souviens pas?

Je t'en prie, disait-il d'un air excédé en haussant les épaules. Alice se taisait et on eût dit une petite fille que se disputait un vieux couple déchiré par le divorce. Elle est belle, affirmait Isabelle et Vincent haussait encore les épaules pour bien signifier que la beauté d'Alice ne devait rien aux soins de sa sœur.

— Pourquoi ne m'as-tu pas demandé de t'emmener chez un coiffeur à La Rochelle? Au lieu de...

Tour à tour Vincent et Isabelle lui tendirent la glace pour la forcer à juger par elle-même de l'œuvre ou du saccage — c'était selon — mais elle refusait de choisir son camp.

— Quelle importance! disait-elle en repoussant des deux mains le miroir.

— Tu vois bien qu'elle me fait confiance, triomphait Isabelle qui, enserrant les épaules frissonnantes de sa sœur, murmurait tout contre son oreille : Elle est belle, mon Alice, et elle sait que jamais personne ne l'aimera mieux que sa sœur.

— C'est ça, commentait Vincent, plus elle est ta prisonnière, plus tu la trouves belle.

Quand Alice se leva, les peignes et les brosses qui se trouvaient sur ses genoux se fracassèrent contre les tomettes, mais le bruit ne la fit pas sursauter. Isabelle débarrassa aussitôt les épaules de sa sœur de la serviette-éponge et l'aida à monter l'escalier d'où, un an plus tôt, elle lui avait déclaré : tu verras, quand je serai grande, je serai plus grande que toi.

Ainsi que ces étoiles qui, avant de fuir vers un autre univers, se font de plus en plus denses, Alice semblait s'être ramassée sur elle-même et son silence devenait insupportable. Son long cou se tendait vers des spectacles que sa rétine avait charge d'abolir et ses yeux avaient la fixité des mers calmes quand elles viennent tout juste de se refermer sur un noyé.

Pour tenter de la distraire, Vincent et Isabelle rivalisaient de prévenance et jouaient tour à tour les bouffons. Non que l'humeur fût à la paix, encore moins à la réconciliation, mais les deux ennemis fourbissaient leurs armes. Chacun savait qu'après cette trêve de Dieu, que seul l'état d'Alice justifiait, il faudrait aussitôt donner l'estocade.

Assurée de n'avoir pas encore engagé toutes ses forces dans la bataille, Isabelle attendait calmement son heure. Le moment venu, elle lui allongerait une botte imparable et toutes les colères que jour après jour elle devait taire lui semblaient autant de victoires susceptibles de renforcer son triomphe ultime.

Elle sauverait sa sœur, car c'était bien de cela qu'il s'agissait. Sauver sa sœur, l'arracher à un amour parricide. Aux yeux d'Isabelle, les choses étaient claires. Pour qu'Alice cessât d'être complice du meurtre de ses parents, il fallait que Vincent fût à tout jamais rejeté de la Prée. Le caractère sacré de sa mission avait l'avantage de lui faire oublier combien le dépit et le ressentiment avaient pesé sur sa décision. Elle désirait une vengeance qui fût à la mesure de son amour et de son renoncement. Plus Alice était faible, plus Isabelle devait se montrer exigeante.

La passion l'avait autrefois aveuglée. Vincent n'avait ni contours ni existence propre. Il était porteur de tous ses désirs et de tous ses rêves. Oui, porteur, c'était le terme qui convenait. Ne l'avait-il pas arrachée aux flots et portée dans ses bras jusqu'au seuil de la Prée? Il était saint Christophe porteur d'enfant, il était son amant, il était son premier homme. Aujourd'hui la haine et la jalousie donnaient à Isabelle une sorte de lucidité exacerbée. De l'être qu'elle avait aimé et qu'elle devait à présent affronter, elle ne voyait plus que les points faibles, les petitesses, la médiocrité. En regard de son ancienne grandeur, le moindre défaut semblait une flétrissure. Derrière chacun de ses mots, elle devinait une intention mauvaise et son silence même lui était à charge. Son corps, son grand corps qu'elle avait tant désiré, la gênait; il prenait trop de place. Comment pouvait-on être si encombrant? Comment un homme, un seul homme, pouvait-il vous cacher le soleil, vous obscurcir le jour et s'imposer à vous jusque dans la moiteur de vos cauchemars? Les monstres de la nuit, c'était lui, l'ours qui jouait avec sa tête comme avec un ballon, c'était lui, le visiteur qui marchait à pas feutrés dans le couloir, c'était lui. Cet homme-là n'avait-il point de cesse? Où s'arrêterait-il? Du jardin à la grange, de la grange à la cuisine, de la cuisine au donjon, il avait tout investi. Comment le repousser? N'était-il pas vain de redouter son emprise alors qu'il s'était déjà rendu maître de la place?

Ce mal ne connaissait pas de rémission. Si la présence de Vincent était un calvaire, son absence ne procurait pas à Isabelle le soulagement attendu. Bientôt il serait de retour et tout recommencerait. Parfois Isabelle imaginait comment rendre la Prée inexpugnable. Il suffirait de clouer des planches en travers des portes et des fenêtres ou de les consolider en poussant contre elles les bahuts et les armoires. Dans les westerns, ne se livrait-on pas couramment à ce genre de pratique? A son retour, Vincent frapperait, crierait, tempêterait, prierait, supplierait. Il invoquerait le nom d'Alice, implorerait sa clémence et son amour, mais Alice rirait de le voir défait, et, à l'oreille de sa sœur, elle murmurerait de sa voix douce et caressante : tout est bien ainsi, mon Isa, je n'aime que toi.

En fait, Vincent pouvait s'absenter impunément. Parfois il partait des après-midi entiers et Isabelle en profitait pour aérer la maison et chasser les odeurs de tabac. Un jour, il était même rentré à la Prée les cheveux mouillés et il avait déclaré tout à trac que le premier bain de l'année est bien évidemment le meilleur. Son enthousiasme faisait injure à ceux qui étaient morts au pied de la falaise. Comment n'avait-il pas compris que l'océan et la plage étaient désormais interdits et que son acte pouvait être assimilé à une violation de sépulture?

Un soir enfin, et ce fut le comble, il ne revint pas seul à la Prée, deux hommes l'accompagnaient.

— Alice va être contente de vous revoir, leur annonça-t-il comme pour défier Isabelle qui n'avait pas esquissé le plus petit sourire à leur adresse.

Vincent en fut pour ses frais. Alice ne sortit pas de sa chambre de toute la soirée. Cependant les trois compères ne se laissèrent pas abattre pour autant et la maison fut livrée à leur bon plaisir tard dans la nuit.

De sa chambre, Isabelle entendait leurs éclats de voix et de rire, ainsi que la sonnerie du téléphone qui retentit à plusieurs reprises. Depuis quelques semaines, Vincent avait cessé d'être un homme sans attaches et sans passé. On avait l'impression que peu à peu il renouait avec d'anciennes amitiés, avec ce qui avait été sa vie avant la Prée et Isabelle s'habituait à cette évidence qui lui avait échappé jusque-là : Vincent n'était pas né sur la plage de Nimeuil le soir où ils s'étaient rencontrés. Si ces coups de téléphone l'agaçaient comme toutes les incursions du monde extérieur dans son domaine, Isabelle y voyait cependant la preuve que Vincent serait bientôt prêt à se replonger dans une vie qu'il avait abandonnée un an plus tôt. La moindre chiquenaude suffirait alors à lui donner l'impulsion du départ. Serait-il skipper sur les mers, vendangeur dans le Beaujolais ou metteur en scène dans un café-théâtre? Peut-être les trois tour à tour, peut-être rien de cela. Qu'importait? A tout jamais, il serait sorti de leur univers. Il arrivait parfois à Isabelle de penser avec une sorte de pincement au cœur que Vincent aimait plus sincèrement Alice qu'elle ne l'avait tout d'abord cru. Un nomade ne s'attarde pas sans raison en un lieu où il est tout juste toléré.

Le lendemain matin, les deux visiteurs étaient repartis laissant derrière eux une odeur de tabagie et des ronds de verres sur les guéridons du salon. Les lumières étaient restées allumées dans presque toutes les pièces du rez-de-chaussée et Jennifer effrayée par les buveurs et peut-être brutalisée par eux — Isabelle aimait à imaginer le pire — avait dû dormir à la belle étoile. Furieuse, Isabelle avait ouvert les fenêtres, fait claquer les volets pour chasser les miasmes et surtout réveiller Vincent. Son torse nu de crucifié émergeant des draps, il s'étirait, grognait, gémissait, demandait l'heure. Le sommeil et le tabac assourdissaient sa voix.

— Pourquoi ce tapage? soupira-t-il en se laissant tomber sur une des chaises de la cuisine.

Isabelle ne répondit pas. Elle allait et venait, apportant le beurre et les confitures, surveillant d'un œil le gril, de l'autre le lait, coupant les tranches de pain, se précipitant pour baisser la flamme sous le café. Dès qu'Alice apparut, elle courut embrasser sa sœur et remit en forme le coussin sur lequel elle allait s'asseoir.

— Je te sers? demanda-t-elle.

Alice fit oui de la tête et ses yeux clignèrent derrière ses lunettes sombres. Ses cheveux courts la faisaient paraître encore plus maigre. Dans son élan, Isabelle passa outre à sa répugnance et servit également Vincent. Elle avait le sentiment de vivre entre deux somnambules dont la présence ne se manifestait que par un bruit de mâchoires broyant le pain grillé.

— On voit bien que ce n'est pas toi qui paies l'électricité, fit-elle remarquer à Vincent. D'ailleurs ce n'est pas la première fois que tu oublies d'éteindre avant d'aller te coucher.

— Je trouve que tu manques un peu de poésie ce matin.

— Et c'est poétique la note que j'ai payée il y a quelques jours par ta faute?

D'un léger signe de tête, Alice tenta d'inciter Isabelle à plus de modération. En fait, l'indulgence de sa sœur renforça encore sa colère. Alice allait-elle à présent afficher sa complicité avec Vincent?

— Si tu voyais à quoi tu ressembles, dit Vincent en la regardant fixement comme s'il venait tout juste de découvrir sa laideur. Ta petite bouche est mesquine. Tu as le teint jaune et les petits yeux fouineurs d'un vieux comptable. Isabelle, vraiment, Isabelle! Comment est-il possible de porter si mal son prénom?

Il parla longtemps encore. Son calme apparent, loin d'amoindrir la portée de ses mots, leur donnait au contraire plus de force. On eût dit que la haine ou le ressentiment n'étaient pour rien dans son langage. Vincent n'était-il pas sincère, sincère comme on l'est au réveil quand le corps à demi sommeillant oublie pour quelques instants de prendre la pose?

Il la disait laide et sa parole la créait laide à tout jamais. Il la disait indigne de son prénom, de son nom, de sa parenté avec Alice, et elle l'était en vérité puisqu'il la condamnait sans appel. Il la disait méchante, maniaque, mesquine et elle l'était parce qu'elle souffrait. Il n'oubliait rien. Il n'épargnait rien. Tout y passait : ses yeux, sa bouche, ses cheveux, son front, ses oreilles, son menton, sa peau. Elle revoyait l'ours de ses cauchemars qui jouait avec sa tête comme avec un ballon. C'était bien lui, c'était Vincent et il faisait rebondir sa tête en riant.

Un coup sur les yeux, un coup sur la bouche, un coup sur le nez. La voix chantonnante de Vincent semblait égrener une comptine d'enfance. Tiens donc vilaine, prends ça en pleine figure, on peut cogner sans craindre de te faire plus moche que tu n'es. Il y avait des rieurs tout autour d'eux qui criaient : encore, encore, comme à guignol, et elle rebondissait de plus belle, les yeux pochés et le nez en sang. La douleur avait été si fulgurante que déjà elle avait atteint une espèce de sommet où elle semblait marquer le pas. Isabelle s'était résignée au pire — dans les cauchemars, n'en est-il pas ainsi? — et elle ne souhaitait plus qu'une seule chose : en finir vite.

A présent, il ne suffisait plus à Vincent de faire joujou avec sa tête, c'était son corps entier qu'il maltraitait. Tiens, ramasse ça dans ton gros ventre, et pan, sur tes pauvres petits seins, plats comme des figues blettes, et vlan, contre tes cuisses toutes courtaudes. A quoi tu ressembles? Mais tu ne ressembles à rien. Une méduse qui pourrit sur les galets de la plage, tu crois que ça ressemble à quelque chose? Tu es molle et flasque. Qui donc voudrait seulement te toucher? Tu devrais me remercier d'oser me salir en tapant sur toi. Allez, allez, rebondis plus haut, sale petite fille laide. Si tu veux servir à quelque chose, fais-les rire.

Décidément, il était en forme ce matin et les beuveries de la nuit ne l'empêchaient pas de trouver ses mots. Alice avait encore pâli, et, si elle l'avait supplié à plusieurs reprises de se taire, elle n'avait opposé aucun démenti à ses affirmations. Ma sœur, ma douce sœur, ma faible sœur, pourquoi ne dis-tu pas bien haut qu'il ment? Mais parle, parle donc. Dis un mot. Dis que je ne suis pas laide et que ce sont ses yeux torves qui me voient ainsi. Sauve-moi, sauve-toi, mon Alice.

Mais pourquoi donc ne réponds-tu rien, comme si tu avais peur de lui? Tu ne vois pas, tu ne sens pas qu'il me fait mal, et, qu'après m'avoir sauvée, il me tue? Alice, dis seulement que je ne suis pas laide et ta bouche fera un miracle. Tu te tais? Vas-tu le laisser faire jusqu'au bout? Et si, parlant enfin, tu allais dire : j'ai beau être sa sœur, l'amour ne m'aveugle pas?

Le visage d'Alice était immobile, mais de grosses larmes roulaient sur ses joues que les lunettes noires dissimulaient à moitié. Sa main s'agitait dans le vide et cherchait à tâtons celle de sa sœur dont elle s'empara enfin dans un élan désespéré. On eût dit que c'était elle et non Isabelle qui avait reçu les coups, et qu'avant de partir à la dérive, Alice s'agrippait à sa sœur comme on s'accroche aux herbes de la berge. Soulagé d'avoir dégorgé sa haine, Vincent se taisait, barattant avec sa petite cuillère un café qu'il n'avait plus envie de boire.

— Tu n'as rien oublié? interrogea Isabelle avec un air de défi.

Plus sa douleur était grande, plus elle tenait à honneur de la dissimuler. Sa main se crispait si fort sur celle d'Alice que sa sœur poussa un petit cri. A entendre égrener par Vincent le chapelet de ses laideurs, il lui était venu une formidable envie de vengeance. Pourtant Isabelle n'avait jamais été ce qu'on appelle une gagneuse. Enfant, elle ne cherchait pas la victoire pour la victoire, et, quand elle jouait aux cartes avec sa mère, il lui arrivait parfois de perdre volontairement pour renforcer le triomphe de sa partenaire et obtenir qu'elle jouât plus longtemps avec elle. Mais aujourd'hui, il ne s'agissait plus de simuler un combat pour le plaisir, c'était son avenir et celui d'Alice qui devenaient l'enjeu d'une bataille dans laquelle elle allait engager toutes ses forces.

— Ne bougez pas, tous les deux, dit Isabelle les regardant tour à tour, je vais chercher quelque chose qui vous intéresse. Ne bougez surtout pas.

Lâchant soudain la main de sa sœur qui avait essayé en vain de la retenir, déjà elle grimpait les marches quatre à quatre, bondissait dans sa chambre, ouvrait la porte de son armoire et bousculait les pull-overs. La boîte qui avait contenu les bonbons anglais était toujours là où elle l'avait cachée. Elle l'ouvrit aussitôt et en retira la lettre que sa mère avait écrite à Vincent et qu'elle ne lui avait jamais remise. Sans prendre la peine de replacer les pull-overs sur les rayonnages, Isabelle redescendit à la cuisine avec le précieux message.

— Que vas-tu encore inventer? demanda Vincent d'un ton plein d'assurance qui porta au paroxysme la rage d'Isabelle.

Il ressemblait à ces marmites qui après avoir envoyé de petits jets brûlants de vapeur voient leur pression diminuer.

— Je vais vous lire une lettre que j'ai trouvée dans la poche d'une robe. Maman l'a écrite un mois avant sa mort. Ensuite, vous pourrez la regarder de près et voir si j'ai inventé quelque chose.

Alice avait eu un geste de refus comme si de nouveau Isabelle lui proposait un miroir pour juger de l'arrondi de sa coiffure, ou, bien plus grave, comme si elle devait contempler encore une fois le cadavre souillé de sa mère. Non, non, disait-elle, et on devinait que, derrière ses lunettes noires, elle fermait les yeux pour ne plus voir les chairs gonflées d'eau. D'un geste maladroit, Vincent avait renversé sur la table son bol de café et Isabelle, avant de commencer la lecture qu'elle avait annoncée, était allée chercher une éponge afin de réparer les dégâts.

« Ne crois pas que je sois dupe », disait Isabelle qui mettait ses pas dans ceux de sa mère. Vincent et Alice écoutaient l'air hébété ces mots d'outre-tombe qui n'avaient pas besoin du truchement de la table tournante pour leur parvenir. S'ils ne savaient pas encore quelle parole allait en surgir, ils comprenaient qu'après l'avoir entendue, ils n'oseraient plus se regarder en face.

« J'ai compris, il y a longtemps déjà, que mon tort avait été de confondre le désir avec ce qu'on appelle l'amour et qui n'est en fait qu'une chimère au visage de femme et aux pieds de bouc. » Quoique le sens lui échappât, Isabelle lisait bien. Elle avait toujours été la première en récitation. Quel était donc cet étrange animal qu'évoquait sa mère? Isabelle n'aurait su le dire mais il lui inspirait ce dégoût qu'elle avait éprouvé autrefois dans la grange.

Enfin, on en arrivait aux choses claires, et Isabelle, comme une pythie, détachait les mots qu'elle jugeait importants et surtout les prénoms de Vincent et d'Alice. « Tu ne m'as jamais aimée, Vincent, et, depuis qu'Alice est de retour, c'est à peine si tu me connais. Je t'en prie, ne dis rien de ce que nous avons vécu ensemble à ma fille, ce serait doublement me trahir, dans mon amour pour elle, dans mon amour pour toi. Elise. »

Ce qui se passa après la lecture de la lettre laissa à Isabelle un souvenir confus. Elle avait l'impression d'avoir déchaîné des forces qu'elle ne se sentait plus capable de maîtriser. Pourtant, elle se rappelait avoir jeté la lettre sur la table, entre Vincent et Alice, non pas tellement pour leur permettre d'en vérifier l'authenticité — comment aurait-elle pu imaginer des phrases qu'elle comprenait à peine? — mais parce qu'elle sentait la lettre devenir entre ses doigts comme une espèce de grenade dont il fallait se débarrasser à tout prix. Ni l'un ni l'autre ne s'en était emparé. A quoi bon? Ils connaissaient suffisamment l'écriture de la morte pour la reconnaître à distance.

Alice se tenait raide sur sa chaise comme ces ivrognes dont le cou semble pris dans une minerve et qui ne sont jamais plus dignes qu'une minute avant leur chute. Elle n'avait pas prononcé un mot, cependant son regard obscurci par les lunettes semblait interroger Vincent qui bredouillait quelques phrases sans suite. Il disait qu'il n'avait pas voulu lui avouer son aventure avec Elise — il osa employer le mot aventure — pour ne pas lui faire de peine, pour ne pas trahir le secret de sa mère, pour leur laisser une chance de bonheur. Enfin, parce qu'il l'aimait. Il commençait une phrase et ne parvenait pas à la terminer. Il parlait comme pour gagner du temps, mais il savait que tout cela ne servait plus à rien. Seule la volonté de se battre jusqu'au bout l'empêchait de fuir. Il était évident qu'il ne croyait plus à sa victoire.

Isabelle avait espéré un triomphe et il n'y avait dans son cœur aucune allégresse. On avait remisé les trompettes et les chants guerriers. Même la haine mollissait et s'enroulait sur elle-même comme un tuyau d'arrosage dont on n'a plus besoin. Elle se souvenait mal de ce moment-là. Ils avaient dû rester longtemps silencieux, Alice et Vincent assis face à face et n'osant plus se regarder, et elle, debout, les mains appuyées à la table comme si ses jambes ne suffisaient plus à soutenir le poids de son corps. Elle se sentait à la fois vide et lourde.

Entre eux, le silence avait dû être long. Elle se rappelait seulement le cri qu'avait poussé Alice. Un gémissement, une déchirure, un cri qui perçait la peau de l'ancien bonheur. Ensuite Alice s'était affaissée sur elle-même et Vincent l'avait prise dans ses bras pour la porter sur le lit du salon.

Le Dr Fétard arrivé en début d'après-midi avait délivré une longue ordonnance.

— Du repos, beaucoup de repos, disait-il en jetant des coups d'œil circulaires comme s'il cherchait à quoi il fallait attribuer le pouvoir maléfique de la maison.

Isabelle ne quitta pas sa sœur pendant deux jours et deux nuits. Elle dormait dans le fauteuil près de son lit. Vincent frappait à la porte du salon avant d'entrer. Il s'asseyait en silence près d'Alice, mais, dès qu'elle ouvrait les yeux et qu'elle le voyait, elle avait ce réflexe des enfants battus qui se protègent le visage derrière leur bras replié. Il avait beau lui parler et tenter d'apprivoiser sa crainte, Alice ne répondait pas et continuait à dissimuler son visage.

Les jours suivants, Vincent dut se rendre à l'évidence : elle ne voulait plus le voir. Sa présence, même silencieuse, aggravait son mal.

— Il faut que tu partes, lui dit Isabelle.

Ils marchaient sur la pelouse. Il faisait chaud et bientôt les estivants arriveraient.

— Il faut que tu partes, répéta-t-elle sans s'énerver. Ce n'était ni une menace ni un ordre, simplement une évidence n'exigeant aucune démonstration.

— Je sais, répondit-il sans la regarder.

— Quand?

— Quand, quand! Je ne peux pas la laisser comme ça.

— Elle ira mieux sans toi.

— Peut-être.

Il ne se décidait pas à répondre. Ils marchaient en regardant le sol et Isabelle pensait qu'il faudrait ne pas oublier ce soir d'arroser la pelouse, elle commençait à se dessécher.

— Alors quand? interrogea-t-elle de nouveau.

Il devait lui donner une date, immédiatement. Elle n'était pas disposée à attendre davantage. Sinon? Sinon, elle savait ce qu'elle lui dirait pour le décider à partir. Ne l'avait-elle pas vu aller vers la falaise le soir de la mort de ses parents? Elle n'en avait pas parlé à l'interrogatoire, cependant elle ne doutait pas qu'il fût encore temps de réparer cet oubli. Que pèserait la parole de Vincent face à la sienne? N'était-elle pas une enfant, une enfant innocente, une orpheline? Isabelle ne croyait pas à la culpabilité de Vincent — du moins à celle-là — mais elle était prête à tout pour le mettre à la porte.

— Demain matin, quand tu t'éveilleras, je serai parti, dit-il enfin.

Elle se sentit soulagée de ne pas avoir à témoigner contre lui et elle lui sourit. Il y avait une odeur de moisson et de goudron fondu. Dieu qu'elle aimait l'été! « Petite sotte », ajoutait-il en lui ébouriffant les cheveux comme autrefois. Elle se laissait faire et les larmes lui montaient bêtement aux yeux.

— Dans quelques jours, je te téléphonerai pour prendre des nouvelles.

— Où vas-tu?

— Ça, c'est mon problème.

Il allait partir. Déjà il était presque un étranger et elle le trouvait beau.

14

Jamais elle n'avait connu d'été plus radieux ou peut-être ne prêtait-elle les autres années qu'une attention distraite à la douceur de l'air, aux exhalaisons du crépuscule et à la lenteur caressante de la nuit. Le froid et le chaud étaient alors des notions vagues et Isabelle pouvait très bien attraper un bon rhume sans même avoir conscience du courant d'air qui avait glacé ses épaules. Tout était changé maintenant qu'elle devait être vigilante pour deux. Comme ces mères qui s'éveillent tout juste une seconde avant que leur enfant ne les appelle, Isabelle avait acquis depuis peu le don de débusquer, derrière l'apparence des choses, les périls et les douceurs cachés.

Aujourd'hui, il ferait beau et elle sortirait le parasol à l'ombre duquel elle ferait asseoir Alice.

« Là, ma chérie, tu vas être bien. En fin d'après-midi, je t'abandonnerai une petite demi-heure, le temps d'aller acheter un produit contre les moustiques. As-tu remarqué, c'est toujours les années où il fait le plus beau qu'il y a des moustiques? Il ne faut pas que j'oublie de te mettre un châle sur les épaules. La robe blanche de maman te va si bien que j'ai envie de te photographier, sous le parasol. Voilà ton châle. Je sais que tu as toujours froid, mon Alice. Es-tu bien installée? Si j'étais Jennifer, je serais jalouse de toi, non seulement tu as des yeux de chat, mais ils sont plus verts que les siens. Tout à l'heure quand la camionnette des mareyeurs klaxonnera, j'irai acheter un litre de moules et un merlu. On va se régaler. C'est si bon, mon Alice, d'être ensemble. Mais qu'est-ce que je vois? Tu as une cloque sur la main et une autre là, c'est ces sales moustiques. Je t'assure que, ce soir, je vais faire un carnage. Je demanderai à la droguiste ce qu'il y a de mieux. Depuis l'an dernier, il doit exister des produits nouveaux. C'est drôle comme ces bestioles choisissent toujours les peaux les plus tendres. Regarde, moi, je n'ai pas une seule piqûre! »

Isabelle avait pris l'habitude de parler sans espérer une réponse de sa sœur. Elle savait qu'Alice l'entendait mais qu'elle laissait les mots la caresser. On ne répond pas à Verdi, à la brise, au soleil. On les accueille et on se tait pour mieux les laisser agir. Du fond de son silence, Alice semblait non pas heureuse mais apaisée. Si la souffrance existait encore, son intensité était désormais constante. Elle n'avait plus ces brusques oscillations où tantôt elle submergeait tout, tantôt, marquant le pas, elle laissait soudain poindre l'espoir. La souffrance avait cessé d'être un parasite aux réactions imprévisibles. Immobile et présente pour l'éternité, elle avait la silhouette torse de ces arbres fossilisés par l'incendie.

Depuis son départ, Vincent était devenu l'innommable. Isabelle n'évoquait pas en secret son souvenir, car elle savait le jeune homme trop vivant pour le vouer aux regrets éternels. Cependant il lui arrivait d'imaginer Vincent dans d'autres lieux, avec d'autres personnes, ainsi qu'un héros qu'on peut au gré de ses désirs transporter indéfiniment d'aventure en aventure. Héros ou bête de légende? Dans ses pensées, il avait quelque chose d'animal qui l'apparentait au loup, un loup sombre et inquiet, à la fois redoutable et blessé. A distance, elle le voyait mieux car elle se sentait à l'abri de ses crocs et de son charme.

Comme tout était calme depuis qu'il n'était plus là! On eût dit que les moissonneurs s'étaient tus d'un coup et que la pause du déjeuner durerait tout l'été. L'air vibrait du côté d'Esnandes et la chaleur montait comme une houle tranquille. Isabelle avait ramassé le châle qui avait glissé des épaules d'Alice jusqu'à terre. Le long du cou si frêle de sa sœur perlait une goutte de sueur, l'été était donc sur le point de triompher de ce froid qui avait fait grelotter Alice pendant des jours et des nuits.

« On est bien toutes les deux », murmura Isabelle en embrassant sa sœur tendrement sur la nuque. C'était si bon d'être seules, surtout après avoir échappé à un péril. Une dizaine de jours auparavant, la tante Léone avait téléphoné. Après les effusions d'usage, elle avait demandé à parler à Alice et Isabelle avait répondu qu'elle était absente. Faute d'Alice, la tante avait condescendu à mettre Isabelle au courant de ses projets. Elle martelait chaque mot de crainte que la signification de son précieux message n'échappât à son interlocutrice. Léone et son mari partaient en voyage dans le Sud-Ouest de la France et, sur le chemin du retour, ils s'arrêteraient à la Prée. Le 5 juillet, note bien, mon enfant, insistait tante Léone, le 5 juillet. Oui, oui, ma tante, répondait

Isabelle, je n'oublierai pas de le dire à Alice. As-tu un papier? Un stylo? Alors écris la date, 5 juillet, s'acharnait à répéter la tante dont les bijoux s'affolaient au bout du fil.

Isabelle ne risquait pas d'oublier. Il fallait à tout prix empêcher cette visite. L'état d'Alice alarmerait la tante, qui, dans sa volonté de se rendre indispensable, donnerait un grand coup de pied dans la fourmilière et en disperserait les habitantes. Elle enverrait Alice dans une maison de repos, collerait Isabelle sur la banquette arrière de la voiture et de nouveau tout recommencerait : Paris, l'appartement sombre, la clientèle obèse, les emplettes dans les grands magasins, et l'ennui, l'effroyable ennui. Que deviendrait Isabelle sans Alice? Et Alice sans Isabelle? Elle ne voulait même pas y songer. Alice était sa sœur, son enfant, son amour et personne ne les séparerait.

— Le 5 juillet, la maison sera fermée.

— Oui, Isabelle.

— La grille, les volets, les fenêtres, tout sera verrouillé.

— Oui, Isabelle.

— Et nous ferons les mortes, ils ne doivent pas nous trouver.

— Bien sûr, Isabelle.

Dès le 4 au soir, Isabelle plaça entre les croisillons de la grille une lettre où elle priait les visiteurs de les excuser. Une amie d'Alice ayant été victime d'un accident, elles étaient parties pour Toulouse la voir et la date de leur retour dépendait de la gravité des blessures.

Dans l'après-midi du 5, Isabelle guetta les voitures. Dès qu'elle entendit le bruit des freins et du moteur, elle fit signe à Alice de garder le silence. La recommandation était bien inutile, Alice ne parlait plus que pour approuver Isabelle et le plus souvent un sourire à peine esquissé ou un hochement de tête lui suffisait pour se faire comprendre de sa sœur. Cependant le fait qu'Isabelle posât son index contre ses lèvres et murmurât un chut long comme un soupir renforçait cette impression de tendre complicité. La menace était presque agréable et trembler devenait un plaisir comme au cinéma.

— Allons dans ma chambre, dit Isabelle. Le volet est troué. Nous pourrons les voir, et, avec un peu de chance, les entendre.

— Ça, c'est vraiment trop fort! s'exclamait Léone, ronde et brillante sous le soleil comme une Vénus callipyge, en tendant la lettre à son mari.

Isabelle et Alice étaient joue contre joue derrière le volet ainsi qu'autrefois à la lucarne du donjon les soirs de tempête. Puis, Alice avait reculé de quelques pas, et, l'air indifférent, s'était laissée tomber sur le lit. C'était miracle déjà qu'elle eût accepté de monter dans la chambre sans trop se faire prier. Miracle aussi qu'elle eût prêté attention, ne fût-ce qu'un instant, à ce qui se passait à l'extérieur. La plupart du temps, ses lèvres disaient oui à tout, mais sa tête et son corps se taisaient. Elle demeurait des heures immobile, les yeux dans le vide et la main enfouie dans la toison de Jennifer.

— On leur a joué un bon tour, dit Isabelle à l'oreille de sa sœur avant de rejoindre son poste d'observation.

La tante vrombissait comme une grosse mouche, tandis que son mari lisait à son tour la lettre. Grâce à une brise favorable, Isabelle saisissait au passage des bribes de conversation.

— Elles auraient pu nous prévenir, disait

l'oncle qui s'essuyait le front et le crâne avec un mouchoir bleu.

— Et où, où voulais-tu qu'elles nous appellent? Nous sommes par monts et par vaux depuis huit jours, s'écriait la tante tintinnabulante.

— C'est vrai, approuvait l'oncle qui avait pris l'habitude de capituler devant sa robuste épouse.

L'un et l'autre cramponnés au portail se mirent à le secouer de toutes leurs forces. Isabelle les regardait faire les muscles tendus comme si elle opposait sa propre résistance à leurs assauts. Leur véhémence se relâcha bientôt.

— Tant pis pour elles, dit l'oncle.

— A dire vrai, je n'ai jamais pu supporter cette maison, renchérit la tante. Quel soulagement de rentrer à Paris! Nous aurons fait notre devoir jusqu'au bout. Maintenant, il peut bien leur arriver n'importe quoi, qu'elles se débrouillent!

Ils claquèrent très fort les portières de la voiture. Isabelle riait de les voir s'éloigner à l'horizon des champs moissonnés.

— Oh! Alice, s'écria Isabelle en songeant à quoi elles venaient d'échapper, que nous sommes donc heureuses!

Elle infléchit légèrement le parasol afin que son ombre bleue emprisonnât complètement sa sœur. Alice ne portait plus de lunettes de soleil et pourtant son visage mis à nu semblait muré. Ses yeux n'avaient pas été créés pour refléter le monde mais seulement pour y ajouter leur beauté unique. Isabelle savait que pour comprendre ce qui se cachait derrière l'indifférence de ce regard, il lui faudrait faire preuve de beaucoup d'amour et que cette habitude du silence que lui avait apprise la fréquentation des chats lui serait utile.

— Jamais je n'aurais dû te reparler de leur mort, dit-elle. D'ailleurs, je m'étais juré de me taire. Tu me pardonnes? Dis-moi que tu me pardonnes?

Le visage d'Alice était toujours tourné vers les grands champs d'où montait une poussière dorée. Isabelle crut pourtant voir les lèvres de sa sœur s'ouvrir à peine sur un sourire.

— Tu me pardonnes, je suis sûre que tu me pardonnes. Maintenant, je vais tout faire pour que tu oublies. Je te promets de ne jamais plus en parler.

Elle saisit la main d'Alice dont les doigts s'accrochèrent aux siens comme ceux d'un enfant qui apprend à saisir l'objet qu'on lui tend.

— Oh! Alice, nous sommes si heureuses, dit-elle encore.

1344

Achevé d'imprimer en Europe (France)
par Maury-Eurolivres – 45300 Manchecourt
le 1er décembre 1999
Dépôt légal décembre 1999. ISBN 2-290-30377-1
1er dépôt légal dans la collection : nov. 1982

Éditions J'ai lu
84, rue de Grenelle, 75007 Paris
Diffusion France et étranger : Flammarion